我喜欢你，
在所有时候，

也喜欢有些人，
在他们偶尔像你的时候。

没有你，

我过得不怎么好。

“你今天过得怎么样？”

“我这一天都过得很平淡，直到你来找我聊天。”

哪有什么久别重逢，

全都是“蓄谋已久”。

隔河千里，秦川知夏

唐家三少 著

CNS PUBLISHING & MEDIA 中南出版传媒
湖南文艺出版社
HUNAN LITERATURE AND ART PUBLISHING HOUSE

图书在版编目（CIP）数据

隔河千里，秦川知夏 / 唐家三少著. -- 长沙 : 湖南文艺出版社，2019.3
ISBN 978-7-5404-8928-1

Ⅰ. ①隔… Ⅱ. ①唐… Ⅲ. ①言情小说－中国－当代 Ⅳ. ①I247.5

中国版本图书馆CIP数据核字(2018)第288896号

GE HE QIANLI QINCHUAN ZHIXIA
隔河千里，秦川知夏

作　　者：唐家三少
出 版 人：曾赛丰
责任编辑：刘诗哲
策划编辑：梁 洁 黄香春
特约编辑：雷 英 罗嘉蕾 邹学欢
美术编辑：杨 洁 田星宇
出版发行：湖南文艺出版社
（长沙市雨花区东二环一段508号　邮编：410014）
网　　址：www.hnwy.net
印　　刷：北京盛通印刷股份有限公司
经　　销：新华书店
开　　本：158mm×230mm　1/16
字　　数：295千字
印　　张：19.5
版　　次：2019年3月第1版
印　　次：2019年4月第2次印刷
书　　号：ISBN 978-7-5404-8928-1
定　　价：36.80元

目 录

第 / 1 / 章

秦川

“恭喜@饭色水母等三名用户获得Apple iPad Pro平板电脑一台，微博官方唯一抽奖工具@微博抽奖平台对本次抽奖进行监督，结果公正有效。”

秦川将微博内容编辑好后，点击了发布。

一两秒钟的延迟后，微博动态呈现在主页上，紧跟着便有了数十条评论。

“日常绝缘。”

“没看到抽奖，只看到别人中奖，哭唧唧。”

“男神男神，你什么时候才能抽到我？”

秦川大致看了看，感觉都是些灌水内容，便关掉评论，给三名幸运的中奖用户发去私信：“请给我一个有效地址和手机号。”

不多时，第一名幸运用户回复道：“‘白浮君’你好，请问一下，我写台湾地区的地址行吗？”

秦川没多做考虑，回道：“可以。”

那边立刻发来了一个地址。

过了一小会儿，ID为“饭色水母”的幸运用户也发来了私信：“‘白浮君’，请问我可以选择不要iPad，而是让你帮我定制一条与大运河相关的旅游路线吗？我看你前几年发布了很多与大运河相关的内容。”

秦川看到私信内容后，微微一怔。

大运河他当然了解，因为在现实生活中，他正是京杭大运河源头白浮泉遗址公园的管理人员。三年前，他的微博还没有火起来时，他的确做过不少与大运河相关的科普，没想到居然被这位粉丝找到了。

看来是真爱粉。

正当秦川思忖时，“饭色水母”看到自己发送的消息显示已读，忍不住又发了一条私信：“我可以付你报酬。”

从口吻和私信的频率来看，对方好像很着急，不过是旅游路线而已，有什么可急的？

秦川有些不理解，但还是马上回了消息：“报酬就不必了，iPad是你的奖品，至于旅游路线，举手之劳而已，我可以帮你。”

“实在是太感谢了。”“饭色水母”快速回了消息。

“没什么。”秦川想了想，又回了句，“你打算从哪里出发？”

“杭州，我想沿着大运河到北京的源头白浮泉去看一看。”

“饭色水母”的话让秦川愣住了，紧跟着他心中产生了一丝疑虑，这“饭色水母”该不会是认识他的人跑来逗他玩吧？不然哪会有这么巧的事情？

但下一秒秦川便否定了这个想法，参与抽奖的粉丝有三万多人，应该不存在什么内幕。

可出于好奇，秦川还是忍不住点进“饭色水母”的微博主页，稍微浏览了一下，发现她的微博竟没有自拍照，只有少数风景照，其余大都是与工作相关的日记内容。

“5月14日，晴，今天的甲方爸爸应该是色盲，告诉我他想要五彩斑斓的黑……”

“6月1日，阴，本来以为上次的色盲甲方已经是巅峰，但现在看来果然还是我太年轻，这次的甲方说什么必须表现出‘雨过天晴云破处，千峰碧波翠色来’的感觉。对不起，这我表现不出来，这辈子都表现不出来。”

“7月15日，小雨，前段时间，叔叔让我帮他女儿设计简历，也就是我堂妹。嗯，她是个挺可爱的女孩子，我就帮个忙吧，于是我给她设计了各种创意简历、拟物简历、极简简历……可是她都不喜欢，一气之下我给了个只有文字的简历，她终于满意了，结果到现在她都没找到工作。”

“7月29日，暴雨，今天全国都是晴天，只有杭州下雨，但我心里美滋滋的，终于办完离职手续了。”

秦川大致看了看日记内容，其间忍不住笑出声来。他猜测这应该是“饭色水母”的小号，专门用来发泄内心情绪的，其中不少内容还有些冷幽默，炒作炒作说不定又是一个微博大V，不过秦川也只是想想而已。

看了一会儿后，秦川关掉“饭色水母”的微博，在脑中构思了一下，给她发去私信。

“京杭大运河人人都知道，但沿着运河旅游这件事，倒是很少有人去做，我曾经也想过，差点就去了，不过后来……”

秦川打出这段文字后，手指顿了顿，又一一将其删除，转而道：“京杭大运河途经浙江、江苏、山东、河北四省，天津、北京两市，贯通海河、黄河、淮河、长江、钱塘江五大水系，中间不知道经过了多少城市，可以去的地方实在是太多太多了，不知道你的时间充不充裕。”

“饭色水母”秒回道：“我刚刚离职，有充足的时间。”

“嗯，那你此行主要是以观赏人文景观为主，还是以观赏自然景观为主？”秦川问道。

“最好两者兼具。”“饭色水母”应道，还加了个笑脸的表情。

“可以。不过我对大运河的人文部分了解得多一些，所以会稍稍侧重于人文。”秦川道。

“没关系。”“饭色水母”似乎并不介意。

看到“饭色水母”的回复后，秦川便根据自己对大运河文化的了解，如数家珍地打起字来。

“京杭大运河由通惠河、北运河、南运河、鲁运河、中运河、里运河和江南运河七段组成……

“东线由嘉兴境内经石门、崇德，入杭州塘栖……

“中线就是现在通常说的京杭大运河……

“西线则是现在的‘黄金水道’长湖申航线……”

约莫花了半个小时，秦川已经给“饭色水母”介绍了大运河沿线的几个城市，抽空看了一眼时间，已经是下午六点钟，便对“饭色水母”道：“你先将我说的整理一下吧，我要去吃饭了，下次聊。”

“好，实在是太谢谢你了。”“饭色水母”道。

“举手之劳。”秦川回复完，便将手机揣进兜里，站起身来，伸了个懒腰。

此时的秦川，正站在一个由铁栏杆搭建而成的看台上，看台下方是一片枝叶茂密的树林。

重重叠叠的枝丫间，漏下斑驳的细碎日影，一只只灰鹭、白鹭将尾巴抖得哗哗响，在树林上空悠然自得地盘旋。空气中弥漫着松脂的清香，那是一种淡淡的，令人神清气爽的甜味。

站在看台上极目远眺，芦苇荡一望无际，从任何一个角度看去，绿色的芦苇都能和湛蓝的天空汇成一线。而在芦苇荡中，一条玉带似的河流在阳光的映照下，波光粼粼，蜿蜒至远处的群山之中。

说出去可能让人难以置信，这里正是位于北京市昌平区的白浮泉遗址公园，秦川站立的地方叫观鸟台，观鸟台下树林中的白鹭和灰鹭，全都是被此地吸引过来筑巢安家的，而非人工养殖。

如此原生态的秀丽风光，如果不上传图片和视频，网友们肯定不相信这里是北京，因为在大部分中国人的眼中，北京的生态环境一直比较差，常年笼罩着雾霾。如此美丽的风景，怎么可能出现在北京?

可事实摆在眼前。

在观鸟台上远眺一会儿后，秦川便走了下去，踏上游客步道，步道两旁开满了鲜花，应该是刚刚浇过水，一株株都显得娇艳欲滴。

这些鲜花是秦川和公园里的另外几名工作人员无聊时种下的，因为白浮泉遗址公园目前正处于改建的前期，没有对公众开放，所以秦川等人的工作也比较简单，种种花、看看鸟、养养猫，没事的时候逛逛公园，也正是因此，秦川才有时间和闲情跟“饭色水母”聊这么久。

沿着步道往山下走不多远，便是成片的葡萄架，葡萄架的尽头是几幢高大的房子，此时房子里传来了饭菜下锅的声音，没一会儿，一股糖醋鲤鱼的香味在空气中弥散开来。

秦川不由得加快了脚步，不过他没有直奔食堂，而是走向了房子前的一片空地。八只猫正在空地上玩耍，从品相和毛色来看，它们应该都是野猫，其中有五只非常胖，有两只正走在胖的路上，剩下一只是只有两三个月大的小猫咪，也颇有变胖的潜力。

外人看到这几只猫，一定会感慨它们的伙食不错，而事实也正是如此。

秦川刚从文物所调来白浮泉的时候，四周到处都是流浪猫，感觉日后会有隐患的他，自费给所有流浪猫做了绝育，然后将它们带回公园好生养着，结果养着养着便胖成了如今这样。

后来秦川通过自己微博大V的身份，送出去不少猫咪，周围的一些本地居民知道秦川爱养猫后，捡到被丢弃的猫咪都会送给他，久而久之，养猫成了他生活中的一大乐趣。

秦川刚走到空地上，几只原本趴在地上睡觉的猫咪立刻全都围了上来。他笑着走进屋子，不多时端出来一大盆猫粮，紧跟着又拿出来八个猫罐头，蹲在地上将两者搅拌均匀。

秦川一边搅拌，一边和猫咪们聊天。

“我也养了你们这么久啦，明天就是七夕情人节了，居然还没有可爱的猫耳少女来报恩，这笔仇我先记下了。”

温暖的夕阳洒落下来，一个人、一群猫，显得异常温馨。

第 / 2 / 章

詹知夏

杭州。

盛夏，整座城市像烧透的砖窑，热得让人喘不过气来。

道路两旁巨大的梧桐树耷拉着树叶，步道上的行人尽可能地走在树荫下，但依旧被滚滚热浪折磨得不停擦汗，满脸倦意，然而人群中的詹知夏却是脚步轻快、神情悠然，显得有些鹤立鸡群、与众不同。

她之所以引人瞩目，大概是因为她那出众的身材和外表。

詹知夏一边在街上走着，一边给“母上大人”发消息：“妈，我辞职了。”

隔了一会儿，“母上大人”回复道：“那你七夕不加班了？”

“不用加了。”詹知夏飞快地打着字，心中一阵畅快。

“别吧，我和你爸还要过节呢……”几秒钟后，“母上大人”的回复差点让正在喝水的詹知夏呛到。

她停下脚步，站在原地，好半晌才平复心情，咬牙切齿地回了消息：“妈，你放心，我不会打搅你和爸！”

得到詹知夏的答复后，“母上大人”很快便发来了消息：“宝贝，失业了也别担心，你知道的，我和你爸愿意把这世界上的一切都给你。”

“那我想回家。”

“不行。”

“这……”

“你那破工作早该辞了，整天就是加班加班，为的是什么呀？工资？我和你爸需要你赡养吗？需要你陪着吗？辞了也好，正好借此机会休息休息，出去旅旅游、散散心吧。我看欧洲不错，上次我和你爸去了不少地方，照片你都看过……日本也还行……”

“母上大人”本来是在打字，但后来似乎嫌麻烦，直接发了一长串的语音给詹知夏，其中的内容詹知夏不听也知道，肯定全是秀恩爱。不听也罢。

不过，旅游的建议倒是挺不错。

那就旅游吧。詹知夏做出了决定。但是去哪里呢？

首先欧洲、美洲不用考虑，她虽然已经工作了三年之久，但是因为消费习惯的关系，至今存款不多，而作为一个经济独立的现代女性，伸手找父母要钱这种事她也做不出来，所以只能将目标定在国内和东南亚。

可现在正值盛夏时节，东南亚那边热得可怕，去一趟非得晒黑不可，所以东南亚也被詹知夏排除了。最后只剩下国内，其实眼下国内倒是有许多地方可以去，比如新疆、西藏、内蒙古，但她大学四年期间曾跟前男友去了不止一次，南方的风景也看得有些生厌了。想起前男友，詹知夏倒是记起来一件事。

他似乎曾说过，假如有一天他们分手了，他一定会从北京沿大运河划船到杭州去挽回她。当然，“划船”只是一个噱头，是为了证明他的真心。然而，事实是他们之间的感情后来无疾而终，至于沿大运河划船的事也成了一个笑谈。

不过京杭大运河沿线似乎有不少历史底蕴丰厚的城市，既有文化特质鲜明的人文景观，也有秀美壮丽的自然风光，倒是一个不错的旅游选择。

有了目标，自然得有计划。

詹知夏是一个行动力极强的女生，当即便开车回到独自居住的公寓中，打开电脑查起资料来。因为大运河沿线的旅游不是很热门，资料的重复度和误差也较大，这让詹知夏有些头疼。她本身是一个学园林设计的理科生，有点完美主义，对存在误差的东西尤其敏感。因此，许多她觉得有问题的地方，都会通过知乎、微博以及果壳网等进行多方查证。

在查找资料的过程中，詹知夏发现一件有趣的事，她关注许久的一个科普博主“白浮君”，在早期未成名时竟发布了许多与大运河相关的内容，不过数量不多，很快便被其旅游的视频和照片所替代，再往后则是大量的科普内容。

詹知夏很喜欢“白浮君”的回答风格，同时也欣赏他的学识，从她对“白浮君”两年时间的了解来看，可以确定他不是一个团队，而是一个人，而且以他科普的内容来看，他绝对算是一个了解大量冷门知识的聪明人。

聪明人自然招人喜欢。

也正是因为“白浮君”的博学多才，他在微博上火了，现在微博粉丝多达数百万，所以詹知夏觉得他不太可能回复自己的私信，便也没有对他抱有希望，只是心中充满期待地转发了一条“白浮君”的抽奖微博，紧跟着便继续查询资料，做起旅行计划来。

京杭大运河沿线城市众多，想要从人文和自然两方面深度地体验一番的话，詹知夏觉得计划做得再怎么详细和谨慎都不为过。

第二天，不用早早去上班的詹知夏一觉睡到中午才从床上爬起来，继续做自己的旅行计划。她刚刚登录微博，便收到一条私信。她猜测应该是微博官方的私信，因为这是她专门用来写工作日记的小号，没关注什么人，也没什么人关注她。

可当她点进私信栏后，看到的却是“白浮君”发来的消息。

“请给我一个有效地址和手机号。”

詹知夏既惊又喜，运气这么好？

惊喜过后，詹知夏给“白浮君”发去一条请求他帮忙做旅行计划的私信，让她感到意外的是，“白浮君”非常好说话，不仅同意了她的请求，还和她在微博私信上聊了半个多小时，几乎填补了她旅行计划中百分之八十的漏洞。

果然，喜欢猫的男人都很好说话。

得到“白浮君”帮助的詹知夏，心中颇为感激，继而又在电脑前敲打起旅行计划来。其间母亲给她打来电话，也被她匆匆挂断，她可不想听她妈在七夕情人节跟她秀恩爱。

两小时后，詹知夏敲完最后一个字，终于心满意足地伸了个懒腰。她往word文档的左下角字数显示栏一看。

5323个字。

詹知夏满意地点了点头，然后打开微博私信列表，给“白浮君”发去消息：“白浮君，我做完前半程的旅行计划了，你能帮我看看有没有哪里可以改进的吗？”

隔了一会儿，“白浮君”回了消息：“可以。”

詹知夏当即将五千多字的旅行计划发给“白浮君”。

片刻后，“白浮君”回了条私信。

两秒钟后，“白浮君”又发来一条私信：“这风格怎么给人一种熟悉的感觉……”

“啊？什么意思？”詹知夏不太能理解“白浮君”的话。

“没事，字数有点多，我先看，看完跟你说。”

岂止是有点多，詹知夏几乎将旅行计划当成毕业论文和策划案在做，详细到全程的车票、食宿、景点安排，甚至还配有大量的景点图片，可说是事无巨细。

大约过去十五分钟，“白浮君”终于又发来了私信：“扬州段的资料是谁掀开棺材板给你的？”

“？？？”詹知夏一头雾水。

“对不起，你给我的感觉很像我一个老朋友，所以说话有些不由自主……你资料里面说准备在高旻寺的斋香园吃饭，但那家店已经关了六年多了。”“白浮君”回复道。

“这你都知道？”

看到“白浮君”的回复，詹知夏飞快地打起字来，差点就发送出去了，但想了想后又将输入的内容逐一删除，道：“好，我改一下吃饭地点，你有什么推荐的吗？”

“白浮君”沉默了许久，虽然他是一个科普问答博主，但是回答粉丝这种问题的机会从未有过。

“去旻素道吧，具体位置你查一下，计划我还没看完，我接着看。”

“好。”

“从你住的地方到云龙湖这么近你都打车？怎么不骑自行车啊？”

“我……不会骑。”

“大学没骑过吗？”

“都是前男友骑车带我，后来我自己买车了……”

看到詹知夏的回复，“白浮君”沉默了许久，才回复道：“没有前男友骑车带我，真是对不起，我的想象力还是太贫瘠了。”

“白浮君”的吐槽让詹知夏会心一笑，她刚要说点什么，对方忽然发来一串乱码：“;SDAS,DF/AS.,D”

“啥？”眼前的乱码消息，让詹知夏有些疑惑。

“对不起，刚刚是猫。”过了片刻，“白浮君”发来消息。

“挺好的，和猫相依为命真是梦中的生活。”

詹知夏的语气里有着羡慕，她本身是一个非常喜欢猫的人，但三年来因为忙碌的工作，连自己都照顾不好，更别说照顾一只猫了。

“但是现在还没有猫耳少女来报恩，真是气人。”

詹知夏经常在微博上看到“白浮君”晒猫，此时见他说出这么富有生活气息的话，脑海中顿时浮现出一个大男生被一群猫围住的场景，忍不住笑出声来。

“那你养了这么多猫是准备开后宫吗？”詹知夏故意调侃“白浮君”。

“都赖着不走我有什么办法？”“白浮君”似乎很无奈。

“我太了解你们这些猫奴了，它们真要走的话，你指不定得哭成什么样。你不是送了不少猫给粉丝领养吗？我想问问你，感受如何呀？”詹知夏调侃道。

“白浮君”像是被戳中了伤口，沉默了一会儿，道：“你无锡和苏州段的计划也有问题……”

“哈哈哈。”看出“白浮君”是在转移话题的詹知夏，也没有穷追猛打的意思，转而认真地与他讨论起旅行计划来。两人此时竟都没有发现，他们聊得十分投机，彼此之间似乎有某种默契。

在“白浮君”的帮助下，詹知夏的旅行计划逐渐趋于完美。

第 / 3 / 章

熊孩子

北京。

傍晚时分，当晚霞消退后，天地渐渐被黑暗覆盖，气温也降低了些，蚊虫们活跃起来，围绕着灯光嗡嗡飞舞，密林中不时响起鹭鸣声，完全看不出一丝七夕情人节的迹象。

此时，喂完猫的秦川正悠闲地在公园内散步。

忽然，一个清脆的消息提示声响起，秦川将手机从裤兜里掏出来，发现是“饭色水母”的私信，问他能不能帮忙看看旅行计划。

秦川想了想，回道：“可以。”

得到回应后，“饭色水母”便传来一个文档，当秦川看见文档大小的时候，顿时沉默了。

足足100兆。

她是写了一百万字的论文吗？秦川按捺住心中想吐槽的欲望，将文档点开，一篇排版整齐、图文结合的旅行计划立刻呈现在他的面前。

车票订购、订房软件、饮食软件、出行必备物品、地图软件、各城市旅游项目……

这些东西虽然过于详细，但是对于一个独自出行的女生来说，也还算是正常范畴。

但让秦川感到惊奇的是，她居然在最后制作了一个表格。表格的内容包含具体的时间安排、路线规划、行车距离、交通花费，还有根据旅行路线订下的酒店名称、地址、电话、花费以及根据旅行路线的活动安排所产生的花费。

甚至，还有根据公式自动计算的总花费。

看完后，秦川忍不住给“饭色水母”发了条私信：“这风格怎么给人一种熟悉的感觉……”

秦川的前女友是对数字比较敏感的理科生，也是一个完美主义者，以往他们出行的时候，她总会将行程安排得完美无缺，刚开始的时候她还会询问秦川的想法，但由于他比较随性，后来她便再也没问过。

他们的对话始终如一。

“住哪个酒店？”

“你喜欢就好。”

“我们什么时候出发？”

“你决定就好。”

“你晚上想吃什么？”

“我无所谓的，你看你想吃什么。”

而事实上，秦川也可以做到一切听从前女友的安排，她说去哪儿就去哪儿，她说吃什么就吃什么，从不挑剔她制订的计划。他是真的都可以。

当然，根据两人分手后秦川的反省和总结，他之所以能完全遵从前女友的安排，很大程度上是因为她知道他的一切喜好，所以她在制订旅行计划的时候，也会偏重于考虑他。

想着想着，秦川陷入了沉默，好半晌才恢复过来，开始指点“饭色水母”修改旅行计划。

“我告诉你一个规划行程的小诀窍吧，当你要去的地方是个名气不大的小镇，或者某个大城市的冷僻景点时，可以在微博上搜索关键词，然后你会看到一些内容，大多数是当地居民或游客发的。游客们的图片，一定是筛了又筛的，他们会选出行程中最好看的景色和最美味的食物，而且有的还会加上旅游心得。

“当你看完这些微博内容，也就大概能知道这些地方不同季节、不同天气的样子。而且，哪些景点空有名气，而哪些地方又会给人惊喜，你也会略知一二。同时，各种注意事项你也可以第一手掌握，甚至看完那些照片，连拍照的方法你都能有个大致的思路。说实话，这简直是微博为数不多的可取之处。”

“哈哈哈哈，如果那些微博里的照片，自拍大脸照占构图的三分之二怎么办？”“饭色水母”收到秦川的长段文字消息后，很快便回复道。

看到私信时，秦川心想，女人果然了解女人，他以前搜索过的那些冷僻景点，无论东南西北、国内国外，女生自拍照绝对占比最大。

“不过还真是个很机智的方法。”隔了一会儿，“饭色水母”又发来了一条私信，“那我现在按你说的去收集些资料，明天发给你看看。”

“好。”秦川回复道。

“对了，我不会打扰你的工作吧？”“饭色水母”问道。

“不会。”

因为白浮泉遗址公园尚未对外开放，而且文物所最近也没什么文字工作，所以秦川除了浏览微博、回答问题外，也就是逗猫、散步、拍照、吃饭，还算比较有闲工夫。

“那就好，谢谢你了，晚安。”

“晚安。”将“饭色水母”的私信页面关闭后，秦川本来想翻翻微博，但是心中一动，又打开她制作的word文档看了五六分钟，不知道为什么，这文档内容的排版方式和风格，总给他一种很熟悉的感觉，可具体是什么，他又说不上来。最后，秦川关闭了文档，散完步便休息了。

之后的两三天时间，秦川闲下来的时候几乎都在帮“饭色水母”完善旅行计划，比如出行的一些必需品准备，其中不乏一些保障女生人身安全的东西，毕竟“饭色水母”是独自出游。同时，在“饭色水母”的请求下，秦川告诉了她一个方便联系的工作微信号，两人基本上算是跨越博主与粉丝的界限，成了朋友。

而让秦川感到意外的是，“饭色水母”的朋友圈竟然也没有自拍照，据秦川对女生的了解，这类女生要么长得很丑，要么生活过得非常充实，也不知道“饭色水母”属于哪一种。

当然，这和秦川无关，他只是瞎想一下而已。

时间转眼来到了8月22日。

秦川起床洗漱完毕后，照常先在微博上回答了几个问题，这才出门去视察公园，他一边走着，一边“刷”微信朋友圈，“刷”完大号，接着“刷”工作号。

他的大号只加熟人，好友较少，工作号的内容则丰富一些，其中有一条朋友圈吸引了秦川的注意。

“刚才在高铁上碰到三个‘熊孩子’，幸亏被我机智地制服了。”

发表人是“饭色水母”。

她今天应该从杭州出发去湖州了吧？

湖州位于浙江省北部，是京杭大运河由南向北的第二站，也是“饭色水母”旅游的第一站。

出于好奇，秦川评论了一句：“怎么制服的？”

没想到他刚评论完，“饭色水母”便给他发来了消息。

“我刚上高铁，车厢里就有三个‘熊孩子’尖叫着玩与数字有关的游戏。我跟他们的父母说，管管孩子们，让他们安静一会儿，吵得人头疼。没想到那阿姨说，唉，小孩子嘛，吵点是正常的，理解一下。就我和那阿姨说话的时候，三个‘熊孩子’还在吵，实在是烦死我了。我就问那阿姨，小朋友今年上几年级呀？看起来真聪明，我出几道数学题考考他们吧。

“阿姨听完眼前一亮，问我是不是老师，我点点头，然后写了几道习题甩过去，没几秒钟，三个‘熊孩子’就安静了。

“下车前我看了下他们做的题后，跟阿姨说，这三个孩子基础比较差，赶紧给他们报个数学班补补吧，别耽误孩子了。当时阿姨脸都红了，你说我是不是拯救了车厢里其他乘客接下来的旅程？”

秦川看了消息后，回道：“得亏你遇到的家长不是‘熊家长’，虽然溺爱纵容孩子，但在学习问题上还算比较有原则。我之前有一次去美国，也遇到了‘熊孩子’，那小孩儿刚上飞机不久就坐立不安，又是尖叫又是乱动，后来还把一杯橙汁打翻泼在我身上，我跟他父母讲理，你猜他父母说啥？”

“他还是个孩子，你跟他计较什么?

“一看你就没孩子!

“等你有了孩子也一样！”

“饭色水母”飞快回复了三句话。

“没错，就是这三句话。”秦川道，“因为美国海关查得比较严，我不想惹事，所以当时就忍了，跟空乘说了后换了座位。但我走后那‘熊孩子’还是不老实，又开始骚扰其他乘客，甚至用脚踢一个美国大爷，‘熊家长’也没采取什么措施，后来美国大爷忍无可忍，激动地骂了‘熊家长’，‘熊家长’也不甘示弱，双方骂着骂着还打起来了。最后的结果是机组的工作人员将这起斗殴事件报告给了洛杉矶机场的工作人员，然后机场的工作人员又通报给了FBI、机场执法以及海关执法，最后那‘熊孩子’和他的‘熊父母’因为故意伤害罪被拒绝入境，后被遣送回国。”

“真是大快人心。”

“那次之后，我回去搜集了很多整治‘熊孩子’的方法，没想到基本都用上了，哈哈。”

“希望我这次的行程不会遇到那么多‘熊孩子’。”

“恐怕很难，据我了解，高铁和飞机上是最容易遇到‘熊孩子’的地方。不过没事，到时候遇到了你就问我，我都有办法。”

“那再好不过。先不跟你聊了，我朋友来接我了，我先去吃饭。”

“好。”

秦川看过“饭色水母”的旅行计划表，清楚她的日程安排。

说起来，“饭色水母”也未免太相信自己了吧?

秦川脑海中浮现出这个念头的时候，才忽然反应过来，“饭色水母”信任自己，自己又何尝不是对“饭色水母”有着极强的信任感呢？他最近的确比较闲，但也没想到自己每天会和一个陌生人闲聊。

她身上到底有什么魅力?

第 / 4 / 章

往 事

运河千古流，风光在湖州。

自杭州向北，进入湖州境内后，京杭大运河便分为东、中、西三线。

京杭大运河主线流经湖州市的距离虽然不长，但是对湖州市丝绸文化、茶文化、渔文化、饮食文化以及商业和旅游业的崛起起了极为重大的作用。

而关于旅游业，最主要的是“一段一点”。

“一段”是指京杭大运河的重要支流——頔塘故道，“一点”则指的是依托这段运河逐步发展并兴盛起来，且历史风貌保存完好的南浔镇历史文化街区，也就是人们口中常说的“南浔古镇”。

詹知夏从高铁下车后，便乘坐网约车来到南浔古镇，入住于古镇北边，当地人较多的百间楼中的一家民宿。

入住后，詹知夏并没有急着出去游玩，而是拿起手机和人聊起天来，其中一个是她才认识不久的网友“白浮君”，另一个则是她的发小范萦月。

范萦月和詹知夏都是杭州人，而且非常巧的是，范萦月的家就在大运河杭州段终点的拱宸桥附近。两人从小学到高中一直都在同一所学校读书，直到大学才分开，一个在上海复旦，一个在北京清华。

毕业后，詹知夏回到杭州工作，范萦月则在一年前嫁到湖州，两人经常在杭州见面，但詹知夏还是第一次来湖州找范萦月，因为她的工作实在是太忙。

在微信上和范萦月闲聊了十几分钟后，便有人敲响了詹知夏的房门。

听到敲门声，詹知夏起身走到门前，从猫眼处往外看了看，确认是范萦月后，才将房门打开。

所谓物以类聚，人以群分，詹知夏之所以和范萦月走得近，一是因为智商相近，二是因为两人的相貌也不相上下，都属于走在街上回头率颇高的那一类。

范萦月见房门打开，立刻踩着高跟鞋“噔噔噔”地走了进去，左右打量了一下房间后，才朝詹知夏望去。

“终于有机会见到你不穿职业装的样子了。”范萦月打趣道。

此时的詹知夏下身运动鞋加牛仔短裤，上身一件简简单单的白T恤衫，淡雅的妆容配一个马尾辫，青春靓丽得全然不像一个毕业三年多的职场女性，而像一个才步入象牙塔的大学生。

“我也从没见你穿得不撩人。”詹知夏毫不示弱地回击。

“谁让我美呢，穿什么不撩人？”范萦月朝詹知夏妩媚一笑后，转身道，“走吧，带你去逛逛。”

詹知夏闻言，便快步走到范萦月身边，跟她一起乘电梯下楼。

峋塘故道由西向东横流而过，与南北市河相交，形成一个“十”字，同时将古镇分割为历史文化街区和核心居民区。穿过通津桥，便能从居民区前往历史文化街区。

踏上通津桥，峋塘故道便尽收眼底，在故道的左右两岸，一座座清幽别致、高低错落的白墙灰瓦院落绵延向远方。

此时正值上午八点多，和煦的晨曦洒落而下，河面上泛起粼粼波光，不少居民坐在岸边的石阶上乘凉，也有人在洗衣服，这幅画面给桥上的詹知夏带来了一种安宁祥和的舒适感。她与范萦月从桥上走下来，边走边聊。

“对于你辞职的事，我一点都不感到意外。对于你辞职后旅游的事，我同样不觉得意外，但你选择的路线和目的地，着实让我惊讶了很久。”范萦月转头望向詹知夏，笑道，“你当初那么决绝，我以为你早就忘掉他了。”

“早就忘了。”詹知夏伸手撩了撩被阳光染成金黄色的头发，语气淡淡的。

“我都没说是谁。”范萦月露出洁白的牙齿，打趣道，“万一我说的是北京的小龙虾呢？”

“你……”詹知夏一时语塞。

“不过说真的，这三年你们联系过吗？你知道他的近况吗？”范萦月一改开玩笑的口吻。

“没有联系，也不关心。”詹知夏的目光飘向远方。

“真的？知道你要去北京后，我倒是帮你打听了一下他的近况，想知道吗？想知道的话……”范萦月用手指抵住下巴，摇着头刚想提条件，便听见了詹知夏冷漠的回绝。

“并不想。”

“真的？”范萦月快走一步，侧过头盯着詹知夏的眼睛。

“嗯。”詹知夏轻轻应了一声。

“真的真的？”范萦月继续追问。

“真的。”

“行吧，那我就不告诉你了。”范萦月倒也不急，她知道詹知夏是一个沉得住气的人，不过一旦遇到与他有关的事，就会变得沉不住气。可谁知道接下来的五分钟、十分钟、二十分钟……整整半个小时过去了，詹知夏都只是跟在她的身后，逛逛古镇巷道，没有提及一点关于他的事。

这下子可把范萦月憋坏了，不得不向詹知夏屈服：“好吧好吧，是我输了，三年前你们毕业分手后，他去旅游了一段时间，然后去了文物所上班。”

“嗯。”詹知夏在一旁听着，脸上的表情没有什么变化，似乎并不在意。

而范萦月在说完那句话后，忽然没了声音。

詹知夏等了片刻不见她有下文，这才转过头去看她，范萦月见詹知夏朝自己看来，立刻露出一抹狐狸似的笑：“我就知道，你很好奇他的事吧？”

“只是等了半天，见你不说话，还以为你被噎到了。”詹知夏淡定地转过头。

"你就死鸭子嘴硬吧。"范萦月不以为意，紧接着说道，"说一个重要的吧，他跟你一样，都没再谈过。"

詹知夏听闻此言，表情依旧平静。

范萦月盯着詹知夏看了半天，也不再继续这个话题，而是和她一起安静地逛起来。到了中午十一点多，两人才从古镇出去，开车前往市中心吃饭，下午又接着到处去游玩，直到晚上近九点才各自回到住处，同时约好第二天的见面地点与时间。

詹知夏回到民宿后，第一时间走进浴室，将淋浴开关拨向冷水一侧。

詹知夏很爱干净，平时在家也会每天洗澡，但此刻她洗澡显然不是为了清洗一天下来的汗渍和脏污，而是需要冷静冷静。

她本来以为，那些对她来说曾经很重要的事，在某个时刻被人不经意提起时，她可以做到无动于衷，没想到事实却如此残酷。

她做不到。

花洒哗啦啦地洒下凉水，詹知夏不禁打了个哆嗦，忍不住又将开关拨向热水方向，不大的浴室内很快便充满雾气。

詹知夏站在雾气中，眼前浮现出大学时的画面来。

她与他的画面。

她记得自己曾经很爱问问题。

"你为什么要这么努力当学霸？"

"因为我不想你再问别人问题了。"

"你今天过得怎么样？"

"我这一天都过得很平淡，直到你来找我聊天。"

……

一幕又一幕的回忆鲜活而生动，让詹知夏有些承受不住。

片刻后，詹知夏关了花洒，用毛巾擦干身体，接着便穿好睡衣躺在床上，将今天游玩拍摄的照片选出九张，上传到微信朋友圈中。几乎是眨眼间，便有了一二十个点赞，评论也不少，但詹知夏只是选择性回复。

隔了一会儿，詹知夏看到了"白浮君"的评论，想了想之后，决定直接和他私聊：“南浔镇确实蛮不错。”

“江浙一带有很多古镇，但大都商业化严重，南浔不太追求商业化，反倒留下了一些真正值得游玩的地方。”“白浮君”很快回复了。

“我去了不少你推荐的地方，我朋友都有点惊讶，我明明只去过一次湖州，怎会对湖州那么了解。另外，今天跟老朋友见面，谈了些以前的事，心情不太好，所以明天的计划我打算改一下，找个居民区去画画。”

“你还会画画？”

“会，但不精通，如果来得及的话，可以做成明信片寄给你。”

“好。”

“不过说起来，我记得你也在微博上传了不少自己的画作吧？”

“是有一些，大学的时候特意学过，后来学业渐重，就放下了。”

“那你算是很有天赋了。”

“是吗？这么说来，我没学画画倒是绘画界的损失咯？”

“是是是，莫大的损失。”

似是看出了詹知夏文字中蕴含的调侃与笑意，“白浮君”回复道：“旅游是一件开心的事，既然你已经走出了之前的环境，就不要再因为以前的事不开心了，好好享受当下吧。”

“好。”詹知夏看到“白浮君”的回复，隔了好一会儿才郑重回复。

“那晚安，今天有点累，我先睡了。”

“晚安。”詹知夏给“白浮君”发去最后一条消息后，拿起手机浏览了一会儿朋友圈，忽地又打开微博进入“白浮君”的主页，手指飞快地滑动到底部，选择第一页后，从“白浮君”的第一条微博开始浏览起来。

在翻看“白浮君”微博的时候，詹知夏心里面有种说不清道不明的感情在涌动，她也不知道为什么会和“白浮君”那么聊得来，总觉得他有种说不出的熟悉感，也不知道能不能从他的微博里找出缘由。

第 / 5 / 章

周边

8月23日，处暑。

处暑即出暑，意味着炎热离去，即将进入气象意义上的秋天，但事实上，秋老虎依旧在侵袭着华北大地。不过，位于昌平区的白浮泉遗址公园内，却是一番清凉的景象。

究其原因，自然是公园内植物多、水资源丰富。

植物的蒸腾作用，可以降低自身温度，继而降低环境温度；水的比热容较大，可以吸收很多的热量，也能降低环境温度。

这两者的结合，让白浮泉成了一处不为人知的避暑胜地。

白浮泉，又名龙泉，坐落在龙山之上。

在龙山之巅，有一座明洪武年间建成，著名的祈雨之所“都龙王庙”，庙里的香火一度鼎盛至极。

山下有一座龙泉寺，寺内正殿三间，东西配殿各三间，寺外有一个种满古树的广场，眼下已经成为公园工作人员乘凉、玩耍的地方。

此时，秦川正坐在龙泉寺广场的躺椅上逗猫、看书，看书是为了增长自己的见闻和学识，努力经营好自己在微博上的副业。而正当他畅游知识的海洋时，耳中却听到了汽车渐行渐近的声音，直到车停在他身前不远处，他才从书本里抬起头。

只见一个身穿运动装的青年从驾驶位跨出，大步朝他走来，一屁股坐在他身旁早已准备好的另一把躺椅上。

“呼——”青年全身放松地靠在躺椅上，一脸享受，“真舒服。”

“舒服够了？谈正事。”秦川侧过头，瞟了青年一眼。

这青年是他的邻居兼发小，姓林名澈，中央美术学院的毕业生。过去两年时间，在他的建议下，林澈以热门动画片、影视剧以及热点事件为蓝本画了不少画，因此吸粉数十万，成了微博上一位小有名气的画师。

“真羡慕你，天天待在这么清静的地方，躺在躺椅上，看看书、逗逗猫，轻轻松松就把钱给赚了，哪像我们……”林澈闭着眼睛感慨道。

“废话多，东西呢？”秦川朝林澈伸出手。

作为林澈的朋友，秦川岂能不知道他的生活方式？他几乎天天都在旅游采风，不仅钱赚得不比秦川少，生活质量也比秦川有过之而无不及。

见秦川朝自己伸手，林澈也不拖沓，直接将右手中的文件袋递过去，秦川接过后，从中取出一沓画纸来，画纸上是一只只二次元形象的猫，背景则是白浮泉遗址公园的各个地方，如九龙池、都龙王庙和龙泉寺等等。

“画得很好。”秦川一张张浏览后，道，“但白浮泉的元素有点少。”

“还少？”林澈露出夸张的表情，大声道，“拜托，你只是暂时管理这公园而已，又不是宣传团队的，何必因为它而损害自身利益呢？你也清楚网友喜欢的是你的猫，而不是你的工作环境吧？”

“我做周边产品又不单纯是为了赚钱，而且如果多添加一些白浮泉的元素，不仅不会影响周边产品的美观程度和质量，还有可能成为闪光点。”秦川似乎早就料到了林澈的反应，不假思索便回答了他。

“你这要求也太多了，看来你已经有想法了，画来给我看看？”林澈直视着他的眼睛道。

“给我支笔。”秦川也不露怯。

林澈闻言，立马起身走回车前，开门俯身取出几支画笔，走回来递给秦川。

秦川当即便埋首在画纸上涂画起来，一边画，一边说着话。

“自从上次你来找我，跟我说想合作做周边产品之后，我查了很多资料，网红博主的周边产品与其他消费品不同，主要依托于博主本身而存在，所以对周边产品的宣传，也应该建立在博主这个基础之上……

“当前的网络用户具有许多特征，年轻个性、追求时尚、乐于尝试，如果单单只是猫，不太能够抓住他们的心，我们必须要加一些创意点和独特的东西……

“网红文化创意产品不单单是产品的销售，其来源和创意过程，也是销售的重要内容……”

在秦川说话时，一幅又一幅图被他修改完成了。

第一幅图是一个餐盘，餐盘原本是白色的，现在却被秦川改成了淡蓝色，且有波纹，水中有一只纯黑色的猫在扑腾。

第二幅图是一个杯子，原本只是有猫的图案而已，被秦川修改后，则成了一只猫趴在杯沿上，看起来像是探头探脑地向水杯里张望着什么。

第三幅……

第四幅……

刚开始的时候，林澈还抱着审视和挑刺的态度，但随着秦川将画作一幅幅修改完成，他心中那点中央美术学院毕业生的骄傲早已粉碎。他不得不再次认清一个现实，那就是无论在网络营销、摄影方面，还是在绘画、设计方面，秦川都可以称得上是一个天才。

虽说秦川的绘画能力算不上太出色，比起他林澈尚有八条街的差距，但他知道，这还只是秦川将绘画当成业余爱好所展现出来的天赋。

“不管怎么说，单从你现在学会了的东西来看，你跟她的恋爱还真没白谈。”林澈感叹不已。

正在画画的秦川闻言，画笔突然一顿，在画纸上勾勒出重重的一笔，他没有接林澈的话茬儿。

可林澈显然不准备放过他，继续道：“已经三年了，你还是放不下，对不对？”

“早放下了。”秦川的语气很平静。

“那你怎么还不交女朋友？别告诉我没遇到合适的，你天天待在这里，上哪儿去遇到合适的？你其实不用天天待在这里的。”林澈道。

“没办法，我喜欢啊。”秦川放下画笔和纸，舒展身体靠在躺椅上，抬头望向湛蓝的天。

“我看你还是对她的话耿耿于怀吧？”林澈俨然一副恨铁不成钢的模样，道，“她当初要走，说什么是因为北京环境太差，天天都是雾霾。拜托！你是小孩儿吗？这种屁话你也信？”

秦川沉默不言，片刻后才应道：“即便不是主要原因，但至少也是原因之一。”

“所以你跑来这里？保护生态环境，守护北京最后一片净土？”林澈翻了个白眼，颇为气愤，“我觉得你就是被猪油蒙了心，我看你以后走出来后不后悔！”

“不后悔。”秦川想也不想便回答道。

“这话你留着以后再说吧。”林澈从秦川手中拿过画纸，道，“我拿回去修改一下，到时候直接发邮件给你，你要是觉得行就可以去找设计师做出来了。”

“好。”

秦川话音未落，林澈便起身走向不远处的汽车，接着头也不回地开车离去了。

之后一整天的时间，秦川的心绪都有些纷乱，以至于微博上的消息都没有回复，而是安安静静地看书、逗猫，玩玩手机，看看朋友圈。

转眼天色渐暗。

晚上九点多的时候，秦川正躺在床上玩手机，无意间看到了“饭色水母”发的朋友圈。他将九张照片一一点开，站在摄影师的角度仔细审视，而后确定“饭色水母”具备基础的构图和拍摄技巧，而且调色和后期处理也很出色，因此这九张照片看起来颇为赏心悦目。

九张照片的内容几乎都是他所推荐的地方，他想了想，便在照片下面评论了一句：“拍得很好看。”

隔了一会儿，“饭色水母”发来了消息：“南浔镇确实蛮不错。”

秦川收到消息后立刻回复，两人很快便聊起来了。

当秦川听到“饭色水母”说她跟以前的老朋友见面，心情不太好的时候，秦川有点想笑，这倒是挺巧，他和她一样，心情都不是很好。

而谈到画作时，秦川的心思又有些乱了。他当初之所以学画画，完全是因为前女友的关系，他希望能在她一时没有灵感的时候帮到她。然而事实证明，虽然他是一个天才，但是他前女友在绘画和设计方面至少甩了他几条街。如果不将全身心投进去学画画，他不可能帮到她，再加上学业渐重，秦川最终放弃了学画画。

不过直到现在，绘画依旧是他的业余爱好之一。

第 / 6 / 章

木船

夜已深。

詹知夏与“白浮君”互道晚安后，便翻看起他的微博来。

最初的时候，“白浮君”只发了一些旅游照片和自制视频，从评论、转发以及网友们发帖的时间来看，那时的他并不火，所以有大量细致的回复。但大致半年后，“白浮君”的粉丝数量便呈火箭式上升，自那之后，他的微博内容便从旅游照片、自制视频慢慢向科普方向转变。

刚开始时，“白浮君”科普的内容都比较浅显，从回复内容来看，应该是仔细挑选过，但短短半年时间后，“白浮君”回复内容所涉及的行业越来越多，深度也与日俱增。如果他没有团队协助，那就是自身花了大量时间阅读、研究。

浏览微博的时间过得飞快，詹知夏也逐渐有了些困意，但就在此时，一连十几条微博的内容让詹知夏来了精神。

大约半年前，“白浮君”发起了一项与大运河相关的公益活动。他与其他参与者共同制作了一艘木船，以大运河源头白浮泉为起点，让木船沿运河顺流而下，其间他在微博上进行信号和导航的公开，号召粉丝捐款，同时木船每达到两百公里的里程碑点，他个人就会追加一千元的善款。

截止到最后一条与此事件相关的微博发布，“白浮君”的木船已经成功穿越天津、沧州、德州、聊城、济宁、滕州、台儿庄、徐州以及淮安等城市，结果却在淮安至扬州段神秘消失，至今都没有消息。

木船一边沿大运河顺流而下，一边不断被人拾起修复。这些幸运儿不仅成了一项极有意义的公益活动的参与者，同时也得到了“白浮君”的奖品。

他怎么没跟我提起过？詹知夏有些疑惑，她从一开始便告诉“白浮君”自己要从杭州大运河的终点前往北京大运河的源头白浮泉，而“白浮君”显然也和大运河有着不解之缘，为何他什么都没有说？但转念一想，“白浮君”肯定是有什么难言之隐，正如她一样。

摒弃了这个念头后，詹知夏忽然觉得有些兴奋，她对这种极具创意且又带有公益性质的事情非常感兴趣，心想如果能在之后的旅途中发现那艘木船就好了，她甚至有点想从扬州坐船前往淮安。

詹知夏越想越兴奋，忍不住在网上搜索起此事来，同时想着明天早晨问一下“白浮君”关于木船的各项信息，再根据木船失踪期间，淮安到扬州段的天气以及运河流速等计算出木船可能搁浅或沉没的区域。

詹知夏也不知道想了多久，困意终于如海浪般翻卷而来，将她带入梦乡。

詹知夏睡前想的是木船，可在睡梦中，她回到了大学时期，坐在教室右边靠窗的位置，清晨轻柔的阳光软软地洒在她身上，教室里安静得只有笔尖划过纸面的声音。她低头画了一会儿东西后，抬起头向左边望去，正好对上他温柔的目光。阳光耀眼，她有些看不清楚他的脸。

清晨。

詹知夏从睡梦中醒来，在床上躺了片刻后，这才睁开酸涩的眼睛，昨晚的梦已经被忘得差不多了，只剩下一些零散的画面。她坐起身来，轻轻地摇了摇头，将它们甩开，而后将床头柜上的手机拿起来。

屏幕上有两条来自范萦月的未读微信消息。

“起了吗？我出发了。

“我马上到了。”

第一条是二十分钟前，第二条是三分钟前，再看看当下的时间，八点三十七分，比她平时起床的时间足足晚了一个半小时。

她不禁有些好奇，自己昨晚究竟是几点睡着的？

不过她顾不得去想这些，直接翻身下床去洗漱，但她还没踏入洗漱间，就听见一阵急促的敲门声，詹知夏无奈地回退一步，走到房门前透过猫眼一看，正是范萦月。

房门打开了，范萦月见詹知夏身穿睡衣，头发乱糟糟的样子，颇为惊讶：“‘机器人’也会打破自己的早睡规则？”

她以前到杭州去找詹知夏，两人都是睡的一张床，因此她对詹知夏的作息再了解不过，但转念一想便明白过来，笑道：“昨晚失眠了？做美梦了？”

“想什么呢？”詹知夏一把将范萦月推开，走进洗漱间后反手关上门，脸颊微红。

门外，范萦月似乎从詹知夏的反应看出了什么，微微一笑，也不多说什么。

詹知夏飞快地洗漱完毕，加上化妆、穿衣服也才用了半个小时，这期间范萦月一直坐在沙发上玩手机，见詹知夏准备好了后，这才站起身，道：“走吧。”

詹知夏之前被范萦月的话搞得有些慌乱，也没太注意她的脸色，现在洗漱完后，心情平静了一些，发现她有点不对劲：“你脸色有点差，生病了？”

“有点拉肚子。”范萦月应道。

“吃东西注意点。”詹知夏也没太当回事，只是叮嘱了一句。

两人很快便出了门，范萦月负责带詹知夏去一处风景优美的地方画画，后者坐在副驾驶座上，终于有时间拿起手机聊天了。

詹知夏立刻给“白浮君”发去消息：“早安。我昨晚翻看你的微博，看到半年前的公益项目，很好奇那艘木船现在怎么样了，有消息吗？”

“GPS一直没再传回信号。”

“你去找过吗？”

“我没有，但很多粉丝去过，都没找到，应该是风浪太大，沉没了吧。”

“有点可惜……我对这件事很感兴趣，所以决定从扬州坐船去淮安，看看能不能帮你找到它。”

“那再好不过了。”

“真的很有趣，我看到那些微博后，忍不住幻想出一些故事，其实那艘木船里有两只小生物，它们悄悄地坐上木船，然后靠木船完成了一次伟大的航行。”

“你的‘脑洞’倒是挺大。”

“说起来，你是怎么想到要发起这项公益活动的？”

“很简单啊，我当初去旅行的时候，去了很多地方，有富裕的，有贫穷的，看得多了，就总想改变点什么，再加上有这种能力，想到就去做了。”

“这是件非常有意义的事。”

“谢谢你的认同。”

“还有就是，我很好奇，你为什么将航线选定为大运河呢？”詹知夏犹豫了很久，还是忍不住问了这个问题。

“有一些私人原因，也有一些工作原因吧。”

“私人原因？看来我们跟大运河都有些渊源。”

“是的吧，哈哈。”

詹知夏坐在副驾驶座上和“白浮君”聊得很开心，不时露出笑容，让一旁开车的范萘月感到很好奇：“有情况？”

“什么情况？”詹知夏头也不抬，继续打字。

“追求者？”范萘月露出八卦的笑容。

“不是，一个朋友。”詹知夏摇了摇头。

“你每天工作那么忙，上哪里去交朋友？网友吧。”范萘月的语气很肯定。

“算是吧……”詹知夏想了想，似乎无从反驳。

“那你可得注意点，现在网上的骗子多得很……”范萘月向詹知夏举了不少身边朋友的例子，而詹知夏一直在了解木船项目的相关事宜，完全没有听进去。

大约过了四十分钟后，范萘月带詹知夏来到一处村庄，村庄位于竹林溪边，绿树掩映之下，自大运河分流而出的小溪清澈透亮，隐约可见一条条鱼儿在水中追逐，清新的空气让詹知夏顿感心旷神怡。

抵达目的地后，詹知夏从后备厢里拿出画架、画纸等，范萘月则在詹知夏的不远处铺了一块餐布，不一会儿，上面便堆满了各种零食。

怪不得拉肚子。詹知夏只看了一眼便收回目光，拿起画笔沉思起来，范萦月见状也不打扰她，自顾自地吃着零食、玩起手机来，两人分工明确，怡然自得。

在椅子上坐了片刻，詹知夏没找到什么灵感，忍不住拿出手机，继续跟“白浮君”聊起木船来，聊了一会儿，却无意间发现一旁的范萦月脸色苍白，额头直冒冷汗。

詹知夏立刻起身蹲坐在范萦月面前，有些担忧地问道：“你怎么了？”

“没事，就是有点肚子痛。”范萦月的嘴唇有点泛紫。

“只是肚子痛吗？看起来不像啊……”詹知夏追问道。

“还有点头晕反胃。”范萦月又补充了一句。

“我带你去医院看看吧。”话刚说完，詹知夏拿起手机准备叫救护车。

“没那么严重，我休息休息，晒晒太阳就好了。”范萦月伸手阻止了詹知夏。

詹知夏知道范萦月很讨厌去医院，一时僵住了，片刻后对她说：“那就等等看，如果半个小时后你还这样，我就带你去医院。”

“好。”范萦月虚弱地点了点头。

范萦月身体难受，詹知夏自然也没心思再去画画，于是拿起手机，给“白浮君”发去消息：“你是不是懂一点儿医术？”

“一点点，怎么了？”

“我朋友生病了。”

“什么症状？”

“她说她吃完早餐后就拉肚子，现在不拉肚子了，但感觉恶心不舒服，头还特别晕，脸色很苍白，嘴唇发紫。”

“应该是吃了什么不合适或者刺激性的东西引起的急性肠胃炎，但我也不是特别确定，你等等，我问问我朋友，他是医生。你可以先准备一点盐和热水，如果是急性肠胃炎的话，可能用得上。”

“好。”虽然不知道为什么，但詹知夏还是选择了相信“白浮君”。

第 / 7 / 章

龙泉号

清晨，万籁俱寂，东边的地平线上渐渐升起一轮红日，和煦的日光穿过薄雾，透过窗棂，洒落在被子上，逐渐升温的身体略有些刺痒感，秦川从睡梦中醒来，浓密的睫毛轻轻眨动了几下。

睁开眼睛的秦川并没有起床，而是望着天花板一阵沉默。

他昨晚做梦了，梦到一个他很久都没有梦到的人，这让他有些莫名其妙，只能归结为日有所思夜有所梦了。

这也不能怪他想太多，谁让昨天林澈提到了她。

五分钟左右后，秦川整理好心情，起身下床。

洗漱完毕，吃过早餐，秦川坐在电脑前翻看起微博来。他先是照常回答了一些粉丝的问题，然后开始浏览评论和私信，其中有不少粉丝都提到了白浮泉的周边产品，因他此前在微博上提到过。

说起来，粉丝对他和他的猫的喜爱，正是秦川做周边产品的初衷，而与此同时，他又想利用自己的影响力做一些有意义的事情。比如宣传白浮泉。

虽然正如林澈所说的那样，他只是白浮泉遗址公园的临时管理者之一，不属于宣传团队，但作为一个北京人，在自身有能力的情况下，他希望让更多人知晓并了解白浮泉，而且他觉得自己有义务改变不少人对北京只有雾霾的刻板印象。

这很难，秦川知道。

不过滴水穿石，积少成多，秦川相信自己的所作所为，一定会有所得。

做周边产品只是第一步。

目前，区里面正在进行白浮泉遗址公园的改造计划招标，秦川的第二步，就是准备向领导和投标者提出建议，充分利用他微博上的人气和即将推出的周边产品来宣传白浮泉。

看完部分私信和评论后，秦川登录邮箱，查看起邮件来。

昨天秦川与林澈约好，设计方案改好后，便立刻发到他的邮箱。秦川知道林澈的工作效率一向很高，再加上最难的部分已经解决，只是修改的话，一天的时间足矣。

登录邮箱后，秦川果不其然发现了林澈的邮件，待他将压缩包下载解压后，便得到了一幅幅设计图。

秦川将所有设计图认真地审核完后，便给郑洁发去消息："照着设计图纸做个模型看看吧。"

郑洁供职于一家小有名气的设计师工作室，也是他周边产品的负责人。

"好。"郑洁的回复速度一如既往地快。

解决完周边产品的事后，秦川顿时清闲了不少，当即走向广场逗起猫来，累了后又带着它们在公园里散步。没过多久，秦川便听到了微信消息的提示声。

从时间上估算，发消息的人应该是"饭色水母"，秦川笑了笑，将手机从兜里面掏了出来。

"早安。我昨晚翻看你的微博，看到半年前的公益项目，很好奇那艘木船现在怎么样了，有消息吗？"

"饭色水母"的消息让秦川微微一愣，她的话勾起了他的一些回忆，他过了一会儿才反应过来，迅速回复了她。

"GPS一直没再传回信号。"

"你去找过吗？"

"饭色水母"的话让秦川心一沉，他忍不住叹了口气，同时用手指按动键盘："我没有，但很多粉丝去过，都没找到，应该是风浪太大，沉没了吧。"

秦川发送完消息，本以为“饭色水母”稍作感叹后，便不会再纠结此事，可她的回复让他有些意外。

她竟然说想从扬州坐船去淮安，试试能不能找到“龙泉号”，“龙泉号”是秦川给木船命的名，取自白浮泉的别名“龙泉”。

从“饭色水母”的计划表来看，她是一个计划性非常强的人，改动已经确定的行程，除了不可抗力之外，就是她对此事有着超乎寻常的兴趣。

秦川想不通。不过他也没有刨根问底，而是对“饭色水母”的行为给予了鼓励。

再之后，“饭色水母”又兴致勃勃地问了秦川一些关于木船的事，比如它的制造组装、大致构造、定位方式以及找到它之后的修复方法等。

对此，秦川给出了详尽的回复。

“最开始我是和微博上的一个木工朋友共同制造组装‘龙泉号’的，为了让它能够承受大运河的波涛，我们特地给它制作了一个平衡装置，此外我们还在上面填满了聚苯乙烯，以增加浮力。‘龙泉号’制作好后，经过了大约十五次的下水实验，我们通过模拟雨天情境和凶猛的浪潮确认船身的坚固程度，并加以改进，装上了国内最先进的GPS定位追踪器和最先进的信号发射器，还在‘龙泉号’内留下了联系方式和书面请求，最后找了一个合适的日子，将它放进了大运河。

“信号发射器每二十四小时会发送一次位置信号，书面请求的内容也很简单，就是希望所有遇到它的人，可以将它放回大运河，让它继续自己的征程。”

秦川说着说着，不禁想起了那段时间心潮澎湃、斗志昂扬的自己，颇为怀念。

“龙泉号”放船后，秦川每天都会在微博上发布它所在的位置，其间不少粉丝都看到过它，其中也有不少热心人对它进行了帮助和修复，那在当时还是一件颇有意义的网络热点事件。与此同时，大运河和白浮泉也得到了广泛的宣传，只不过最终“龙泉号”却消失在大运河中，至今也没有消息。

秦川和“饭色水母”聊了很久关于“龙泉号”的事，最后又被问到关于发起这项公益活动的初衷，于是便将之前想好的理由发给了她："很简单啊，我当初去旅行的时候，去了很多地方，有富裕的，有贫穷的……"

这的确是原因，但只是部分原因，不是主要原因。

主要原因正如林澈所说，为了前女友。

三年前，秦川和前女友同时毕业，毕业后，前女友回到家乡杭州，而他则留在北京，两人因为异地的关系分手了。但是他一直都忘不了她，并且对她分手时所说的每一句话都耿耿于怀。

经过一段时间的调整后，秦川入职北京文物所，后来又被调到大运河的源头白浮泉工作。

刚来白浮泉的时候，秦川有些惊讶，没想到北京城区也有风景如此秀丽的地方。而随着他待在白浮泉的日子越来越久，对大运河整体了解得越来越多，他对这里的喜爱之情也与日俱增。

而且，这其中有一个重要原因是，大运河的源头在北京，而终点则是杭州。连两座毫不相干的城市都能因为一条河流连接起来，为什么人与人不行？

与此同时，秦川也想起了当初自己对前女友所说的话，如果将来分手，他一定会沿着大运河划船到杭州去找她，但事实是他做不到。因此，为了弥补自己内心的缺憾，才有了后来的"龙泉号"事件。

表面上是宣传大运河文化和白浮泉的公益活动，实际上他在"龙泉号"的核心部位放了一封写满他对前女友的思念的信，只可惜谁也看不到了。

虽然"饭色水母"信誓旦旦地说一定要找到"龙泉号"，但是说实话，秦川对此不抱一点儿希望。

正当秦川胡思乱想的时候，他忽然又接到"饭色水母"发来的消息，但这一次却和"龙泉号"没关系，而是问他懂不懂医术。

秦川不是医生，但因为常年在外旅游，所以懂得一些急救知识，而且他也和微博上的许多科普博主有联系，其中不乏医生。平常没事的时候，秦川会向他们请教一些相关的知识，经过粉丝们反复的询问后，也会回答一些比较简单的医学问题，因此"饭色水母"这么问他，他一点儿也不奇怪。

“我朋友生病了。”

“什么症状？”

“她说她吃完早餐后就拉肚子，现在不拉肚子了，但感觉恶心不舒服，头还特别晕，脸色很苍白，嘴唇发紫。”

秦川一听“饭色水母”的描述，心里面就有谱儿了，倒不是他的医术有多么精湛，而是因为他以前恰巧有过类似的经历，所以立刻判断出可能是由于食物而引发的急性肠胃炎。

不过秦川毕竟不是医生，为了保险起见，他又向“饭色水母”询问了一些具体情况，这才转头去找自己的医生朋友咨询一番，得到确认后，便给“饭色水母”发去消息：“你用热水和盐调出来的水给她灌两大杯，到时候她会吐，而且会吐得很厉害，不过吐完之后应该就好了。”

“盐水还能治急性肠胃炎？”

“盐水不能治急性肠胃炎，但可以催吐，另外，人在大量脱水后，需要补充盐分和糖分，防止电解质紊乱造成休克或引发其他症状。”与此同时，秦川也不忘告诫一声，“催吐法只是在紧急情况下使用的，待会儿她吐完你最好还是带她上一趟医院。”

消息发过去后，“饭色水母”一直没有回复，秦川有些担心，不过大概猜得出来她现在在干什么以及她一会儿要做什么，于是索性沉下心来做自己的事。

第 / 8 / 章

小时光

竹林，溪边。

詹知夏得到“白浮君”的确认后，便循着记忆，一路快跑到最近的便利店，买了包盐，借了点热水，灌进范萦月带的水杯里，紧接着又狂奔回范萦月身边。

此时的范萦月已是满头大汗，脸色苍白如纸，好像随时都可能会昏迷过去。

詹知夏急忙将水杯递给范萦月，帮着她往嘴里面灌，后者则咕噜咕噜地吞咽着盐水。等喝到第三杯盐水时，范萦月忽然侧身狂吐起来，詹知夏也松了口气，不怕她吐，就怕她不吐。

几分钟过去后，范萦月吐完了，脸色稍微好了一些，疼痛感也减弱了不少。但詹知夏不敢冒险，搀扶着范萦月坐上副驾驶座，开车回湖州去医院看病。

回程途中，范萦月瘫在副驾驶座上，偏头望向詹知夏，虚弱地笑了笑：“才多久不见，转行当医生了？”

“我朋友告诉我的。”詹知夏看了范萦月一眼，语气轻柔，有些心疼。

“哪个朋友，我怎么不知道你还有医生朋友？”范萦月的眼里燃起熊熊的八卦之火。

“就早晨聊天那个，他是个科普博主。”詹知夏应道。

“网友啊……”范萦月顿时觉得有点失望，但旋即又有了兴趣，“长得帅吗？什么学校毕业的？主业是医生吗？”

“你查户口呢？”詹知夏没好气地看了范萦月一眼。

“我又不是你妈，不想帮你张罗婚事，我只是想你找个人陪在身边，总一个人终归不是事儿，对吧？”范萦月开启劝导模式。

“我看你的病已经好了，咱们不去医院了，改道去吃小龙虾吧。”詹知夏故意这样说道。

范萦月也不接话，只是静静地看着詹知夏，后者虽然感受到了前者的注视，但还是一言不发，专心致志地开车。

“算了，每次都说，你烦我也烦。”范萦月最终放弃了，扭过头，望着高速公路上的车流，说，“就看你走完这次能不能有些新想法吧。”

“嗯……”詹知夏轻轻地应了一声。

“不过那个科普博主，人怎么样？你得帮我谢谢人家。”隔了一会儿，范萦月觉得舒服了一些，忽然想到这件事。

“很有才华。”詹知夏想了想，才说，“放心，我会代你向他道谢的。”

过了大约四十分钟后，詹知夏和范萦月抵达湖州市第一人民医院，范萦月的老公宋奇早早便在医院门口等着，一看到熟悉的车立刻跑了过来，将范萦月搀了出去。

詹知夏将车开到停车场，随后才走进医院。她边走边掏出手机，给“白浮君”发去消息：“这次多亏了你，我朋友让我跟你说声谢谢。”

“举手之劳。”“白浮君”隔了一会儿才回复。

“她现在在急诊室，我去陪陪她，回聊。”詹知夏发完消息，便将手机收了起来。

说是陪范萦月，其实詹知夏完全是当电灯泡，范萦月的老公宋奇一直在跑前跑后，又是心疼又是安慰。詹知夏看到这个场景，不禁为范萦月找了一个好老公而感到高兴，不过在高兴的同时，心中也有些怅然。

单身至今的三年时间，她一个人经历了许多事情，虽从未有过再找一个人陪伴的念头，也不觉得一个人如何孤单，但面对此时突如其来的“狗粮”，还是忍不住生出颇多感慨。

之后的半天时间，詹知夏便一直陪着两人，直到天黑才在范萦月的劝说下离去。离开医院后，詹知夏先填饱了肚子，然后才按照计划表里的行程游玩起来。

第二天一大早，詹知夏在微信上与范萦月道别后，便叫了网约车前往汽车站，之后再乘汽车前往苏州。

苏州，古称吴，因京杭大运河而得名的万商云集的天堂，时至今日，大运河仍然承担了苏州近一半的货运量。而且，作为大运河重要的组成部分之一，苏州古城河环绕着整座苏州城，将苏州众多的历史文化遗产联结起来，俨然成了对外宣传的旅游名片。

古运河既哺育着苏州城，又孕育出大量非物质文化遗产，如苏绣、宋锦、苏州御窑金砖等，它们作为苏州文化的精髓，展示了丰富且特别的地域文化。

詹知夏不是第一次来苏州，却是第一次一个人来苏州，她上一次来是五年前，和前男友一起来旅游，待了三天时间。

詹知夏坐在汽车上，眼睛望向窗外，一座座高楼大厦一一闯入眼帘。她的内心有些不平静，脑海中止不住地浮现出五年前她来苏州时的画面，与他同行的一幕幕是那样鲜活，让她顿时觉得连呼吸都变得难受起来。

詹知夏不禁有些埋怨范萦月，如果不是范萦月前两天总是提及关于前男友的事，现在她也不会这样胡思乱想。

汽车很快便从高速公路驶向市区，汇入上班的车流，最终抵达终点站。

詹知夏拉着行李箱下了车，站在车站出口处等待早已约好的网约车，同时环顾着这座陌生又熟悉的城市。

不多时，网约车便来了。詹知夏乘车前往市中心的一家四星级酒店，入住后她也没多做休息，急忙赶往计划表里的目标景点。

坐在前往既定目的地的车上，詹知夏的目光一直在游离，她不时看见五年前曾和另一个人走过的街道，吃过的饭店，虽然过去了五年时间，但是这些地方大都没怎么变，只是少了两道青春的身影。

一整天下来，詹知夏去了不少地方，但觉得索然无味。

晚上八点，天色渐暗，五颜六色的霓虹灯在城市中亮了起来。詹知夏此时正在古运河的岸边漫步，目标是不远处的新市桥码头。

新市桥码头是夜游苏州古运河的起点，码头边停靠着四五艘游船，游船闪烁着亮眼的灯光，将河水映照得时而泛紫，时而泛红。大量的游客正从码头登船，人潮涌动。

不一会儿，詹知夏也上了船，走到甲板上扶着栏杆站稳。

晚风裹挟着湿润的水汽吹拂而来，吹散一整天的燥热，詹知夏站在甲板上，望向运河的两岸，一边是鳞次栉比的摩天大楼，一边是精致典雅的古建筑，古今相映，却意外和谐。

随着游船慢慢地行驶，路过一个又一个与大运河相关的名胜古迹，詹知夏虽然事前已经对这些有所了解，但是依旧认真地听着导游的讲解。

"咱们游船的第一站是盘门三景，分别是雄踞西南的'盘门'水陆城门，横跨运河的'吴门桥'，临流照影的'瑞光寺塔'。这三景被奔流千年的运河联结起来，成为苏州古城的名胜区之一。

"'万人码头'原名为'犯人码头'，在清代，它是江南各地由水路押犯人来苏'过堂'送审的专用码头，后来，改由陆路押犯人来苏，码头不再使用，当地居民为避邪化吉，遂将名字改成'万人码头'。

"觅渡桥，原名'灭渡桥'，觅渡桥水段曾经水域宽阔，只有靠船舶才能通行，但船夫时常欺凌旅客，甚至掠夺旅客的财物，就连昆山和尚敬修也差点遭殃，于是敬修上诉到官府，治了船夫的罪，同时发起募捐，建造桥梁。桥梁建成后，取名为'灭渡'……"

导游的讲解非常笼统，远不如之前"白浮君"告诉詹知夏的一些典故和事迹，这也让詹知夏了解到"白浮君"肯定对苏州很熟悉，否则单凭网上收集的资料，绝不可能知道得那么详细。

游船慢悠悠地前行，一直从万人码头到平门、齐门、娄门、相门，最终抵达人民桥后又原路返回。

一路上，导游除了讲解两岸的景点外，还颇为自豪地告诉游客大运河申遗成功后，苏州古运河两岸的一些变化。比如高新区正在打造运河风光带，它北起寒山桥，南至友新高架桥，穿过繁华的城区，临近苏州古城。

随着运河风光带的兴起，运河沿岸的变化日新月异，导游推荐游客们每次来苏州都可以重游一次大运河。

晚上九点半，游船返回新市桥码头，等第一批人拥挤下船后，詹知夏也顺着人流回到码头。

夜游运河是詹知夏今天最后的计划，但此时的她没有回酒店的意思，而是迎着清凉的晚风，沿着大运河的岸边散起步来。

没走多久，她便来到了一处古色古香的仿古建筑群，虽然是仿古建筑，但是内里颇具文艺气息，看起来像是年轻人会集的地方，有大量的咖啡厅、明信片馆、小酒吧等等。

詹知夏看了看时间，见不是很晚，便准备找一个地方坐坐，徘徊之间，忽然将眼神定在了一家名为“小时光”的咖啡厅上。

小时光……

詹知夏忽然记起五年前她和前男友在苏州的时候，在一家名为“小时光”的咖啡厅坐了许久，还各自在便利贴上留言并贴在了留言墙上。虽然咖啡厅的名字一样，但是位置有很大的偏差。

是分店吗？

詹知夏犹豫了一下，还是走进了“小时光”咖啡厅。刚踏入其中，熟悉的装修风格便让她确定，这应该就是五年前那家店的分店，而正当她生出这念头的时候，一个惊喜的声音忽然传来。

第 / 9 / 章

旧人旧事

“知夏姐姐？”

詹知夏闻言，发现这声音有些陌生，但又有些熟悉，好像在哪里听过一样。

在这里都会碰到熟人？谁会喊我知夏姐姐？

詹知夏带着满腹的疑惑转过头，望向声音的源头，那是一个十七八岁的女孩儿，此时正惊喜地朝自己走来。

“你好，我们认识吗？”詹知夏看向女孩儿，觉得她有点眼熟，又实在记不起来在哪里见过，脸上的表情很平静，心中却有些尴尬。

“知夏姐姐，我是星如呀，吕星如。”女孩儿走到詹知夏面前，面色激动。

“吕星如？”听到女孩儿自报姓名，詹知夏先是很惊讶，然后由上至下仔细打量了她一番，忍不住感慨，“真是女大十八变啊，姐姐都认不出你来了。”

眼前的女孩儿吕星如身高和她相当，都是一米七左右，腰肢纤细，双腿修长，一张略施粉黛的娇俏小脸上洋溢着青春的气息，完全看不出五年前又矮又瘦，面色蜡黄的模样。在詹知夏的记忆中，吕星如似乎还戴了一副非常厚的眼镜，现在也没了，想到这里，詹知夏又看向她的眼睛，确认她戴了隐形眼镜。

“知夏姐姐，真没想到还能再见到你。”吕星如压抑不住内心的激动。

“我也是呢，真的好巧。”詹知夏环顾了一圈，问道，“这是你家开的分店吗？”

“不是，原来那家店的租期到了，然后爸爸就把店搬到了这里，听我爸说，好像是因为近几年市里面要打造大运河风光带。”吕星如向詹知夏解释的时候，忽然想起詹知夏从入店到现在一直都是站着说话的，于是带着她找了一个靠吧台的位子坐下，“知夏姐姐你先坐，我去给你倒杯水，或者你想喝什么，我给你做。”

“就白开水吧。”詹知夏笑了笑。

“好。”吕星如应了一声，便回到吧台后去接水了。

詹知夏则打量起搬迁后的“小时光”来，因为店址改变的关系，店铺的构造自然与五年前不同了，不过装修风格倒是没有太大的变化，比如地板、墙壁的颜色，墙壁上的一些猫猫狗狗的卡通画，店内的鲜花种类，菜单的样式，一面贴满各色便利贴的留言墙。

望着那面留言墙的时候，詹知夏的表情微微一僵，等恢复过来时，吕星如已经端了杯水坐在她对面了。

此时，咖啡厅里的员工纷纷看向詹知夏，似乎对老板女儿的漂亮姐姐有些好奇，周围的一些男顾客也不时朝两人望去。

“知夏姐姐，你是来苏州玩吗？大哥哥怎么没跟你一起？”吕星如将水杯放在詹知夏面前，问道。

“我们早分手了。”詹知夏的语气很平淡。

“啊？！”吕星如露出惊愕的神情，旋即有些遗憾地道，“真是可惜，你们以前那么好……”

“呵呵。”詹知夏抿了口白开水，轻轻笑了笑，也不接话。

“那你现在是单身吗？一个人来苏州？要不要我带你玩呀？我知道很多好吃好玩的地方。”吕星如思维跳跃，转眼便将话题转向别处。

“不用啦，该去的地方我都去过了，明天差不多就要走了。”詹知夏笑着拒绝了。

“有点遗憾。”吕星如似乎有点沮丧，但马上又恢复了，“不过没关系，以后也会有机会的。”

“嗯，我现在在杭州，如果你来杭州的话，有空我可以带你玩儿。”詹知夏拍了拍吕星如的肩膀。

“那太好了，知夏姐姐，我们加个微信吧。”吕星如露出大大的笑脸。

“好啊。”詹知夏拿出了手机。

之后两人互相加了微信，在添加好友的界面，詹知夏看到吕星如朋友圈的几张缩略图，觉得有些眼熟，点进去一看，发现定位地点是北京电影学院，不免有些惊讶：“你考上啦？”

“对！我去考了，而且考上了！”吕星如满脸笑容，拉着詹知夏的手，道，“说起来我一直都想对知夏姐姐你说声谢谢，当初如果不是因为你对我的鼓励和支持，我肯定不敢转学表演，然后去参加艺考……”

“你的确有潜力，我的鼓励只是锦上添花而已。”詹知夏笑了笑，道，“所以再过几天你就要去军训了吧？”

“嗯，一想到军训就难过。”吕星如顿时摆出一副苦瓜脸。

“多准备点防晒霜吧，你肯定用得上。”詹知夏先是笑了笑，旋即又想起大学军训时的一些事，心情瞬间变得低落了。

吕星如见詹知夏的表情有些不对劲，想了想，道：“我记得大哥哥和知夏姐姐就是军训时认识的吧……其实我很想问问，你们为什么会分手呢？”

“异地、生活习惯、脾气、性格……很多原因。”詹知夏也不遮掩。

“你们分手很久了吗？”吕星如问道。

“毕业就分了。”詹知夏依旧是淡淡的语气。

“啊？”吕星如露出吃惊的神色，道，“那你知不知道大哥哥后来还来过‘小时光’？”

“他什么时候来的？”詹知夏心头一震，下意识地问道。

“应该是一年半以前吧，我当时不在，听我爸说的。”吕星如想了想，道。

“他来干什么了？”詹知夏有点疑惑。

“没干什么呀，喝了杯咖啡，跟我爸聊了聊天，然后走的时候，他在店里买了一个时间胶囊。”吕星如将她知道的情况一一道来。

“时间胶囊……”詹知夏喃喃道。

吕星如家的咖啡厅是一家网红店，在网上的知名度很高，而作为一家网红店，“小时光”当然不仅仅有猫猫狗狗和好的环境那么简单。它之所以火，是因为它有一个噱头，那便是由店主手工制作的时间胶囊。

在没来“小时光”之前，詹知夏就经常听说一些情侣专程从其他省市赶去苏州“小时光”买一个时间胶囊，记录下恋爱双方认为最深刻的内容，然后将时间胶囊埋入土中，作为一种慢递寄给未来的自己。

对于两个人来说，时间胶囊是爱的种子，是爱的时光机，但对于一个人来说，时光胶囊则是埋葬过去的自己的棺材。

他来“小时光”买时光胶囊，是想埋葬过去吗?

詹知夏不得而知，但此时此刻的她，心情差得难以言喻。

“知夏姐姐，你还爱着大哥哥对吧？”吕星如默默注视了詹知夏好久，缓缓地说道。

“早没有了。”詹知夏摇了摇头。

“可是当初你们那么好……”吕星如又忍不住说了一遍。

当初……当初的他们才大二，恋爱一年半，尚在热恋期，趁暑假时间一起来苏州旅游，因为两人学业繁重，又都不是大富之家，所以旅游的资金全都是奖学金和做兼职赚来的钱，而且大部分都是他出的。

在苏州的几天时间，他们住在青旅，因为他喜欢与陌生的旅者交朋友，喜欢探索未知。

由于离“小时光”比较近，所以两人每天晚上都要去那里坐坐，正是在那里，两人认识了“小时光”的老板吕哲及其女儿吕星如。

当时的吕星如才十三岁，是个懵懵懂懂的初中生，学习成绩不佳，对未来充满迷茫，而刚上大二的詹知夏，在那几天主动传授了许多学习技巧给吕星如，并与她进行了几次沟通，对其内心深处的想法给予了肯定和赞同。

也正是因为詹知夏那时的主动，才有了现在吕星如考入理想学校的结果。

那段时间，詹知夏的前男友跟着吕星如的爸爸吕哲学习了不少插花技巧，前男友插的第一束花便送给了她。在店里面音响坏了的时候，他还用吉他给她弹唱了七八首歌，引起了店里不少员工和客人的注目。

那时候的他们，是吕星如眼中最好的一对。可现在，最好的他们也散了。

"唉……"吕星如叹了口气，决定不再与詹知夏谈论此事，而是聊起她自己来。她提到高中去培训班学表演、艺考等经历，詹知夏听得津津有味，直至店里的客人纷纷散去，时间也到了十点半。

"太晚了，我就先回去了，如果有机会的话，在北京可以继续聊。"詹知夏站起身来。

"好呀。"吕星如也笑着起身，准备送詹知夏离去。

可当詹知夏迈步走向门外，路过那面贴满便利贴的留言墙时，却忍不住停下了脚步，从刚才的聊天中她得知这墙上的便利贴有新的，还有以前那些旧的。

在留言墙前站定后，詹知夏用眼睛不断扫射，似乎在寻找着什么。五年前，他们都曾在留言墙上留下自己想说的话，秦川当时写了什么，她好奇很久了。

时间一分一秒地过去，店员已经在整理收拾，准备下班，吕星如则坐在一旁，笑盈盈地望着詹知夏。

刚开始的时候，詹知夏只是用眼睛寻找，后来她开始用手翻找。

半个小时后，就在詹知夏想放弃的时候，她的目光忽然定在一张淡粉色的便利贴上。她认得那龙飞凤舞的字，是他的字。

詹知夏没有把便利贴撕下来，只是站在那里看，便利贴上写着："我喜欢你，在所有时候，也喜欢有些人，在他们偶尔像你的时候。"

在心里将这行字读完后，詹知夏深吸了一口气，好半晌才睁开眼睛，刚想要转身离去，忽然发现在那张便利贴的旁边还有一张淡绿色的，也是他的笔迹，上面写着："现在还不晚，永远都不晚。"

这一刻，詹知夏的心情突然变得很复杂，等回过神来，便转身向吕星如道别，然后走出了"小时光"。

此时，夜已经很深了，月明星稀，路上行人稀少，詹知夏一个人行走在街道上，颇有种寂寥的味道。

第 / 10 / 章

传 承

“现在还不晚，永远都不晚。”

詹知夏从“小时光”回到酒店后，躺在床上辗转反侧了两小时，望着漆黑的天花板，思绪纷飞。

第二天，太阳照常升起，詹知夏迷迷糊糊地洗漱完毕后，便出门了。

今天詹知夏准备去看一些桥，这是“白浮君”推荐给她的，他告诉她，苏州是全国极为著名的桥城，唐代时便有“红栏三百九十桥”的诗句流传。苏州桥中，三鼎甲当为宝带桥、彩云桥和枫桥。枫桥因唐诗而名传千古，宝带桥和彩云桥则胜在造型奇妙。

之后的一整天时间，詹知夏都在看桥，其中不少是原汁原味的古建筑，也有一些是近代重建的桥，每一座桥都风格鲜明，各有千秋，让人为之惊叹。

看完部分市郊的桥后，已经是下午五点钟了，詹知夏乘车回到市区的古运河旁，继续参观游览，忽然发现远处的一座桥边有人群聚集，似乎发生了什么事。

詹知夏本不想去凑热闹，但顺路走到近处时，却听到有人在议论。

“你让我去扶？你怎么不去？被讹了怎么办？”

“就是，不想讹人，她为什么要摔倒啊？”

听到议论声，詹知夏顿时感到心寒，也大概明白发生了什么事，忙向人群聚集的中央望去，只见一个衣衫整洁干净，大约六七十岁的老太太倒在地上，双目微闭，牙关紧咬。

四周的行人都在指指点点，但没人敢上前搀扶老太太。

对此，詹知夏能够理解，但也有些心寒。她没有犹豫，果断走上前去，只听见身后有人在劝她："小姑娘你可要想好啊，万一被讹了……"

"是啊是啊……"

"现在老骗子可多了……"

对于路人们的劝告，詹知夏好像没有听见一样，径直走上前去。

扶？肯定不能扶。道理很简单，如果老太太没摔伤，自己肯定能爬起来，但如果她摔伤了，詹知夏去扶她，其实是在帮倒忙。她上小学的时候就知道，不懂急救的人如果随意搬动摔倒的人，很可能对伤者造成二次伤害。

正确的做法很简单，第一步是保护现场，阻挡来往的行人和车辆，防止误伤伤者，然后再上前观察摔倒者的伤势，询问情况，问伤者自己能不能起来，如果可以，便让他自己起来，如果不行，也可以帮忙联0系其家人或者救护车。

这时，詹知夏已经来到老太太身旁，蹲下身望着她，关切地问道："老太太，您感觉哪里不舒服或者疼吗？您自己能站起来吗？"

"小腿有点疼，站不起来。"老太太的声音非常虚弱。

"那我可以用您的手机给您的家人打个电话吗？然后再帮您叫个救护车？"詹知夏询问道。

"我家人不在本地，你帮我叫个救护车吧，谢谢你了，小姑娘。"老太太表现出非常感激的样子。

"那好。"詹知夏得到老太太的同意后，当即将老太太因摔倒掉落的苹果手机捡起来，并拨打了120，告知对方具体的情况和位置。

"奶奶您多大年纪了呀？"从老太太的穿着、语气以及地上的苹果手机，詹知夏判断她应该不是想碰瓷，也不是那种不讲理的人，便决定跟她聊会儿天，以分散她的注意力，帮她减轻疼痛感。

"我今年六十七了。"老太太应道。

"需要我通知您老伴儿或孩子吗？您孩子在哪里呀？您摔倒了肯定需要人照顾。"詹知夏关心起老太太来。

"我老伴儿两年前就去世了，我女儿也去国外出差了，短时间内回不来。我外孙女倒是在苏州，但她现在在读书，我不想打扰她。”老太太虚弱地笑了笑。

“这都什么时候了，还谈什么打扰？您要是不告诉您外孙女，事后她知道了肯定会埋怨您。”詹知夏说完见老太太依旧有些犹豫，继续道，“您就相信我吧，我是站在一个外孙女的立场跟您说的。”

“那好吧……”老太太最终答应了。

詹知夏见老太太点了头，立刻在手机通讯录里找出她外孙女的电话拨打出去，电话很快接通了：“喂，你好，你是于冬冬吗？你姥姥摔倒了，可能需要你去一趟医院，我让她跟你说吧。”

詹知夏怕于冬冬认为她是骗子，说完后便将手机放在老太太的耳边。

“喂，冬冬啊……”

“姥姥，你没事吧？你在哪儿？我现在就过来！”

“我没事儿，就是不小心摔了一下，要不你别过来了，别耽误你上课。”

“姥姥你说什么呢，这时候我还有心情上课吗？你等着，我现在就过去。”于冬冬说完后没有挂断电话，而是询问了老太太的一些情况，直到老太太说话都觉得有些累了，这才挂断电话。

电话挂断后，老太太望向詹知夏：“小姑娘啊，你是个好人……”

接着，老太太又环视了一圈依旧在围观的路人，道：“其实他们也是好人，只是现在变老的坏人太多了，我都理解。”

“唉……”詹知夏也不知道说点什么好，只是叹了口气。

“我是苏州本地人，在这大运河边上生活也有六十多年了，最近几年看到过好几起类似的事件，看到那些好心人被讹，我心里面也难受得很，你说现在的坏人怎么就这么坏呢？”老太太说话的时候，胸膛略微起伏，似乎有些生气。

詹知夏见状，赶忙安抚她，让她平静下来。

突然，詹知夏的目光定在了老太太的右耳上，她看了又看，忍不住问道：“奶奶，您这是点翠的耳环吧？”

“是呀，你知道点翠？”老太太闻言，有些意外，也有些惊喜。

“知道一点儿。”詹知夏点了点头。

点翠工艺是一项中国传统的金银首饰制作工艺，始于汉代，在清代康熙、雍正、乾隆时期达到发展的巅峰，晚清、民国时期仍然流行，直到抗战爆发后才逐渐淡出人们的视野。而近现代以来，由于点翠的原材料翠鸟被列为国家保护动物，因此点翠工艺逐渐走向没落，留存在世的点翠首饰皆价值不菲。

“我家老头儿就是自小学点翠的手艺人，他那一脉啊，点翠手艺传男不传女，但我只给他生了个女儿。”老太太喃喃道，忆起了往事。

“那这门手艺就这样失传了吗？”詹知夏问道。

“那哪儿能啊。”老太太笑了笑，道，“我老伴儿可不封建迷信，其实他愿意教给女儿，只是女儿不愿意学，觉得太过残忍，不过老头子很早之前就把这门手艺教给我了。”

“也是，什么传男不传女呀，终究是一纸空谈，爱的传承反而更加重要。”詹知夏闻言，这样说道。

“他本想着等女儿生了外孙，再把这门手艺传下去，但没想到的是，我女儿也生了个女儿。我外孙女倒是想学，但是她妈不让，不过我这外孙女后来也没让我失望，考上了苏州大学的设计系，研究出了替代材料，用缎带和轻黏土也能做出点翠首饰，既环保又便宜，而且没什么差别，非常受欢迎，听说在网上赚了不少钱。”老太太说话间颇为自豪。看着老太太灿烂的笑容，詹知夏便知道转移注意力的目标已然达成，同时心里也十分感慨。

整个大运河沿线，乃至整个中国，有着数不清的非物质文化遗产，有的因为时代快速发展而消失，而有的则顺应时代留存了下来。

正当詹知夏思索之时，老太太忽然伸出手，将右耳的点翠耳环摘了下来，摊在掌上递给詹知夏，道：“这只耳环啊，是当年我自己做的，本来左耳也有一只，是我老伴儿做的，但两年多以前已经送出去了，这只就送给你吧。”

“这我可不能要。”詹知夏连忙拒绝。她虽然不太了解点翠，却也看得出来，这绝不是轻黏土和缎带所做的点翠首饰，价值肯定不菲。

只是好心帮人叫个救护车而已，詹知夏受不起这份厚礼。

“都是缘分，难不成你想让我戴着它一起入土吗？”老太太不收手，坚持要送给詹知夏。

“不行不行，真的不行。”詹知夏的态度也很坚决。

可老太太一直伸着手，连手掌都略微颤抖了，詹知夏见状，忍不住叹了口气：“好吧好吧，我收下。”

见詹知夏收下耳环，老太太这才笑了起来。

在詹知夏接过耳环的时候，救护车也赶来了，医护人员抬着担架下来后，没多久便将老太太抬上了车。詹知夏想了想，决定跟老太太一起坐救护车去医院，才到医院没多久，老太太的外孙女于冬冬也赶了过来。

这时老太太正在手术室急救，詹知夏接通电话后，于冬冬很快便来到手术室门口，一见面便对詹知夏道谢。詹知夏急忙掏出兜里的点翠耳环递给于冬冬，说：“这是你姥姥的东西，我代为保存，现在还给你。”

“这是姥姥送给你的吧？既然她送给你了，你就收下吧，她和我外公早商量过了，会将这对耳环送出去，我们家已经不需要点翠了。”于冬冬笑道。

“那好吧……”话说到这份儿上，詹知夏实在不知道该如何拒绝了。

既然于冬冬到了，詹知夏也可以放心地离开了。回到酒店，洗完澡，躺在床上的她，发了一条微信朋友圈：“爱的传承更加重要。”

不多时，“白浮君”评论：“今天发生了什么事，感触这么深？”

“今天我在路边帮助了一个摔倒的老太太，跟她聊了会儿天，说到了与非物质文化遗产传承有关的话题，所以有点感触。”

詹知夏的消息刚发出去一会儿，“白浮君”便发来一条让她感到莫名其妙的消息：“感谢！实在是太感谢了！哈哈。”

詹知夏不禁感到很疑惑：“嗯？感谢什么？”

“刚才你的话让我产生了灵感，解决了我工作上的事，很重要的事。所以我现在要先去忙一下，有空再聊。”“白浮君”回复道。

“很高兴能帮上忙，那你去忙吧。”詹知夏回复完消息，便观察起那只点翠耳环来，翠蓝色的羽毛在灯光的照耀下显得格外梦幻。

第 / 11 / 章

信号

北京，白浮泉遗址公园。

秦川将简易的催吐法告知“饭色水母”后，便继续做起自己的事情来，逗逗猫，在山上山下四处逛逛，与此同时，也会回复一些网友提出的问题，如果碰到很有意义或者有趣的，秦川还会转发。

当然，秦川也不忘学习与周边产品的制作、售卖相关的知识，他一直都在思考有什么办法能将白浮泉，乃至大运河文化都糅合在周边产品之中，然后利用他在微博上的人气，对它们进行推广。当初的“龙泉号”便是尝试之一。

时间飞快流逝，转眼已是傍晚。

正在给猫喂食的秦川，收到了来自“饭色水母”的消息：“这次多亏了你，我朋友让我跟你说声谢谢。”

“举手之劳。”秦川看到后，隔了一会儿才擦了擦手回复。

“她现在在急诊室，我去陪陪她，回聊。”“饭色水母”回复得很快。

“好。”秦川回复了消息后，便放下了此事，不再担心“饭色水母”的朋友。

喂完猫，吃完饭，又工作了一会儿，秦川便洗漱休息。

一夜无话。

第二天起床后，秦川如往常一样工作、学习，没事的时候看看微博，“刷刷”朋友圈。大概下午两点的时候，秦川翻看到“饭色水母”才发布不久的朋友圈，九张照片均出自苏州的著名景点，这些地方常年游客爆满，但“饭色水母”从特殊的角度，拍摄出了无人的优美风景，是一组名副其实的“照骗”。

她配的文字很正常，但作为一个半职业的摄影师，秦川从她的照片里读出了一些别样的情绪。忧伤？追忆？沉重？秦川不知道，但反正不是旅游过程中应该有的欢快。

想了想之后，秦川给“饭色水母”评论了一句：“怎么？心情不太好？”

大概过了五分钟后，“饭色水母”才回复：“……你怎么知道？”

“看得出来。”秦川回复道。

“是有些不太好……”

隔了一会儿，看到“饭色水母”的消息，秦川想了想，选择直接给她发消息：“方便说吗？”

“也没什么，就是来到苏州，想起了一些往事。”“饭色水母”道。

“和前任吧。”秦川虽然是在问，但语气是笃定的。

“嗯……”“饭色水母”显然情绪有点低落，回道，“今天坐在车上，感觉所过之处都是以前的痕迹和身影。”

“谁说不是呢……”

秦川看到后，下意识便要回复，但打完字后，又一个个删去，换成了安慰的口吻：“交给时间吧，时间能治愈一切，会帮你忘记过去。”

“那不是忘记，那是算了。”

“饭色水母”的话让秦川一怔，顿时不知该怎么回复她，与此同时，“饭色水母”也感觉到对方似乎与她处在相同的困境，但此时的她没有心情关注此事。

“你说，明明相爱的两个人，为什么会分手呢？”“饭色水母”似乎在感叹。

“大概除了爱情之外，还有别的事在牵绊人生吧。”秦川沉思片刻，这样回道。

“唉……”“饭色水母”叹了口气。

“冒昧地问一下，你们为什么会分手？”秦川决定冒险问一下。

“因为当初的我们都不太成熟，他向往自由，我却希望他固守一方，努力上进。我没有安全感，希望从他身上获取安全感。我们的脾气都很大。我们不在一座城市……”“饭色水母”细数了一大堆的理由，有她自己的，也有她前男友的。

秦川看完后，不由得长叹了一口气，“饭色水母”所说的这些又何尝不是他当初和前女友分手的原因呢？他现在看得很清楚，当初却是当局者迷。

“看样子你还喜欢他。”秦川想了一下，继续回复，“为什么不尝试着挽回？”

“晚了，已经晚了。”“饭色水母”回道。

晚了，真的已经晚了吗？秦川看到“饭色水母”的回复，也不由自主地想起了一些事，忍不住在心中低喃了几句，没有再回复“饭色水母”。

结束这颇为沉重的话题后，秦川继续做事。

一天一夜又悠悠而过。

第二天下午，秦川在广场上给猫咪们喂食，忽然收到郑洁发来的微信消息，她说已经根据秦川提供的周边产品的图纸做出了一些3D模型，想让他看看。

秦川看完消息，将剩下的猫粮罐头喂完，擦了擦手，起身回到屋内，登录电脑微信，开始一张张地仔细浏览模型。

五分钟后，秦川看完了所有内容，对郑洁做出的3D样品感到非常满意，于是便让她继续往下做。等所有图纸的3D模型都做好后，就可以制作成品，售卖给广大粉丝，到时候赚到足够多的钱，才能继续做更多的周边产品，继续推广白浮泉和大运河。

说句实在话，无论是推广白浮泉，还是大运河，其实都不应该由私人出钱，但秦川认为他的钱来自白浮泉的猫，自然要反馈回去。

林澈对此表示非常不理解，秦川则回了一句“人各有志”，堵住了他的嘴。

跟郑洁交代完后，秦川心情大好，忍不住畅想未来。

只是他一想到与大运河相关的周边产品，便有些头疼，因为实在是没有太好的点子。

无奈之下，秦川只能“刷刷”微博和朋友圈，换换心情和脑子。在朋友圈中，他又看到了“饭色水母”发布的内容。

“爱的传承更加重要。”

秦川一时感到有些好奇，评论了一句：“今天发生了什么事，感触这么深？”

“今天我在路边帮助了一个摔倒的老太太，跟她聊了会儿天，说到了与非物质文化遗产传承有关的话题，所以有点感触。”“饭色水母”回复道。

非物质文化遗产？

看着“饭色水母”的消息，本来有些困扰的秦川，脑中忽然闪过一道灵光，整个人像是被闪电击中了一样。

滔滔数千里的京杭大运河沿线，有着数不清的非物质文化遗产，既丰富多彩，又有着深刻的文化内涵和动人心魄的美感，秦川完全可以推出一套相关的周边产品，用大运河将这些文化和传承串联起来。仅仅一瞬间，秦川的脑海里便浮现出了许多点子和图案，整个人处于一种亢奋的状态。

“感谢！实在是太感谢了！哈哈。”秦川按捺不住兴奋，给“饭色水母”发去消息。

“嗯？感谢什么？”“饭色水母”似乎有些疑惑。

“刚才你的话让我产生了灵感，解决了我工作上的事，很重要的事。”秦川飞速打着字，道，“所以我现在要先去忙一下，有空再聊。”

“很高兴能帮上忙，那你去忙吧。”

看完“饭色水母”的回复后，秦川从抽屉里取出一沓画纸，摆在书桌上，埋首涂涂画画起来。不一会儿，画纸上便呈现出诸多非物质文化遗产的相关图案来，比如北京京剧、西湖龙井、宣纸、徽墨、潍坊风筝、宜兴紫砂以及苏州刺绣等。

一整个晚上，秦川都精神百倍，完全不知困倦，画出了一张又一张设计

我喜欢你，

在所有时候，

也喜欢有些人，

在他们偶尔像你的时候。

初稿，直到凌晨两点多才沉沉睡去。

熬夜带来的疲倦让秦川罕见地睡过了头，直到一个沉闷的声音响起，他才被惊醒，猛地睁开眼，发现有四只颜色各异的猫正蹲在书桌上望着他。它们见他醒来，纷纷发出“喵喵”的叫声。

此时，地面散落着两本书，书桌的一角则半悬着一个淡粉色的首饰盒，显然都是这几只猫的杰作。

秦川见状，从床上下来，把它们一只只抱下去，而后蹲下身，表情严肃地看着它们，道：“卤煮、大王、小王、桶桶，你们四个记住，以后不能上桌，桌上有很重要的东西。”

说完秦川也不管它们能不能听懂，坐在书桌前，将桌角的淡粉色首饰盒摆正，小心翼翼地打开，只见一只翠蓝色的耳环静静地躺在盒中，色彩鲜艳，光泽亮丽。

秦川眼神复杂，看了好一会儿，才将首饰盒合上。随后，他先给几只饿急的猫咪喂了食，再去洗漱。

一转眼，又是四天时间过去了。在这段时间里，秦川与林澈商量过后，合力画出了不少设计稿。当进度飞快地往前推进时，一个意外的消息打断了工作进程。

“嘀嘀嘀。”正伏在桌上画画的秦川，忽然听到手机传来一阵清脆的响声，他先是一惊，旋即惊喜地拿起手机，进入一个地图APP，此时地图上面有一个红色的光点在闪闪发亮，同时传回信号，从位置上来看，红点正处于扬州与镇江之间的大运河上。

毫无疑问，这正是失踪许久的“龙泉号”。

看到信号传回的秦川，整个人都兴奋不已，可正当他兴奋的时候，信号又丢失了。反复数次后，他在微信上联系了一个叫“李师傅”的人，李师傅是信号发射器所属公司特意介绍给他的工作人员。

秦川将“龙泉号”信号断断续续的事告诉李师傅后，隔了半个小时，李师傅才回复：“信号之所以断断续续，可能是因为‘龙泉号’正漂荡在一个信号奇差的地方。”

“那我们能不能根据信号传回的位置以及当地的天气、风速、水流速度，估算出它可能会出现的位置？”秦川想了想，问道。

“能应该是能，但我只会处理信号，不会这个呀……”李师傅回复道。

“没事，谢谢你了。”

秦川跟李师傅说完后，自己思考了一会儿，便在微博上发布了消息。

“刚刚收到几条‘龙泉号’反馈的信号，它没有沉没，也没有损毁，我正想办法估算出它可能会出现的位置，与此同时，它已经成功从淮安抵达扬州，目前正在前往镇江的路上，按照约定我会再捐款一千元。”

短短十分钟的时间，秦川的这条微博便收到了大约五千条的回复，各路网友纷纷响应，表示愿意帮助秦川寻找“龙泉号”。

对“龙泉号”一直很感兴趣的“饭色水母”，也第一时间给秦川发来了消息。

第 / 12 / 章

搜 寻

在苏州看完桥后，詹知夏沿大运河继续北上，坐了十五分钟的高铁，抵达无锡。

无锡，简称锡，古称梁溪，地处江苏省南部，被誉为“太湖明珠”。如果说无锡是太湖上一颗璀璨夺目的明珠，那么大运河便是连接明珠的项链，点缀、装饰着这座城市，为其带来繁荣与昌盛。

无锡古运河的历史极其悠久，最早可以追溯到三千多年前的商末，堪称人类历史上最早的运河。而自从有了运河之后，无锡人民便傍河而居，因河设市，以河为生，孕育出独具特色的江南水乡文化。

时至今日，古运河虽然失去了往日的重要作用，但是凝聚着无锡三千多年风风雨雨历史的它依然成了詹知夏旅途中十分重要的一站。

无锡再往上，则是常州。京杭大运河在常州穿城而过，千百年来，古运河一直是常州的母亲河，名胜古迹众多，人文资源丰富。

常州之后是镇江。镇江是江南著名的“鱼米之乡”，长江和京杭大运河交汇于此，素有“天下第一江山”的美誉。从古至今，镇江便是兵家必争之地，更是不知发生了多少可歌可泣的故事。

詹知夏从常州乘高铁来到镇江时，正淅淅沥沥下着小雨，空气潮湿闷热，路上撑伞的行人匆匆，川流不息的车辆将雨水溅向道路两旁，再流入下水道中。

詹知夏下高铁后，在出站口的台阶上，等了约五分钟，网约车便按时抵达了。上车后的她颇为无聊，便掏出手机，翻看起微博和朋友圈来。

才翻了没两分钟，詹知夏的脸上忽然露出惊喜的笑容，紧跟着，开始仔细阅读“白浮君”半个小时前发布的一条微博：“刚刚收到几条‘龙泉号’反馈的信号，它没有沉没，也没有损毁，我正想办法估算出它可能会出现的位置……”

“它现在在哪里？”詹知夏急忙给“白浮君”发去微信消息，此时距两人上一次聊天已经过去了三天。消息发送出去后，宛如石沉大海，一直等到下午，詹知夏才得到“白浮君”的回复。

“抱歉，今天有些忙，才看到你的消息，从之前传回的信号来看，‘龙泉号’现在应该位于扬州和镇江之间，不过具体位置还不知道，它的定位装置受到了一定的损坏。”

“这么巧？我现在就在镇江！”詹知夏飞快按动着键盘，道，“有什么我可以帮上忙的吗？”

“我打算估测‘龙泉号’的位置，但是差了很多参数，也缺少专业人士。”“白浮君”回复道。

“比如？”詹知夏想知道自己能不能帮上忙。

“主要是需要数学和计算机方面的学霸，我给予参数，然后让他们来计算位置。”“白浮君”马上回复了消息。

“数学和计算机学霸？我都认识，我现在去问问他们有没有空帮忙。”詹知夏看完“白浮君”的回复后，想了想，准备给自己工作后认识的朋友发消息。

“那实在是太好了！”“白浮君”似乎很激动。

詹知夏看到后没有马上回复，而是跟两个朋友聊了一会儿，这才给“白浮君”发去消息。

“我那两个朋友表示愿意帮忙，他们说需要‘龙泉号’准确的重量和到目前为止传回的信号位置，至于最近几天扬州到镇江段大运河的天气、气温、水流速度等参数，他们会自己去采集。”

“不会太麻烦他们吧？”

“不会，刚才我问他们的时候，他们跟我说他们当初对此事也有所关注，能帮上忙是他们的荣幸。”

“实在是太感谢他们了！当然，也特别感谢你，不管能不能成，到北京后，我请你吃饭。”

“不用客气，我也乐在其中呢。再说了，能帮山区的小朋友们继续筹集善款是好事。至于请客，我就却之不恭了。”

之后，两人又聊了会儿，便静静等待詹知夏两个学霸朋友的回复，但测算“龙泉号”的位置并不是一件简单的事情。直到第二天下午，詹知夏才得到消息，而消息的内容让她感到振奋不已，那是一个精确到百米，具体到某一河段的坐标。

詹知夏迅速浏览了消息后，便转述给“白浮君”：“如果不出现天气骤变的情况，三小时后，‘龙泉号’将会抵达镇江的某一区域，但这几天镇江一直在下雨，如果碰上部分河段的闸坝调节水位，位置将会发生改变，而一旦‘龙泉号’从镇江大运河驶入长江，就很有可能会顺长江东流入海，所以现在最好的办法是我立刻出发去搜寻。”

“会不会太危险了？”“白浮君”道。下雨天坐船去大运河上找东西，危险系数虽然不高，但也绝不低。

“没事，我会量力而行的。”詹知夏回复道。

她的消息发出去后，“白浮君”隔了一会儿才回复：“我有些好奇，所以多问一句，你为什么对‘龙泉号’这么感兴趣？”

“纯粹觉得有趣而且有意义啊，我想做类似的事很久了，只是一直没能力，也没机会，现在能参与其中，求之不得呢。”詹知夏不假思索地回道。

“那好吧，你自己多注意安全。”“白浮君”最后不忘嘱咐詹知夏。

“放心，我会的。”詹知夏郑重回复后，便用手机叫了一辆网约车，同时把昨天网购的望远镜和雨伞也带上，之后便下楼到大堂外等车。

此时的天空一片朦胧，雨水哗啦啦地倾泻而下，将镇江化作了一座水城。三分钟后，网约车提前抵达，詹知夏坐上车，飞快地驶向距坐标点最近的码头。

镇江市不大，与扬州市的距离更是只有短短三十几公里，还不如北京市区与区之间的距离远，不过水路是弯弯曲曲的，坐船行驶远比陆路耗时更长，“龙泉号”的航行速度则更慢了。

车不断向前行驶，高楼大厦渐渐消失在朦胧雨雾中，车窗外隐约可见成片的稻田，一条条湍急的河流也映入了詹知夏的眼帘。

雨水噼里啪啦地砸在车窗上，让詹知夏的心情略有些忐忑。

“龙泉号”该不会被雨水冲毁吧？不会沉没在大运河中吧？她胡思乱想了片刻，又转念一想，截至目前“龙泉号”已经下河半年多时间，类似今天的大雨天气想必已经遇到过许多次了，但也没有太大的损伤，这说明它的坚固程度和平衡能力还是不错的，所以今天应该也不会有事。

车行驶了大约半个小时后，从主干道拐入一条三级公路，道路右侧便是宽阔的京杭大运河，隐约可见一艘艘巨大的运输船在航行，也不乏一些小巧的货船和渔船。

车继续行驶，远方，一个停靠着不少船只的码头逐渐变得清晰起来。望着码头，詹知夏的脑海中浮现出不少事先了解过的知识来。

虽然时至今日，京杭大运河的功能性已经大大降低，但是依旧有成千上万的跑船人为讨生活而在大运河上奔波，据詹知夏收集到的资料，这些跑船人一年有三百天都在船上，在船上吃，在船上睡，来往于运河两岸的各个码头，装货、卸货、等闸、过闸、航行，日复一日地生活。

几分钟后，车在码头不远处停了下来，詹知夏下了车，撑起伞跑向最近的一艘渔船。

渔船不大，船主是位五十来岁的大妈，此时正在舱室内百无聊赖地玩着手机。詹知夏走到近前，朝着大妈喊道：“阿姨您好，可以请您帮个忙吗？”

“啥忙？”大妈听到声音，透过窗户望向詹知夏，觉得有些莫名其妙。

“我想去河上找个东西。”詹知夏指向大运河。

“河上有啥东西可找的？”大妈的脑子一时有些转不过来。

“我可以付您钱。”詹知夏本想跟大妈解释，但转念一想后，决定直接点。

“多少钱？”果不其然，大妈的反应变得积极了。

“一千。”詹知夏报价。

“好。”大妈爽快地答应了。

之后，詹知夏便在大妈的帮助下登上了渔船。虽然站在有些摇晃的船上，舱室还满是鱼腥味，但此时她的心情很激动。

“咱们去哪儿找？怎么找？找什么？”大妈一边启动渔船，一边转头问道。

“咱们去这个地方。”詹知夏把手机掏出来后，向大妈展示了坐标位置，大妈看了一眼后，便转过头去专心开船。

詹知夏想着应该告诉“白浮君”一声，于是给他发了条消息：“我已经在运河上了。”

“你怎么上去的？哪儿来的船？”“白浮君”很关心詹知夏的安全问题。

“租了条渔船。”詹知夏回复道。

“你胆子可真大，要注意安全。你拍张船主的照片给我。”“白浮君”几乎是秒回。

“没事，船主是个阿姨。”詹知夏虽然这样说，但依旧拍了张渔船大妈的全身照发给“白浮君”，想了想又给范萦月也发了一张，告知了一下情况。

不一会儿，渔船行驶到坐标位置，这里是一片开阔的水域，但是不见“龙泉号”。詹知夏虽然焦急，但是心里知道急不来，因为此时距离学霸朋友预估的时间尚有半个小时。这半个小时她也没闲着，除了等待之外，还拿起望远镜在河面上搜寻起来，生怕错过“龙泉号”。

转眼间，半个小时过去了，詹知夏仍然没看到“龙泉号”的踪影。

一个小时过去了，依旧如此。詹知夏不免有些灰心丧气，猜想“龙泉号”可能出现了意外，只能让大妈开船在附近转转，但是雨越下越大，能见度也越来越低，找到“龙泉号”的概率每分每秒都在下降。

又过了一个小时，詹知夏再不甘心也不得不放弃，于是让渔船大妈将船驶回岸边，叫了一辆专车，回到了镇江市。

这一趟，无功而返。

第 / 13 / 章

断 联

雨越下越大，天地间的雨滴像是冠冕上的珠帘，将整座镇江市分割成一块又一块。

詹知夏乘坐的网约车在繁华的街道上穿行，旁边一辆辆汽车飞速驶过，将雨水溅起，拍打在车身上，响起细密的“噼啪”声。

偶尔的等待和转弯渐渐让詹知夏感到晕眩疲倦，她心中满是失望和不甘。她已经跟朋友反复确认过，坐标点不会有错，时间也刚刚好，但不知道为什么，她就是错过了“龙泉号”。

半个小时后，詹知夏回到酒店，径直走进卫生间冲洗了一番，然后躺在床上，拿出手机给“白浮君”发消息：“实在抱歉，没有找到。”

“白浮君”几乎是秒回：“没关系，你人没事儿就行。我看新闻说南方雨挺大的，有些地方还暴发山洪了。”

“唉……真是遗憾。”詹知夏叹了口气。

“谈不上什么遗憾，所谓的‘遗憾’，有时未尝不是一种贪恋，对得不到的东西念念不忘，而实际上，我们已经收获了许多，至少，山区的孩子们已经收获了许多。”

“白浮君”的一番话仿佛当头棒喝，让詹知夏顿时愣住了，她好半晌才回道：“也是，他们得到了大量曝光和关注，本身也收获了捐赠款，这件事已经很圆满了。”

詹知夏回复“白浮君”的时候，心里其实在思考另一件事，那便是对前男友产生的“遗憾感”。

“也是贪恋吗？”詹知夏呢喃了一句后，丢开手机，沉沉睡去。

当詹知夏醒来的时候，窗外的天色十分昏沉，一团团乌云压盖在城市上空，像是要坠落下来一样，雨水如同断线的珍珠般，依旧绵绵不绝。

詹知夏一度以为自己只睡了半个小时，结果拿起手机一看，发现已经是第二天早晨七点多了。

这种时候，她便颇为怀念在北京念书的那段日子，因为即便是夏天的雨季，北京往往也只是阵雨，很少会下上两三天，更别说一周了。

如果不是这场雨，应该可以找回“龙泉号”。

詹知夏刚刚想到这里，便忍不住笑了：“还真是贪心啊……”而后她甩了甩头，起床洗漱化妆，准备出门。

虽然外面在下雨，但是詹知夏不准备改变自己的旅行计划，而是披起酒店提供的透明雨衣，拿起雨伞出了门。

京杭大运河申遗早已成功，江苏省是申遗点最为集中的省份，其中有苏州、无锡、常州、扬州、淮安以及宿迁，遗憾的是，最终镇江和徐州两个最为重要的河段却都不在遗产名单之中。然而，这并不代表镇江的运河文化不够深厚，相反，它的历史比其他城市都要久远，只是因为种种原因，许多相关遗址被损坏得很严重。

不过，依旧有一些地方值得詹知夏去参观，如西津古渡、金山寺、京口闸和丹徒口等。

在雨中游览虽然有些麻烦，但也别有一番风味，可以看到平时看不到的一些美景，渐渐地，詹知夏不再纠结于昨天的事。

时间飞快流逝，转眼已是下午六点多，但看天色与晚上九十点钟并无二致。

结束了一天行程的詹知夏此时正坐在一家地方菜馆吃饭，等菜的时候，她掏出手机准备“刷刷”微博，结果一打开手机便看到半个小时前“白浮君”发来的一条微信消息，内容顿时让她心头一震。

“从今天中午开始，‘龙泉号’一直断断续续传回信号，位置没有变化，看样子是困在某个地方了，我已经托朋友帮忙了，他晚上就会到，最迟明天去搜寻，你等好消息就行。”

“我想先去看看。”詹知夏回复道。

“你别去了，太危险。”“白浮君”马上回复了她。

詹知夏也关注新闻，自然明白“白浮君”所说的危险是什么，近几天镇江一直在下雨，因此使得江潮倒灌，河水陡涨，部分地区更是暴发了山洪，形成了不小的灾害，但詹知夏始终坚持要去看看。

“雨已经变小了，水位也在下降，万一‘龙泉号’因此又继续失踪怎么办？放心吧，真没事。”

“你怎么这么倔呢……”“白浮君”似乎有些无可奈何。

“用‘作’更合适。”詹知夏故意抹黑自己。

“白浮君”一时间也不知该说些什么。

“你既然肯让你朋友去，说明‘龙泉号’所在的位置不是很危险，所以也请你放心地让我去吧。”詹知夏继续道。

“好吧好吧，我说不过你，那你自己小心小心再小心。”“白浮君”被詹知夏说服了，将“龙泉号”的位置告诉了她。

詹知夏看了下位置，发现离她昨天去的地方很近，当即连饭也顾不上吃，便按昨天的路线前往运河畔的码头。

等詹知夏抵达码头的时候，天色已经非常暗了，看不太清运河上的景象，但光听水浪拍击河岸的声音也能判断出来水面并不平静。

詹知夏撑伞跑到码头上，又找到了昨天的大妈，向大妈说明情况后，便登船进入了驾驶舱。此时还未离岸，詹知夏便感觉渔船比昨天摇晃得更厉害，让她有些站不稳，大妈倒是站得稳稳当当，似乎已经习以为常。

渔船缓缓离岸，朝着坐标点驶去。渔船上一束粗大的灯光射向水面，将翻腾的河水照得清清楚楚，詹知夏仔细观察起来，其间她不断收到来自“白浮君”的消息。

这些消息没有一条是询问搜寻进度的，而是在关心她的安危，劝说她早点结束搜寻，詹知夏自是没空回复。

此时此刻的“白浮君”，话多得很像詹知夏的前男友，磨叽程度也是一样。

很快，詹知夏来到坐标点附近，但依旧没有看到“龙泉号”的影子，她的心忍不住一沉：不会又无功而返吧？

时间嘀嗒嘀嗒地流逝着，随着搜寻的地方越来越多，詹知夏内心的失望感也逐渐升级。

而就在此时，一道残影在詹知夏眼前闪过，她连忙让大妈将灯转向刚才的位置，只见一艘电视机大小的棕色木船正卡在离岸边不远的断裂树枝中，此时正随着翻卷的波涛起伏着。

船找到了，可是怎么才能把它捞起来呢？

这时，詹知夏看到了舱室外挂着的巨大渔网，而后将目光投向渔船大妈，大妈立刻明白了是什么意思，于是笑了笑，道：“你也来搭把手。”

“谢谢阿姨。”詹知夏露出了真诚的笑脸。

随后，在大妈的操控下，渔船逐渐靠近“龙泉号”，而后詹知夏又和大妈将渔网撒了下去。只是浪大风急，而“龙泉号”又被缠在一堆烂树枝中，因此非常难以捕捞。

只不过短短几秒钟而已，詹知夏和渔船大妈身上都被雨水和河水打湿了。

两人好不容易将“龙泉号”兜在渔网里，正要往回扯的时候，却又被烂树枝缠住了，不过两人都没有放弃。

“再使把劲。”

“咔嚓！”大约三分钟后，在两人的努力下，一截树枝忽然断裂了。

“龙泉号”被渔网兜住后，渐渐离渔船越来越近，等它到了渔船近前，詹知夏赶紧俯身连着渔网一起捧起它，如果直接摩擦着渔船拉上来，很可能会对它造成更大的破坏。

然而在詹知夏俯身的时候，手机顺着口袋滑了出去，“扑通”一声落入了水中。眼见自己的手机落水，詹知夏却出乎意料地平静，随后在大妈的帮助下，她小心翼翼地将“龙泉号”从渔网中取了出来。

当“龙泉号”上船的那一瞬间，詹知夏整个人顿时松了口气，刚想给“白浮君”发去喜讯，突然想起手机已掉进了运河里。不过值得庆幸的是，渔船大妈的租船费用在詹知夏上船时便通过微信转账支付了。

待会儿让阿姨帮我叫个车，回头再通过微信给她钱应该没问题吧？詹知夏在心里默默地盘算着。

渔船很快靠岸，詹知夏将自己的困境告知了渔船大妈，大妈笑着答应了她，立刻帮她叫了一辆回酒店的车。詹知夏这才松了口气。

不一会儿，网约车来到码头，詹知夏将“龙泉号”放入后备厢，自己坐在后排，接着便起程回了酒店。

回到酒店后，詹知夏在酒店前台员工的帮助下，将“龙泉号”抬回了房间，紧跟着她便拿着银行卡出了门，准备去买一部手机。可是由于近几天镇江持续下雨，整个城市的门店都早早地关了门，詹知夏就近找了许久，也没有找到一家手机专卖店，于是便无奈地回了酒店。

她先是给范萦月报了个平安，旋即又有些担心“白浮君”的反应，他知道自己去了运河上，又一直给自己发消息询问安全问题，她始终没有回消息，他不会做出什么过激反应吧？

可詹知夏又没有什么别的方法可以联系上他，手机号不知道，微信号不记得，登录自己的微信和微博，也需要手机验证码。

小号私信？评论？

那不现实，“白浮君”有几百万粉丝，怎么会注意一个新账号的发言呢？

真是头疼。

想了半天，想不到办法，詹知夏只得怀着不安睡去。

第二天早晨八点钟，詹知夏起床洗漱完毕后，第一时间到最近的手机店买了手机，而后又等到九点钟再去移动营业厅补办了手机卡，等到她登录微信已经是九点四十多了。

詹知夏才刚登上微信，便收到了足足四十条来自“白浮君”的消息。

“你到了吗?

“找到了吗? 找不到也别在运河上待太久，雨大风疾很危险。

“快回去吧。

“看到了给我回条消息。

“你没事吧？”

……

之后是三通语音电话。接着又是文字消息。

……

“看到了快给我回条消息，没出意外吧?

“我要报警了。

“还没回吗？”

隔了大约半个小时，“白浮君”的语气稍微有了些变化。

“看到了第一时间给我回复消息，如果十二点前还没你的消息我就真的报警了啊!

“我朋友到了，我让他去找你。

“我也来了。”

“这反应会不会太激烈了？”虽然嘴上这么说，但实际上詹知夏心中颇为感动。

第 / 14 / 章

答案

北京。

秦川将“龙泉号”仍在航行的消息发布在微博上后，立刻便有很多人联系他，因此直到下午他才有空浏览一些不太重要的微信消息。其中便有“饭色水母”发来的问询。

“它现在在哪里？”

看到消息后，秦川便和她聊了起来，之后还通过她找到了所需的数学和计算机学霸。

转眼，一天过去。

又是下午。

秦川从“饭色水母”那里得到了“龙泉号”即将抵达的确切坐标，但路途的遥远让他别无选择，只能答应让“饭色水母”去运河上帮他搜寻“龙泉号”。

而从她出发开始，秦川便有些担心。庆幸的是，她最终平安回到了酒店，尽管没有找到“龙泉号”。

“唉……真是遗憾。”

看到“饭色水母”发来的消息，秦川略有所感，笑了笑，回复道：“谈不上什么遗憾，所谓的‘遗憾’，有时未尝不是一种贪恋，对得不到的东西念念不忘，而实际上……”

秦川虽然嘴上这么说，将“饭色水母”劝服之后，自己却依旧不愿放弃。不仅仅因为“龙泉号”继续航行可以为山区的孩子带来捐款，还因为“船通南北”是他的一个执念，更因为“龙泉号”里的那封信，虽然那封信很难到达前任的手里。

之后的一整晚，秦川都在找人估测“龙泉号”的位置，同时也在等待“龙泉号”再度传回信号。

这一夜，他半梦半醒，几乎无眠。

等到第二天中午，秦川终于又接收到了来自“龙泉号”的信号，在后面的五个小时内，“龙泉号”断断续续又传回了三次信号，而且位置始终如一，这意味着它被困在某处无法动弹。

这无疑是个好消息。

经过多番确认后，秦川找到自己在上海的大学室友袁风，拜托他去一趟镇江。不是秦川不愿意去镇江，而是因为北京离镇江太远，坐高铁需要近五个小时，而上海离镇江比较近，坐高铁只需要一个多小时。秦川不确定“龙泉号”是否能在大雨和狂风下撑过五个小时。

作为大学相交四年的好友，袁风答应了秦川的请求，第一时间赶往镇江。

搞定这件事后，秦川想起“饭色水母”对“龙泉号”的高度关注，想了想之后，决定告诉她一声，于是给她发去微信消息。

“从今天中午开始，‘龙泉号’一直断断续续传回信号，位置没有变化……”

秦川的消息才发出去，“饭色水母”便马上给予了回应：“我想先去看看。”

看到“饭色水母”回复的文字，秦川的心中浮现出一丝悔意：应该事后再告诉她的……

而后，秦川费了好大的劲来劝阻“饭色水母”，但是徒劳无功。最终，他不得不再次妥协。

之后，秦川不时地向“饭色水母”发消息以确认她的平安，但这次“饭色水母”一直没有回复他的消息。

一个小时过去了。

秦川估计“饭色水母”应该才刚到码头边，毕竟镇江下了好几天的雨，行车速度肯定会稍慢一些。

两个小时过去了。

秦川推测她现在应该在船上搜寻“龙泉号”，不回复他的消息是正常现象。

两个半小时过去了，“饭色水母”依旧没回复秦川的消息，这让他开始担心起来，不会出事了吧……

之后的秦川几乎每隔几分钟就要看一眼手机，生怕错过了什么消息，可是一直到三个小时过去，“饭色水母”依旧没有回复他，他开始止不住地胡思乱想起来。

近段时间以来，大运河镇江河段的水位上升，波涛汹涌，而“饭色水母”租的又是一艘渔船，真的出事也不是没可能。

不过，她的网名有“水母”俩字，她应该会游泳吧？可是如果水势湍急，会游泳又有什么用呢？

渐渐地，秦川有些坐不住了，他站起身来回踱步，神情焦虑，甚至还有想报警的冲动。

不得已之下，秦川又找了自己的大学同学袁风，让他帮忙去码头找找看。

与此同时，秦川想办法在网上搜索起“饭色水母”的消息来，试图找出她的其他联系方式来确认她的安全。

秦川首先在微博和百度上分别搜索了“饭色水母”的ID，然而并没有得到什么有用的信息，紧跟着他又逐条地重看“饭色水母”的微博，不光是看内容，还看针对她微博内容的每一条评论和每一个点赞，希望能找出与她关系好的朋友、家人，继而获得她的其他联系方式。

“饭色水母”的微博内容得到的评论不多，点赞也很少，因此秦川很容易便找出了经常和她互动的人，是一个ID为“肆月”的人。

看到这个ID的时候，秦川觉得有些眼熟，似乎在哪里见到过，可更具体的事怎么也想不起来。当秦川点进“肆月”的微博主页，看到她发布的照片时，他第一时间认出了她。

范萦月！

范萦月是秦川前女友的闺密，秦川虽然没见过她本人，但在几年的恋爱时间里，也经常看到她的照片，自然不会陌生。

“她和‘饭色水母’也是好朋友？这世界还真是小呢。”

秦川虽有感慨，但也没想太多，毕竟“饭色水母”和范萦月同为杭州人，只能说太巧了。

要联系她吗？

秦川有些犹豫，但想了想之后又觉得没什么，毕竟“白浮君”是他的工作号，如果加范萦月为好友，自然也是用工作微信号加，她应该不会认出他。

想到这里，秦川便给范萦月发了条私信，向她简单地说明了一下情况，希望她看到后第一时间联系“饭色水母”。

秦川的微博粉丝有数百万，想必范萦月不会把他当成骗子。私信发出去了，可她什么时候回复，秦川心里没有底，于是继续浏览起“饭色水母”的微博来。在浏览的过程中，秦川对“饭色水母”有了更深的了解，比如她跟女生聊天的方式，回复陌生人的语气等，都给秦川一种强烈的熟悉感，但是真要细究起来，秦川又说不出个所以然来。

大约半个小时后，正在浏览“饭色水母”微博的秦川，收到了来自范萦月的私信回复。

“我刚才给她打了电话，没人接，她会不会出事了啊？你说你朋友已经去找她了，现在怎么样，有消息吗？”

秦川只看范萦月的文字消息，都能看出她的焦急。

“我朋友马上到，有消息我第一时间告诉你。”

范萦月也联系不上“饭色水母”，这不免让秦川有些失望，变得更担心了。

秦川心中十分忐忑，又等了十来分钟，袁风终于回复了消息。

“我刚才在码头问了几艘渔船的船主，其中一个船主告诉我说几个小时前，有个女生找她租船，从运河上捞回了一艘木船，但是打捞木船的过程中手机掉进河里了，后来还是她帮忙打车回的市里，估计是你朋友，没什么事，你也别太担心了。”

看到袁风发来的消息，秦川总算松了口气，整个人顿时瘫在床上，隔了两三分钟后，他又给范萦月发去微博私信，也让她放下心来。

同样松了口气的范萦月此时却动了其他的心思，想了想后，回复道：“之前你帮我的事儿，还没有机会向你道谢呢，现在也算是个机会，实在是太感谢你了，不然指不定要出什么大事儿。”

“举手之劳而已，算不得什么。”秦川回复道。

“方便的话，我们可以加个微信好友吗？我想跟你聊聊。”范萦月飞速回复了消息。

“聊她？聊什么？”秦川本想这样回复她，但又觉得不太礼貌，好歹她也是“饭色水母”的朋友，犹豫了几秒钟后，秦川把自己的工作微信号告诉了范萦月。

通过好友验证后，范萦月很快便发来消息：“你觉得我们家夏夏怎么样啊？”

“夏夏？谁？”

看到范萦月的消息，秦川顿时脑子一片混乱，连呼吸都变得有些急促了。

“不是吧……你还不知道她的名字？我跟夏夏认识很久啦，因为她名字里有个夏字，所以我叫她夏夏。”范萦月回复的时候，颇为失望，詹知夏竟然连名字都没有告诉“白浮君”，还以为她对他很有好感呢。

秦川躺在床上，看着范萦月的消息，心情久久不能平静。他想仔细询问范萦月关于“饭色水母”的事情，却怎么也打不出字，问不出口。

因为他害怕知道答案。

半晌后，回过神来的秦川给范萦月发了条消息：“我有点工作要忙，下次有空再聊。”

发完消息，秦川便将手机放在一边，心中思绪纷飞。与“饭色水母”相识以来的许多往事一一在脑海中浮现，而之前对她的认识，与刚刚从微博上对她更深一步的了解也逐渐重合。

一个个疑点呈现在眼前，又一一被解开。

第一点，“饭色水母”对于大运河的执念，很可能源于他当年所说的话——分手后他要沿运河划船去杭州找她。

第二点，“饭色水母”做计划书的周详风格像极了她。

第三点，“饭色水母”说她之所以不会骑自行车，是因为前男友会骑车载她。

第四点，“饭色水母”会画画，她大学学的是园林设计，当然会画画。

第五点，“饭色水母”认识范萦月，而且两人非常要好，那是因为她们从小一起长大。

第六点，“饭色水母”在苏州回忆起了与前任的往事，那是他们曾经去过的地方。

第七点，“饭色水母”和前任分手的原因，与他和她分手的原因几乎一样，至少在不太重要的方面差不多一样。

第八点……

第九点……

随着越来越多的疑点被解开，秦川因此得到了一个答案，然而，在狂喜的同时，他也陷入了深深的犹豫和纠结之中。

他不知道该怎么办了。

第 / 15 / 章

修 复

夜幕渐渐敛去，朝阳初升，万道晨光刺穿薄雾、透过窗户，照在秦川的身上。此时他正躺在床上，通红的双眼愣愣地望向天花板，也不知在想些什么。

时间一分一秒地流逝。

“嗡嗡……”秦川的手机突然振动起来。

感受到振动的秦川木然地将床边的手机拿到眼前，当他看到屏幕上显示的微信内容时，整个人顿时像被泼了盆冷水一样，猛地打了个寒战。

“实在对不起，让你担心了，昨天我手机掉河里了，刚买了手机补办了卡，你没事吧？你现在在哪儿？”

发消息的人毫无疑问是“饭色水母”。

如果是在昨天以前，秦川肯定会轻松地回复她，而现在的他却有些紧张忐忑，拿着手机看了半晌也不知该如何回复，最终只能颓然地放下手机。

虽然没有做出最终的确认，但秦川心中已经有了答案，“饭色水母”极有可能就是他的前任詹知夏。

“世界怎么会这么小呢……”秦川叹了口气，也不知是悲是喜。

在床上躺了半天后，秦川拿起手机，给自己的大学同学袁风发了条消息：“你猜我昨天让你去找的人是谁？”

秦川现在迫切地需要找个人聊聊天，同时厘清自己内心深处的想法。

“谁？”袁风隔了一会儿才回复消息。

“可能是詹知夏……”秦川在对话框里打出这几个字。

“詹知夏？！怎么可能？你们怎么又联系上了？怎么联系上的？”看到消息，袁风先是一惊，旋即飞快地打起字来，显然他对两人之间的纠葛相当了解。

“是巧合……”之后秦川将自己与“饭色水母”结识的经过以及后来他确认“饭色水母”身份的理由一一告诉了袁风。

袁风很快便将一大段文字看完，回复道：“所以你现在还不能真正确认她的身份？你直接去问她朋友啊，问她的名字。”

“我不敢。”秦川叹了口气。

“不敢？这有什么不敢的？要不然把那妹子的微信号给我，我帮你问。”袁风不介意帮秦川这个忙。

“你滚……”秦川有气无力地回了一句。

“你不是一直忘不了她吗？现在多好的机会啊，你居然不敢面对了！这可不是我认识的秦川啊。”袁风使出激将法。

“我承认，我是忘不了她……”秦川叹了口气，回复道，“但是我从来都没有想过再跟她复合。”

“为啥？”袁风表示不理解。

“我查过，情侣分手后复合的概率是82%，但是复合后能走到最后的概率只有3%，而97%的情侣再次分手的原因，其实跟第一次一样。我害怕我和她一样，这三年看似改变了，但实际上什么都没有改变，最后又分手……”秦川打了一大段文字。

“你怎么想这么多……你就没想过，万一你和她是那走到最后的3%呢？”袁风试图鼓励秦川。

“万一不是呢？”秦川反问。

“你个胆小鬼！既然你不想跟她复合，那就趁早别再联系，留着那点念想既耽搁了她，又耽搁了自己。”袁风气不打一处来，心想这小子怎么磨磨叽叽的。

秦川无言以对。

“怎么？舍不得了？既然舍不得，就是放不下，放不下，那就是想复合。如果不想复合，你来找我聊什么？”袁风再一次发起攻势。

秦川又一次无言以对。

“川儿啊，咱们都是成年人了，实际点，直奔主题好吗？你想跟她复合，但又怕复合后分手，或者说，你甚至怕她不想跟你复合，对不对？咱们现在先不去想复合后再分手的事，咱们先想想怎么跟她复合的事吧。作为一个过来人和一个情感大师，我给你提供一些我的看法，首先，你现在先不要透露你的身份。”袁风说得有条有理。

“这我知道。”秦川很了解詹知夏，以她的性格，如果知道了“白浮君”就是他的话，有极大的可能性会选择与他断绝联系。

“其次，你需要试探她的想法，勾起她的回忆，同时再给她制造一些惊喜。试探她想法的原因很简单，看看她对你还有没有感觉，不管有没有，你都要想办法让她记起你以前的好，这样以后她才好重新接纳你。同理，制造惊喜，也是为了让她接纳你做的铺垫。”袁风继续指导秦川。

“制造惊喜，怎么制造？”秦川一时间没有转过弯来。

“这还不简单啊？”袁风此时如果在秦川面前，简直忍不住想翻一个白眼，“你们分手之后，你不是出去旅游过一段时间吗？我记得你不只当过支教老师，好像还有扶贫的经历吧？引导她去看看你当年撒下的种子已经开枝散叶了，支教的地方有了正规的教室，扶贫的地方变成了还过得去的小村庄。还有，你不是还在哪儿埋了个时间胶囊吗？也可以带她去看看。‘龙泉号’里的信也让她带去北京给你，到时候给她看。你要让她一个人走完这次旅程，可这旅程当中到处都是你秦川的痕迹，最后你再把一切都展示在她面前，这不是很简单的事吗？”

“高，实在是高……”秦川简直对恋爱经验丰富的袁风佩服得五体投地。

“小菜一碟啦。”袁风发了个叉腰大笑的表情，紧跟着又道，“如果这都不能打动她，那说明你真的没戏了，不过从她选择的旅游路线和你之前的描述来看，她对你还是念念不忘的，所以放轻松吧。”

“好。”秦川回复了消息后，若有所思。

“再有就是，你需要提前思考一些问题，那就是当初你们分手的具体原因。假如你们将来复合了，你必须解决你们当初分手的主要矛盾，否则它会成为你们再次分手的原因。对于这个问题，你可以找个机会和她好好聊一聊，也可以认真地约定时间商量一下，这种事情不要逃避，必须直面。而且，你要让她看到你这三年来的改变，听你的说法，她现在混得蛮不错的，而你……你自己琢磨琢磨吧。”袁风又发来一长串文字。

“这的确是一件值得深思的事情。”秦川叹了口气。

“话我就说这么多，剩下的还得你自己去忙活，哥们儿只能帮你这么多了。加油，结婚的时候哥们儿给你包个大红包。”袁风发了个“闪人”的表情。

“那是必须的。”秦川笑着回复后，又继续躺在床上发呆，过了好一会儿才拿起手机，点进与“饭色水母”的聊天界面，打了一行又一行的字，删除，然后又打字，来来回回、没完没了。

没办法，自从知道“饭色水母”可能的身份后，秦川的心完全乱了，没办法淡然处之。

冷静，冷静……

秦川放下手机，闭上眼睛，深呼吸了许久，终于渐渐地沉下心来，拿起手机回复“饭色水母”：“昨天我朋友去找你的时候，从渔船阿姨那里得到了你的消息，所以我知道你没事，我现在还在北京。”

“吓死我了，我还以为你真的来了呢。”“饭色水母”马上回复道。

我要真的去了，被吓死的指不定是谁呢……秦川在心中吐槽了一句后，问道：“‘龙泉号’你找到了？”

“找到了，但是破损相当严重。”“饭色水母”回道。

“那咱们就来修复它吧！”秦川说出这句话的时候，像是做出了什么重大决定似的，猛地从床上坐了起来，紧接着一边刷牙洗漱，一边跟“饭色水母”聊起天来。

“好啊！我先拍几张照片给你，看看哪里需要修复。”

很快，“饭色水母”发来了七八张照片，让“龙泉号”仔仔细细地呈现在秦川面前。

秦川正在卫生间刷牙，当即将牙刷插在嘴里，满嘴泡泡地回复道：“前支索磨损严重，离断裂不远了，主帆有破洞，GPS和信号发射器严重损坏，需要更换……”

一个又一个毛病被秦川指出来，最终经过总结之后，秦川道：“我会把所需的材料全部买齐寄给你，尽量选择镇江本地的淘宝商，一天就能到，然后我想拜托你一件事。”

“什么事？”“饭色水母”当即问道。

“‘龙泉号’里面有一封信，但是船体破碎，估计已经渗水了，你可以把它取出来，然后带来北京给我吗？”编辑这些内容的时候，秦川的心脏飞快地跳动着。

“当然可以。哈哈，这封信一定很重要吧？”“饭色水母”故意调侃道。

“对。”秦川打出这个字时，心脏差点跳出了胸膛。

“你放心吧，我肯定帮你把信完好无损地带去北京。”“饭色水母”做出了保证。

秦川也相信她的为人，知道她绝对不会偷看。

之后秦川便一边吃早餐，一边在淘宝上将修复“龙泉号”所需的材料买齐，寄到“饭色水母”现在住的酒店，同时他还教给她一些修复“龙泉号”的方法。

空闲的时候，秦川开始认真琢磨袁风的话：给“饭色水母”制造惊喜。

之前袁风只是随口说了几个，但秦川觉得不够，不仅仅是数量不够，力度也不够。再有就是复合之后，解决主要矛盾和次要矛盾的事。这一点最让秦川感到心烦，但他相信自己一定可以解决。

为了她。

由于过于专注自己的事，秦川差点忘记发微博告诉粉丝们“龙泉号”的事，一番思前想后，他还是决定等“龙泉号”修复完毕，再次放船的时候发微博。

就当是再出发的仪式，是“龙泉号”的，也是他自己的。

第 / 16 / 章

再出发

镇江。

一家位于市中心的酒店中，詹知夏正盘腿坐在沙发上，低头望着横在地毯上的“龙泉号”。

“龙泉号”是一艘单桅帆船，船体呈棕色，船帆则是纯白色，只是历经风浪之后，船帆已经被染成灰色，上面留下了一个又一个签名，有的龙飞凤舞，有的稚嫩可爱，全都是曾经遇到过、帮助过“龙泉号”的人们留下的字迹。

等将它修复后，詹知夏的名字也将留在上面。

詹知夏盯了“龙泉号”半天后，突然听到了微信消息提示声，拿出手机一看，是“白浮君”的回复：“昨天我朋友去找你的时候，从渔船阿姨那里得到了你的消息，所以我知道你没事，我现在还在北京。”

看完消息，詹知夏顿时松了口气，紧跟着和“白浮君”聊起“龙泉号”的事来，当他说到要和她一起修复“龙泉号”的时候，詹知夏心中没有丝毫忐忑，毕竟此前有那么多不懂相关知识的人，不也在“白浮君”的指导下成功修复了“龙泉号”吗？更何况她也不笨。

当詹知夏将“龙泉号”的图片发给“白浮君”后，她又听“白浮君”说起了船体内的信，于是忍不住回复道：“当然可以。哈哈，这封信一定很重要吧？”

“对。”

简单的回答，却让詹知夏深感遗憾。因为她知道，这封信无论送给谁，她最终都不会收到。

他果然是一个有故事的人，詹知夏想。

而正当她思绪纷飞的时候，“白浮君”又发来了一条消息：“如果我的直觉没错的话，大运河之旅对你意义重大，这封信你取出来后，也放一封自己想写的信在里面吧，希望你的信可以代替我的信，走完这剩下的小半程，权当是我对你找回‘龙泉号’的感谢。”

“你倒是省心省事。”詹知夏看到“白浮君”的消息，抿嘴一笑，回复道，“我可是听说，之前那些帮助过‘龙泉号’的人，都得到了一些奖品呢。不过，你的提议我接受。”

正好我也想写一封信。

后面这句话，詹知夏没有发给“白浮君”。

之后的半天时间，詹知夏从“白浮君”那里学来了许多与修复“龙泉号”相关的知识，与此同时，修复的材料也一件一件地抵达酒店，詹知夏开始了自己磕磕绊绊的修船之路。

虽然有些难、有些累，但是詹知夏乐在其中。她一边修复“龙泉号”，一边写信，时而同“白浮君”聊聊天，时而和范萦月谈谈心，这让她觉得自己的旅途无比充实。

只是，如果范萦月能不操心她的感情生活就好了，为此，詹知夏不止叹了一回气。

自从昨天晚上范萦月加了“白浮君”的微信后，今天便一直在跟詹知夏聊“白浮君”，虽然范萦月知道她没有告诉“白浮君”她的名字，但是她和“白浮君”共同修复“龙泉号”的事情让范萦月产生了许多联想。

关于这件事，詹知夏也和“白浮君”闲聊了几句，结果“白浮君”居然表现出有些惶恐，一直暗示他对她不感兴趣。

詹知夏觉得“白浮君”的反应有点奇怪，但又不好说什么。

修复“龙泉号”的工作说不上庞大，可是相当繁杂，一些关键的材料重装需要阳光的普照和长时间的等待，幸好詹知夏的时间充足，否则的话，修复“龙泉号”的事还得另托他人。

时间转眼过去了四天。

“龙泉号”的修复终于进入尾声，詹知夏也将自己写的信郑重地放进了船体内，同时在船体和船帆上都写下了自己的名字。随后，她让酒店工作人员帮忙将“龙泉号”抬下去，放进了网约车的后备厢。

此时此刻的镇江市，一扫前几天潮湿多雨的天气，晴空万里。

詹知夏坐在网约车的后排，她的目标是谏壁船闸。

谏壁船闸位于镇江市谏壁镇西南，地处长江和京杭大运河这两条黄金水道的十字交汇口，是沟通长江与南北运河的咽喉，也是江南运河唯一直达通江的船闸，素有“江南第一闸”之美称。

詹知夏将在谏壁船闸再度放船，让“龙泉号”继续它的大运河之旅。

来到谏壁船闸后，詹知夏看到河道上停满了一艘艘等待开闸的船只，“龙泉号”自然不用等待开闸，她只需要让司机开到闸口之外即可。

不多时，詹知夏便抵达闸口外的河道旁，接着，在司机的帮助下将“龙泉号”搬到了岸边。

在放船之前，詹知夏用手机拍了几张照片传给“白浮君”，而后深吸了一口气，将“龙泉号”慢慢推入水中。

船一入水，立刻顺流而下，缓缓地扬帆起航。

看着再度起航的“龙泉号”，詹知夏忍不住拍了许多照片，最后一张张传给“白浮君”。

收到照片的“白浮君”也没怎么修改，便一一发布在微博上，并配文：“‘龙泉号’已寻回并且修复成功，已经在镇江再度放船，今后的每二十四个小时，我将继续公布它的行程，感谢大家的关心和支持。”

“白浮君”的微博发布后，立刻涌现出成千上万条的评论，詹知夏站在运河边浏览着微博，看着那一条条或激动、或支持、或高兴的评论和转发，心中顿时充满了自豪感。

几分钟后，“龙泉号”已经消失在詹知夏的视野当中，这一段旅程算是告一段落了。

随后，詹知夏便打车回到酒店，起程前往汽车站，准备去往她的下一个目的地——扬州。

“龙泉号”的旅程在继续，她的旅程，也在继续。

只是，似乎即将出现一些变化。

当詹知夏坐在大巴上，准备按照旅行计划去扬州游玩的时候，“白浮君”发来一条消息：“为了感谢你对‘龙泉号’所做的一切，我会再给你一个奖励。”

“什么奖励？”詹知夏有些好奇。

“给你定制一条旅游路线，非同寻常的旅游路线。”“白浮君”的回复也很神秘。

“我很感兴趣。”詹知夏看到“白浮君”的消息后，笑了笑，回道。

“那咱们就从扬州开始吧，等你到了我再告诉你。”白浮君回复得飞快。

“怎么还神神秘秘的，哈哈。”詹知夏虽然嘴上这么说，实际上内心充满了期待。

镇江离扬州很近，没有高铁，坐汽车只需要一个小时左右的时间。

古运河扬州段是整个运河中最为古老的一段，与两千多年前的古邗沟路线大致吻合，与隋炀帝杨广开凿的古运河则完全契合。一部扬州运河发展史，几乎就是一部古代扬州发展史，其运河段沿线遗迹星列、景点众多。如世界四大宗教活动的著名场所，琼花观、高旻寺、普哈丁墓园、天主教堂；又如扬州古港遗迹，水斗门、龙首关、东关古渡和古湾头闸；再如古代帝王南巡经过扬州留下的遗址，瓜洲古渡锦春园、高旻寺行宫御园以及龙衣庵等。

来到扬州后，詹知夏没怎么休息，便开始游玩起来，其间“白浮君”像一个尽职的导游一样，引领她深入了解了许多与扬州古运河相关的事。

詹知夏察觉到，自从她搜寻到“龙泉号”之后，“白浮君”对她的态度便有了明显的转变。对此，她归结为“龙泉号”于“白浮君”而言有着重大的意义。

詹知夏在扬州一共游玩了三天，与此同时，“龙泉号”也自镇江顺流而下抵达常州市，距离它的终点站杭州不远了。

三天后，詹知夏乘火车前往淮安，即中国的运河之都。

淮安之所以被称为运河之都，绝不是因为淮安人自夸，而是根据史实得出的结论。

首先，淮安与中国大运河相伴相生。中国大运河最早开凿的河段，可追溯至公元前四百八十六年吴王夫差用来沟通长江和淮河的邗沟。位于邗沟北端的淮安便由此兴起，距今已有两千五百余年之久。

其次，淮安也是隋唐、宋元时期的运河名城。大诗人白居易曾赞其为“淮水东南第一州”，元代马可·波罗亦记载淮安“是一甚大城市”。

再次，淮安是明清两代的血脉中枢。主管漕运的漕运总督一直驻扎于淮安府。同时，作为明清中央政府的漕运指挥中心、漕粮转运中心、漕船制造中心、河道治理中心以及盐榷税务中心，淮安是运河的交通枢纽，与扬州、苏州、杭州并称为运河沿线的“四大都市”“东南四都”。

即便到了现在，淮安也是运河的水运枢纽之一，年吞吐量占比极大，同时拥有多项“运河之最”，如世界上最早的船闸“西河闸”，亚洲规模最大的水上立交“淮安枢纽工程”，等等。

这是一座当之无愧的运河之城，因此也出现了许许多多与运河有关的景点和文化名人。

来到淮安之后，詹知夏先是按照之前与“白浮君”商量好的计划表游玩，等常规景点游玩结束，她又在“白浮君”的指引下前往盱眙县。

詹知夏虽然不知道“白浮君”的用意，但依旧照做了，她也很期待这次旅行能有不同寻常的经历。

第 / 17 / 章

支教

车窗外。

落日余晖下的空旷田野随高速前行的大巴飞快后移。

车窗内。

詹知夏沐浴在温暖的夕阳下，长发微微飘动着。她身旁坐了一个二十来岁的青年，那青年此时似乎有些坐立不安，不仅频繁做出一些小动作，而且屡屡用余光瞟向她，几度欲言又止，似乎想找她搭讪。

不过詹知夏的注意力全然不在他身上，而是不时低头按动手机。

一旁的青年隐约看见了大段大段的聊天内容，但看不清楚具体。也正是因为詹知夏那未知的聊天对象，让青年如此忐忑、踌躇，一直到大巴驶入盱眙县的汽车站，他也不敢说出哪怕一个字，最终只能眼睁睁地看着她消失在自己的视线当中，留下他站在略显昏暗的阴凉处，徒然地叹了口气。

詹知夏从汽车站走出来后，便站在路边等待网约车，同时低头查看“白浮君”发来的消息。

“盱眙是江苏省境内的贫困县之一。虽然当地人不太宽裕，但是盱眙历史悠久，在春秋时期被称为‘善道’，是诸侯会盟、沟通江淮之地。后又与隋唐大运河、京杭大运河结下不解之缘，旅游资源极为丰富，有明祖陵、第一山以及被洪泽湖淹没数百年之久的古泗州城遗址等。之前我还没参加工作的时候，曾在盱眙县待过一段时间，但不是去旅游，而是去支教。那次支教的一个月时间里，我在盱眙找到了许多有趣的地方，保证你看了会觉得不虚此行。”

詹知夏看完“白浮君”的消息后，颇有兴致，回复道：“我以为你那么喜欢旅游，空闲时间肯定会去周游世界，没想到你还会选择去支教，有点好奇原因是什么。”

“算是圆一个朋友的愿望吧。”“白浮君”很快做出了回答。

“朋友？男朋友？女朋友？”

詹知夏本想揶揄地问一句，但想了想，又怕“白浮君”误会，于是删掉编辑好的消息，转而问道：“其实我大学的时候，也想过要去支教，但由于各种原因，最终没能去成。”

“我那朋友也是，所以我后来才会替她去。方便问一下是什么原因吗？”“白浮君”发来消息。

“当时的我年纪轻轻、热血沸腾，什么都想尝试一下，特别是对公益很感兴趣，再加上网上有关这方面的消息又多，看久了之后，难免按捺不住……”詹知夏忆及大学时的自己，嘴角忍不住浮现出笑意，但很快便又敛去，继续编辑消息，“但最终被我前男友给劝服了，他先是跟我讲一个女生去支教太危险了，我不听，后来他又晓之以理，动之以情，说我支教的时间太短了，这样的高度流动性会打乱学校原本给学生们制订的教育计划，给孩子们带去不好的影响……”

“不得不说，他说的有些道理……”“白浮君”回复道。

“我觉得也是，所以我最终没去。但现在想来，还是有点遗憾，不过现在再让我去，我应该也不会去了。一是时间上不允许，二是大学毕业后，步入社会，开始工作，小时候学的知识已经慢慢还给老师了，再去支教，纯属误人子弟。”詹知夏打完这段话，顿了顿，又发去一条消息，“所以你呢，去支教有什么收获吗？”

詹知夏的消息发出去后，“白浮君”过了很久才回复：“我事前也是觉得如果贸然去支教的话，会打乱他们的正常学习计划，肯定会给他们带去负面影响，所以在去之前，收集了很多资料，做了许多了解。后来我得出一个结论，如果只是短期支教，应该从学生的心理健康、价值观、思想品德以及个人习惯等方面入手，同时尽可能地拓宽他们的眼界，与他们进行有意义的交流。”

“具体一点呢？”詹知夏问道。

这次“白浮君”又隔了一段时间才发来消息：“比如，留守儿童需要更多的开导和关照，我会和他们的父母沟通，让他们常回家看孩子，即便做不到，至少也要让孩子感受到关怀和重视。再有就是个人卫生问题，许多山村小孩子不喜欢洗脸、刷牙，长此以往会影响他们的个人形象，这对他们将来步入社会有多大影响，不用我说你也应该清楚。然后我偶尔也会将一些以前拍的照片和视频给他们看，增长他们的见识，让他们看到无限的可能，激发他们的学习动力，从而生出走出贫困的积极念头。”

“最终的结果怎么样？”詹知夏飞快地打着字。

“我个人很满意。”“白浮君”回复道。

“那应该就是非常令人满意了，真好，真棒。”詹知夏笑了笑，又想了想，发去消息，“你后来有再和那些孩子联系吗？他们怎么样了？”

“有，但不多。我可以跟你说说其中四个我带过的学生。第一个是天天嘴上说着与父母不共戴天的留守儿童，他后来考上了淮安一所不错的高中。

“第二个学生，她父母离了婚，她那段时间成绩下降得厉害，每天上课心不在焉的，我还以为是早恋，后来才知道是她父亲又找了一个老婆，她和后妈相处得不是很好，但后来她也考上了一所不错的高中。

“第三个学生喜欢看我拍摄的那些照片和视频，也很有摄影天赋，我走的那天把我的相机送给了他。听说他还拿了一些摄影奖，得到不少奖金，以后打算考北电的摄影系。

“第四个学生的情况比较复杂，我去支教的前两年，她被父母两万块钱卖了出去，后来被警察找了回来，她父母也因此进了监狱。她天赋很好，真的很好，我走后一年多她给我写了封信，告诉我她考上了南京的一所重点高中，但后来就杳无音信了，其实这次我还想让你帮我打听打听她的消息呢。

“我去支教只有短短一个月的时间，能改变的非常有限，但我很庆幸，我成了那几名学生生命长河里的一滴墨，改变了他们生命的色彩。我走后不久，盱眙县作为淮安市运河遗址的一部分，与京杭大运河一起申遗成功。时至今日，整个盱眙县的乡镇都有了极大的改善，之前我支教的村子不仅有了正规的教室，还变成了一个不错的小村庄……”

詹知夏静静地听“白浮君”述说完后，深深地吐出一口气，内心感慨万千，他所说的那四个例子听起来简单，可她能够想象“白浮君”在这件事上肯定付出了极大的心血和努力。

想了想之后，詹知夏给“白浮君”发去消息，与此同时，网约车也驶到了她的面前。

上车后，网约车向目的地前行，即“白浮君”之前支教的安富村，一个曾经的省重点扶贫村。

网约车飞快驶出县城，县道两旁，田野里绿意盎然。

“小姑娘，你是安富村人吗？”网约车司机是一个看起来和蔼可亲的大妈，见詹知夏一直看向窗外，好像在看风景，忍不住问道。

“不是。”詹知夏摇了摇头。

“看起来也不像，你长得这么好看，穿得又这么时尚，应该是从上海或杭州来的吧？”大妈一边开车，一边闲聊。

“对。”詹知夏淡淡地应道。

出门在外，为了安全着想，詹知夏一直不太喜欢与人闲聊，即便现在她心情不错，话依旧不多，但大妈倒是一点儿都不介意。

“来旅游吗？还是来写生？”大妈继续问道。

“旅游。”詹知夏答道。

“果然，这两年来安富村旅游的人还真不少，这要搁以前，根本不可能。”大妈笑道。

“安富村以前是什么样的？”詹知夏闻言，略微来了点兴致。

“没有大路，用电困难，生了孩子都上不起学的地方，你想想是什么样的？”大妈说完，顿了一下，接着道，“还是这两年托了国家政策的福，借着大运河遗址的东风发展了旅游业，搞农家乐，卖龙虾，这才慢慢富了起来，不然叫什么安富啊，叫安贫还差不多。”

之后詹知夏便和司机大妈聊起安富村近两年的发展来，与此同时，车也从县城驶入了安富村所属的镇。

不多时，车又出了镇，开进一条乡间小路，路不宽，左侧是一望无际的洪泽湖，右侧则是绿油油的田地，波涛声、麦浪声，声声入耳。

车行驶了大约五分钟后，詹知夏便看见不远处出现了一个房屋连绵成片的村落。抵达村口后，詹知夏便拖着行李箱，向由“白浮君”推荐、她事前预订好的农家乐走去。

前行的过程中，詹知夏一直在四处打量，无论是村子里的路，还是道路两旁的房屋，大都是新盖好的，再不济也是翻修过的，而且偶尔可以看见几家售卖小龙虾的餐馆，里面有不少游客在吃饭，餐馆外停靠的车辆有淮安的，也有其他省市的。

村落不大，詹知夏很快便来到了洪泽农家乐，从门外看上去，这个农家乐是由自家建成的三层小楼房改建而成的，装修得颇具特色，而且它毗邻洪泽湖，严格来说绝对算得上是湖景房。

詹知夏刚走进洪泽农家乐，一个四十多岁的大叔便迎了出来：“您好，有预订吗？”

第 / 18 / 章

痕迹

“叮叮叮。”微信提示声不断响起，坐在书桌前的秦川将手机拿起，发现给他发来消息的是“饭色水母”，内容为一张张“龙泉号”再度扬帆起航的照片。他顿时生出一番感慨，多亏了它，不然的话，他不知猴年马月才能搞清楚“饭色水母”的真实身份。

秦川从“饭色水母”发来的照片中挑出四张发布到微博上，不出几分钟，网友们的评论和转发便如泉涌，马上将此事推至热搜榜前列，引起了更广泛的关注。秦川的注意力却不在于此，而在“饭色水母”身上。

在修复“龙泉号”的四天时间里，秦川不仅问了许多朋友，还在网上查了许多的资料，诸如他人的恋爱经历，让女朋友感到惊喜的事，怎样挽回前女友，等等，去芜存精后，他逐渐完善了自己的计划。

现在万事俱备，只欠东风。

秦川用手指按动着键盘，打出一行又一行早已想好的文字，却又在忐忑中一次次删除，纠结了好久，才终于将编辑好的信息发送给“饭色水母”：“为了感谢你对‘龙泉号’所做的一切，我会再给你一个奖励。”

消息发出后，秦川关掉手机的声音，将亮度调至最低，又把屏幕锁上，此时的他有多紧张，有多么在乎她，可想而知。

隔了一会儿，“饭色水母”发来回复：“什么奖励？”

“给你定制一条旅游路线，非同寻常的旅游路线。”秦川的心怦怦跳着，他激动地发出消息。

“我很感兴趣。”几秒钟后，“饭色水母”的回复让秦川大大地松了口气，紧张感也逐渐消除了，取而代之的是兴奋、激动。他飞快地将屏幕调亮，和“饭色水母”聊了起来。

时间飞快流逝，一转眼，秦川便指引着“饭色水母”游完扬州，之后又将运河之都淮安转了个遍，最后才带她步入正题之一——盱眙县。

“盱眙是江苏境内的贫困县之一。虽然当地人不太宽裕，但是盱眙历史悠久，在春秋时期被称为‘善道’……”当秦川提前结束一天的工作时，“饭色水母”已经抵达盱眙县，于是秦川立刻给她介绍起此地的来历、名人以及故事来。

而后秦川又将之前想好的话编辑成文字发送给“饭色水母”：“之前我还没参加工作的时候，曾在盱眙县待过一段时间，但不是去旅游，而是去支教……”

以秦川对“饭色水母”的了解，她一定会对这种话题产生浓郁的兴趣。

“我以为你那么喜欢旅游，空闲时间肯定……”果不其然，“饭色水母”的回复不出秦川的意料，他对此感到十分振奋。三年过去了，她还是没变，至少某些方面没变，想到这里，他回复道：“算是圆一个朋友的愿望吧。”

“其实我大学的时候……”“饭色水母”的消息让秦川忍不住露出“阴谋”得逞的笑容来，他这是在一点点地诱导“饭色水母”落入他的“圈套”当中。

秦川又回复道：“方便问一下是什么原因吗？”

“当时的我年纪轻轻、热血沸腾，什么都想尝试一下……”

“饭色水母”的一大段文字消息，让秦川更加深入地了解了她当年的心态，与此同时，他也忍不住回想起当年他们俩在她宿舍楼下进行的那一场严肃的对话，嘴角轻轻扯动了一下，回复道：“不得不说，他说的有些道理……”

“我觉得也是，所以我最终没去……所以你呢，去支教有什么收获吗？”

看到“饭色水母”的提问，秦川没有立刻回复，内心有些小纠结：觉得遗憾吗……再也不可能去了……

良久，秦川才醒过神来，编辑了一大段消息：“我事前也是觉得如果贸然去支教的话，会打乱他们的正常学习计划，肯定会给他们带去负面影响，所以……”

“具体一点呢？”“饭色水母”问道。

“比如，留守儿童需要更多的开导和关照……”秦川详细地将自己当初支教的想法给“饭色水母”阐述了一遍。

“最终的结果怎么样？”“饭色水母”确实对公益很感兴趣。

最终的结果？秦川看到这句话后，轻轻放下手机，将身子靠在椅背上，闭上眼睛回忆起那次支教的经历来。

那年他与前女友刚分手不久，经过一段时间的旅游后，他的心情并没有得到太多的放松，因此他选择了去做一些有意义的事，比如她之前想做却没能做成的事——支教。在决定好要做的事后，下一步自然是挑选地点，这地点同样与她有关，那就是大运河。

秦川曾经对她说过，假如有一天他们分手了，他一定会从大运河划船过去找她复合，但现实是他没有那么做。不是不愿，而是不敢。

那时候的安富村远没有现在这样富足，是一个真真正正的贫困村，坑坑洼洼的道路，破破烂烂的房屋，村子里的小卖部货物也不齐全，学校稍微好一些，但也没好到哪里去。

安富中学离湖不远，空气潮湿，夏天极其闷热，冬天则是冰寒刺骨，教室里只有两台摇摇欲坠、不知道什么时候就会掉落下来的吊扇，而且那吊扇转动时还会发出嘎吱嘎吱的响声，非常惹人厌烦。秦川问过校长这么不安全的吊扇为什么不换掉，得到的答案很简单——没钱。

因为夏天实在是太热了，所以老师们只能祈祷它不会掉落下来。

秦川跟校长谈过吊扇的事后，立刻去镇上买了两台吊扇换上，解决了这个安全隐患。但是夏天蚊虫多的问题依旧难以解决，秦川站在教室里上一节课，身上至少会多出十来个包，抠破皮肤是常事。

至于学生，说实话，刚到安富中学的时候，这里的学生打破了秦川觉得孩子都是天真无邪的愚蠢想法。

第一，他们不太尊重人。即便他是老师，也得不到相应的尊重。第二，他们实在是太吵了，这一度让秦川感觉非常头疼，不过好在他的适应能力很强，教学能力也不俗。

经过最初的手忙脚乱后，秦川与学生们的关系渐渐融洽起来，也因此发现了部分学生存在的问题，主要是心理问题。

其中一个叫刘宇的男生，天天嘴上说着与父母不共戴天，秦川还以为他们之间有什么深仇大恨，经过一番打听后才知道，原来他父母一直在外地打工，很少回家，几乎只有每年春节才能陪伴他，他只是太思念父母，又不懂得表达感情，所以故意说一些伤人的话去气父母。

对于刘宇的问题，秦川给出的解决方案很简单，即联系他的父母，让他们多与孩子沟通、交流，即便做不到在家陪伴，至少也要经常问候，要让孩子感受到父母对他的关怀和重视。市面上便宜的智能手机才几百块钱，即便对于刘宇这样的家庭也不算特别昂贵。

在秦川的建议和劝服下，刘宇的父母咬咬牙买了两部手机，从那之后，刘宇和父母几乎天天都能够“见面”，分享见闻，关系自然也是迅速回暖，刘宇也逐渐提升了学习的积极性，后来还考上了一所不错的高中。

另一个叫梁晶的女生，秦川刚去支教那段时间，她的状态非常差，学习成绩也是急转直下，秦川搞不清楚原因，一开始以为梁晶是早恋了，后来结合对她的调查以及与她父母的沟通，才知道原来是梁晶的父亲离婚后又再婚了，她不是很喜欢后妈。

这在当时的秦川看来是一件特别棘手的事情，对此他也没有什么太好的办法，毕竟他才离开象牙塔不久，只能让梁晶的父亲多和她沟通沟通，而且他自己也会不时抽空与她交流。

好在梁晶的后妈是一个不错的女人，而梁晶也只是短暂的迷茫，后来发现父亲对她依旧很好，便逐渐恢复过来了。

第三个学生叫陈夏。陈夏从秦川刚到学校开始，就对他的相机表现出极大的兴趣，总是围在他身边。秦川之后便经常利用课外时间教给陈夏一些拍摄技巧。

不得不说的是，摄影这类艺术性工作真的很需要天赋，陈夏虽然没经过太多专业的学习，但是拍出来的照片非常有深度，这让秦川颇为惊讶。为此秦川还多次与陈夏的父母进行沟通，告诉他们高考不是孩子唯一的出路，艺考也很有前途，虽然秦川对陈夏的父母动之以情，晓之以理，但家长的观念不是那么容易改变的。

最后，陈夏的父母也只是同意陈夏在不影响文化课学习的基础上学习摄影，另外他们也无法支撑陈夏学习摄影的费用。不过好在陈夏很争气，靠着秦川送的相机，获得了一些地方性的摄影奖项，而且自己在假期也会抽空给人拍照赚钱，同时刻苦学习，文化课也没落下。

第四个学生的情况最为复杂。女孩名叫周颖，曾被父母以两万块钱的价格卖给另一个村子的人当女儿，后来被警察找了回来，她父母也因此坐了牢。她有轻微的抑郁症，自闭，不爱说话。秦川能做的不多，只能正常对待她，同时让同学们不要欺负她，并尽可能地帮助她。

秦川离开后还收到过周颖寄来的一封信，从信里得知她考取了南京的一所重点高中，她还在信里感谢他，说那段时间他是她心里的光。再后来，便没了联系。

那段支教生涯虽然不长，却在秦川的生命中留下了浓墨重彩的一笔。回到北京之后，他依旧在尽力帮助安富村的学生们。

秦川也因此在安富村留下了不少痕迹，比如支教过的学校，洪泽湖边，种满果树的山坡等。而且，也是他给村民们出的主意，让他们发展农家乐，卖小龙虾。此外，在他微博的号召之下，还不断有人前来安富村支教，帮助这里的孩子开阔眼界、摆脱贫困。

秦川为村民们做了许多，村民们对他也心怀感激，所以当他拜托村民们帮他做一些事的时候，村民们毫不犹豫地就答应了，因此，他才得以顺利地开展自己的计划，指引“饭色水母”重走一遍他曾走过的路。

第 / 19 / 章

巧合

“您好，有预订吗？”洪泽农家乐，一个脸上满是风霜的中年大叔向詹知夏走来，笑着问道。

詹知夏看了看他，点点头：“有的。”

“那请出示一下身份证，我给你登记一下。”大叔边说边走进前台。

詹知夏也跟着走到前台，把身份证递给了大叔。大叔低头看了看，又抬头仔细打量了詹知夏一眼，这才照常验证身份，给她开通房卡。

“给，你的房间号是二零三，如果你想吃饭的话，下一楼找我就行，我也兼职厨师。”大叔将房卡和身份证递给詹知夏时，冲她和善地笑了笑。

“好的。”詹知夏点头答应，然后便拉着行李箱上了二楼。同时，她也在环顾四周，发现这间民宿过往的客人还真不少，楼梯右侧的墙壁上贴满了各式各样的便利贴和拍立得照片，密密麻麻的一片。

詹知夏找到自己的房间，将行李放下后，先是稍微休息了一下，接着准备下楼去吃饭。此时已经是晚上了，游玩的事自然要等到明天。

下楼的时候，詹知夏再次浏览了一下墙上的便利贴和拍立得照片，看着看着，她忽然愣住了。

墙上的便利贴出现了熟悉的字体，与不久前詹知夏在“小时光”的留言墙上看到的字迹一模一样。

是他的字迹。怎么会这么巧……

詹知夏一时间不知道该说些什么，脑子里面有些混乱，好一会儿才回过神来。她没有思考便利贴上留言的含义，而是在想他为什么会在大运河沿线留下这么多痕迹。

难道是因为他也忘不了吗？

胡思乱想了一阵后，詹知夏轻轻甩了甩头，又抬头去看那张便利贴，上面写着：“我独自走过，那些我们没有一起走过的路。”

他在跟谁说，不言而喻。

在原地站了一会儿后，詹知夏收回目光，重新走回二楼，然后一张张地翻找起来，看看还能不能找到他其他的留言。

十分钟后，詹知夏几乎翻完了所有的留言和拍立得照片，终于在一楼上台阶的地方找到了他留下的一张拍立得照片。照片中的他身穿短裤黑T恤衫，笔直地站在几个小孩子的身后，脸上挂着曾让她心动不已的笑容。

看着那抹笑容，詹知夏忍不住思绪纷飞，他来过这里，还认识这里的人……她打定主意，明天多出去转转，看看能不能发现更多他留下的痕迹。

这念头一冒出来，便疯了似的滋长，完全不受控制。

原本，詹知夏对“白浮君”让自己来盱眙县只是抱着一种可来可不来、来也无妨的想法，此时此刻，她整个人却充满了动力，想将这个村子的每一个角落都走一走，看看能不能发现更多他留下的痕迹。

仔细地看完留言和照片后，詹知夏来到一楼，找到前台的大叔，说要吃东西。吃什么自然不用说，肯定是安富村的特产小龙虾。

作为一个因小龙虾出名的地方，安富村的每一个饭店都能做出可口的小龙虾。而小龙虾也是詹知夏喜欢的食物之一，以前她和他在北京读书的时候，几乎每个月都会去吃一两次小龙虾，因此还成了一家龙虾专卖店的VIP。

詹知夏在点完菜后，忍不住拿起手机，翻出刚才拍摄的照片，向大叔询问道：“老板，您认识这个人吗？”

“认识啊，他有段时间经常来我这儿吃小龙虾。”大叔一看照片，就毫不犹豫地答道。

“那您知道他当时在这里做什么吗？”詹知夏闻言，继续问道。

“这我就不清楚了。”大叔摇了摇头，道，“不过他经常带孩子来吃东西，说不定是支教老师？”

支教老师？

詹知夏脑海中灵光一闪，笑道：“谢谢老板。”

“没事。”大叔应了一声。

等大叔走后，詹知夏便坐在餐桌前等菜，并拿出手机，给“白浮君”发去消息：“想问一下你认识安富村后来的支教老师吗？”

“当然认识，不过就几个，安富村后续的支教工作是由我发起的，但后来就交给别人了。”“白浮君”回复道。

詹知夏看到后，内心深处忍不住一喜，急忙求证：“那你认识一个姓秦的吗？”

“不认识。”“白浮君”迅速给出了回答，这让詹知夏略微有些失望，不过很快她又提起了兴致，因为“白浮君”说过想让她帮忙打听一下周颖的消息，所以需要去学校，到时候可以四处问问。

至于现在，她只能暂且按捺住自己心中的激动，美滋滋地吃起小龙虾来。

半个小时后，吃完晚饭的詹知夏回到房间，躺在了床上，稍微冷静下来后的她，脑子里又开始展开思想斗争了。

她在心里质问自己到底在激动什么，明明都已经分手这么久了，她也早就放下他了，可为什么看到他的痕迹后，还是忍不住想去了解？如果真的想知道什么，直接问范萦月不就好了，何必多此一举？

詹知夏猛地把被子蒙在自己的脑袋上，烦躁得不行。

这一晚，詹知夏辗转反侧，几乎无眠。

第二天早晨起床后，詹知夏先是在“白浮君”的指引下，到村子里一些有趣的地方游玩，比如一些古代的遗迹、与大运河相关的人文风景等，但经过昨天的事后，这些东西对詹知夏已经丧失了吸引力，她现在唯一想的便是去“白浮君”曾经支教的学校看看，但又不好意思拂了“白浮君”的好意。

临近下午的时候，詹知夏终于游览完所有的景点，前往“白浮君”曾经支教的学校。

学校依旧坐落于洪泽湖边，但此时此刻与以前大有不同，首先是学校的占地面积扩大了，有围墙了，而且终于有教学楼了。眼下正是上课期间，校园里空荡而安静。

学校门口有一个昏昏欲睡的看门大爷半躺在椅子上，见詹知夏走来，抬起眼皮看了她一眼，也没吱声儿。

詹知夏走到看门大爷跟前，说了声：“大爷您好，我有个朋友以前在这里支教，所以我想进去看看，您看可以吗？”

“可以，你去吧。”大爷没怎么犹豫，便答应了詹知夏的请求，大概是觉得她长得这么漂亮，应该不是坏人。

詹知夏谢过看门大爷后，这才走进学校。学校大门正对着的是教学楼大厅，她一走进大厅，立刻感觉凉气扑面而来，一阵神清气爽。

詹知夏左右打量，发现大厅两侧贴满了宣传海报，还挂着两个玻璃框，里面是一些学生的获奖证明和照片，其中便有支教老师和学生们的合照，詹知夏站在那里看了许久，终于找到了自己想找的照片。

他果然来过这里当老师。

照片中的他依旧穿着一件干净的T恤衫，正笑容满面地和同学们玩闹，神采飞扬的模样一如当年。找到第一张照片后，詹知夏很快又发现了第二张、第三张，每一张照片都深深吸引了她的目光，让她忍不住思考起那个问题来。

他来这里的原因。

是为了他自己？还是为了曾经的她？

詹知夏想不明白，只能怅然若失地四处走动，将照片里他待过的每一个地方都走了一遍。

“丁零……”下课铃响起，学生们几乎瞬间便涌了出来，原本安静的校园也变得嘈杂起来，略有些不习惯的詹知夏只觉得耳朵里一阵嗡鸣。

学生们下课后四散开去，有一些学生不经意间来到詹知夏的附近，忍不住偷偷打量起这个漂亮的小姐姐来。而后消息一传十，十传百，很快大家都知道一个超级好看的小姐姐来了他们学校。

感受到学生们的目光，詹知夏颇为不自在，刚准备离开的时候，一个女孩儿突然从人群中走了过来，抬起头看着她，问道：“你是詹知夏姐姐吧？”

“你认识我？”詹知夏有些惊讶，同时心跳像是漏了一拍，心中不由得生出一丝期待来。

“算不上认识吧……”女孩儿用手挠了挠脑袋，似乎有点不好意思，“不过你跟秦老师照片里的姐姐长得一模一样，他说过她叫詹知夏。”

“他给你上过课？他什么时候来的？待了多久？他的照片放在哪里的？他有说过什么有意思的话吗？”

詹知夏连珠炮似的问了许多问题。

女孩儿似乎被詹知夏的反应吓到了，隔了一会儿才反应过来，道：“他没给我上过课，我当时是溜到秦老师上课的教室里偷听的。他讲课好有意思啊，我忘记他是什么时候来的了，不过应该是两年前吧，待了估计有一个月？我记得你的照片，他好像是随身携带的，因为经常有同学说他坐在那里看照片，我们好奇，就偷偷看过……”

女孩儿的话让詹知夏陷入了沉默之中。

两年前啊，两年过去了，他应该又改变了很多吧。

詹知夏轻轻叹了口气后，又跟女孩儿聊了起来，再后来，女孩儿叫来另外一些知情的同学，他们跟詹知夏说了许多两年前关于他的事。

詹知夏听得入了神。

第 / 20 / 章

书信

“她到了，小姑娘长得真漂亮，身份证照片都这么漂亮，你当初怎么舍得放她走？”刚刚结束与“饭色水母”的聊天，秦川便收到一条来自齐大叔的微信消息。

齐大叔名为齐越，是安富村洪泽农家乐的老板，他儿子曾经是秦川的学生，秦川给他提供了不小的帮助，缓和了父子二人紧张的关系，因此在秦川提出需要帮忙后，齐大叔立刻就答应了。

当然，这也是因为秦川的请求很简单，就是将几张他曾经贴在墙上的留言和照片，重新放在一个稍微显眼的地方，主要是为了让“饭色水母”看到，再有就是改变一下小龙虾的做法，秦川知道她的口味，希望她在安富村吃得开心。

秦川看到齐大叔的消息后，心中稍微思索了一下，这才回复道：“那时候太小不懂事。”

“可惜了，希望这次你可以如愿以偿吧。”齐大叔发完这句话后，便去忙自己的事情了，秦川则有些紧张地等待起来。

过了半个多小时，齐大叔又给秦川发来消息：“她看到照片了，向我问起了你，我按照你说的跟她说了。”

秦川让齐大叔只告诉“饭色水母”见到过他，但没有告诉她具体的情况，因为他怕“饭色水母”猜到“白浮君”就是秦川，这样的话不利于他后面计划的开展，他需要让她经历更多，探寻到更多关于他的痕迹，之后才能暴露自己的身份。

“她问话的口吻和表情是什么样的？”秦川有些忐忑地问道。

“挺正常的。”齐大叔回道。

“好吧……”秦川听了，略有些失望，转头做自己的事情去了。

没过多久，他忽然接到“饭色水母”发来的消息：“想问一下你认识安富村后来的支教老师吗？”

看到“饭色水母”的消息，原本有些怅然若失的秦川一下子变得激动起来，心想她的内心果然不像她表面看上去那么平静。他强行压抑着自己亢奋的心情，回复道：“当然认识，不过就几个……”

“那你认识一个姓秦的吗？”“饭色水母”追问道。

“不认识。”秦川回复完后，问道，“怎么？有什么事吗？”

“嗯……有点巧……我有个朋友也来过这里。”

“饭色水母”似乎不愿多说，秦川便也没有追问，他想让事情循序渐进。

之后秦川和“饭色水母”又闲聊了几句安富村的美食，“饭色水母”告诉秦川，她在洪泽农家乐吃到的小龙虾非常好吃，而且老板做的口味也是她最喜欢的，该有的配料都有，该没有的都没有。

秦川看到后，笑了笑，忍不住在心里夸了齐大叔两句，同时也松了口气，没想到三年过去了，她的口味倒是一点都没变，也不知道其他的东西变了没有。

一夜无话。

第二天下午，正在工作的秦川收到门卫刘大爷的微信消息，说“饭色水母”已经到学校了，现在正在大厅里看照片。

门卫刘大爷一直在安富中学工作，跟秦川自然熟识，早在前天，他便按照秦川的吩咐将大厅里的照片换了，把那些会暴露秦川是最初支教者的照片全部取了下来，留下了一些看不出时间背景的照片。

今天的她，似乎有些魂不守舍。

秦川从门卫刘大爷的描述中得知了目前“饭色水母”的状态。再之后，门卫大爷又告诉他，“饭色水母”和几个学生在聊天，也不知道都聊了些什么。

由于学生们认出“饭色水母”不在秦川的计划当中，因此他的内心有些忐忑不安，害怕那些学生说出什么暴露他身份的事，影响他接下来的计划。

不过，值得庆幸的是，并没有。

晚上“饭色水母”又联系了他，语气一如往常：“抱歉，今天有点不舒服，忘记回你消息了。”

“怎么了？”秦川关切地问道。

“也没什么。我今天在你曾经支教的学校看到了我朋友的照片，他也去过那里支教，还真是巧呢。”“饭色水母”回复道。

“那是挺巧的。”秦川有些心虚地回了一句。

“我今天有点累，先睡了……”“饭色水母”道。

“好，晚安。”

与“饭色水母”结束聊天后，秦川胡思乱想了一阵，这才去洗漱。

洗漱完后，秦川躺在床上却怎么都睡不着，止不住回想起今天得知的关于“饭色水母”的神情反应等。

第二天，按理说“饭色水母”应该继续上路，前往下一站，可是根据秦川从村子里面熟人那里得到的消息，她还没有走，而是在村里闲逛。具体来说，是在走那些他曾经走过的路，曾经去过的地方。

这不在她的计划当中。

秦川可以肯定这一点，不过他又不能直接问“饭色水母”为什么还没走，那样似乎有点太过于献殷勤了，还有种监视她的味道，不太好。

之后的一整个早晨，秦川的脑海中总是浮现出那些他曾经走过的路，一想到现在“饭色水母”也在走那些路，便有种穿越时空的感觉。

下午四点多钟，秦川终于等到了“饭色水母”发来的消息：“我今天有点不舒服，所以还没离开盱眙，另外你之前托我给你打听的事，我昨天打听到了，忘记告诉你了，听说周颖转学到另一所重点高中了，具体原因不太清楚，好像是因为奖学金吧，挺好的。”

"是挺好的。"秦川回复道。

那孩子的父母都在监狱里，因此她的监护权落在了她大姨身上，大姨家也不富裕，能拿到奖学金是好事，没事就好。

秦川虽然知道"饭色水母"没有不舒服，只是在走他曾经走过的路，但是也没有多说什么。

转眼又是一晚过去，"饭色水母"一大早便前往淮安往北的下一站——徐州市。秦川对这座城市了解不深，不过"饭色水母"根据自己从网上查到的一些资料游玩了一番，倒也玩得挺尽兴。

至于徐州的下一站台儿庄，对于秦川来说则是一出重头戏。

之前的淮安盱眙，秦川安排了许多巧合，让"饭色水母"又一次忆起了他，同时他也从她的反应中探知到一些东西，确认自己在她心中并非可有可无，而是依旧重要，也只有知道了这一点，他才能实施接下来的计划。

而台儿庄的计划，将会让"饭色水母"确定她内心的一些想法和念头。

公开资料显示，台儿庄古城位于京杭大运河的中心点，坐落于鲁、苏、豫、皖四省交界之地，肇始于秦汉，发展于唐宋，繁荣于明清，乾隆帝曾御赐其"天下第一庄"的称号。

台儿庄对于京杭大运河来说意义重大，大运河台儿庄段被称为"活着的古运河"。

八十多年前，因为震惊中外的"台儿庄战役"，台儿庄从运河重镇化身为英雄之城，从此名垂青史。然而惨烈的战火，将这个享有"天下第一庄"美誉的商贸古城化为了一片废墟。八十年后，战争废墟上站起来的英雄之城以开创古城复建、文化复兴的奇迹，再次矗立在运河之畔，惊艳了世界。

秦川当初来到这里的时候，古城复建工作早已完毕，他的工作是对战地遗迹的考察和发掘，他还因此认识了一个非常有意思的老爷子。

老爷子名叫邹见清，不是土生土长的当地人，他只是在恋人埋骨的地方，继续着人生的征途。他年轻的时候是一个通信兵，其妻子是一位医疗兵，两人在台儿庄相识、相爱，却又在台儿庄分离、永别。

抗战结束后，邹见清老爷子没有回到自己的故乡，而是选择在台儿庄定居，他后来重新组建家庭，投入了新的生活中。

邹见清老爷子一生都在积极参与当地的建设，涂抹着名为盛世的画卷，表演着名为幸福的剧目，一切的一切都是因为，眼下的一切全是他们当初只敢在梦中渴望的东西。

最开始的时候，秦川与邹见清老爷子的关系只限于工作，但后来从考察到的线索中，秦川找到了几封战时的书信，根据书信的内容判断，应该是邹见清的妻子写给他的。

当时拿到书信的秦川非常忐忑，因为他也不知道这些足以被称为抗战文物的书信，最终能不能交到邹见清老爷子的手里。

秦川还记得他找到邹见清老爷子的时候，老爷子说出了一番让他印象深刻的话，直到今天依旧记忆犹新。

长时间考察抗战时期的遗址，再加上邹见清妻子留下来的书信，让秦川深刻地感受到了战争的残酷，妻离子散，家破人亡，好好的城市变成了废墟，一切美好都被摧毁了。

秦川当时没有忍住，直接将这番战争残酷的言论对邹见清老爷子说了，没想到却被老爷子反驳了。作为一个抗战老兵，一个被战争夺去了朋友、妻子的老兵，他并没有像秦川那样想，而是这样说道："正是因为这场战争，才带给了我这场相遇和羁绊，如果没有这场战争，我们也不会相遇和相爱，缘分如此妙不可言，没什么好遗憾的，因为命运已经带来了一切。"

当时的秦川听完后，觉得邹见清作为一个抗战老兵，不应该那样说，毕竟因为那场战争，牺牲了太多太多无辜的生灵，包括他的妻子和朋友。

然而，邹见清老爷子之后的一段话如醍醐灌顶一般，让秦川豁然开朗。

邹见清老爷子告诉秦川："战争的确残酷，但是如果因为有人逝去，就永远停留在过去，那就是在浪费牺牲之人的心意。这世界很好啊，虽然有很多不幸，但是也值得去歌颂和热爱啊。"

那真是一个非常有趣，懂得不少人生哲理的老爷子，他至今都被秦川奉为人生导师。秦川相信，邹见清老爷子的人生经历，一定会引导"饭色水母"进行深刻思考。

第 / 21 / 章

时间胶囊

在“饭色水母”动身去台儿庄之前，秦川终于联系上了邹见清老爷子，他联系老爷子的时候还挺不好意思的，因为在他看来，自己和“饭色水母”之间的感情纠葛，与老爷子的人生经历相比，简直是小巫见大巫，甚至可以说是有些幼稚。

其实当初秦川和邹见清老爷子刚认识的时候，也曾被问及感情问题，但那时的秦川还没恢复过来，所以不愿意说那么多。

邹见清老爷子今年八十五岁，虽然年纪大，但是身体非常好，而且乐于接受各种新鲜事物，微信和微博也会玩，不过秦川每次找他几乎都是打电话，因为秦川觉得用微信联系老人家显得有点不太尊重人。

秦川给邹见清老爷子打电话的时候，邹见清正在家门口看两位熟悉的街坊邻里下象棋，身后的门梁上挂了个鸟笼，鸟笼里有只八哥正在叫唤：“傻老头，下错了，傻老头，下错了。”

两位下棋的老人似乎很熟悉它的叫声，一点也不受其干扰。

“喂？”电话铃声响起后，邹见清接通了电话，按了免提。

“邹爷爷好，最近怎么样啊？”秦川笑着问好。

“好得很，好得很。”还没等邹见清回答，他身后的八哥又叫了起来。

邹见清忍不住哈哈一笑：“你听见了吧，鸟儿都说我好得很，说吧，找我什么事？”

“我想请您帮个忙，有关我的终身大事。”秦川笑道。

“终身大事啊，是哪个小姑娘不开眼，快，把我的微信号给她，我这就给她讲讲你在我这门槛上摔个屁股蹲儿的事。”

邹见清话音刚落，后面的八哥又叫唤起来了：“哎哟，摔得漂亮，摔得漂亮！”

秦川听到八哥的叫声，眼皮直跳：“邹爷爷我下次去找您的时候请您吃八哥啊。”

邹见清不接这话茬儿，而是直奔正事：“说吧说吧，具体怎么回事？”

“我喜欢的人要去台儿庄，我想让您跟她说说您的故事。我们三年前分开了，现在因为一些意外又联系上了，但是她不知道我的身份，我想让她一点点重拾对我的好感。”秦川说明了缘由。

“唉，你们这些年轻人啊，生活在这么好的时代，有那么好的机会和能力，却要搞这么多幺蛾子。”邹见清似乎有些怒其不争，道，“都是些鸡毛蒜皮的小事儿，喜欢就去追求，不要踌躇不前。”

“我以前不明白，但现在已经明白了。”秦川应道。

“既然这样，你的忙我帮了，她什么时候来？你有什么计划吗？”邹见清询问道。

“她是个很聪明的人，喜欢思考，您的故事足以让她想明白很多事情。”秦川顿了一下，道，“前提是她愿意往那方面去想，她今天就会去台儿庄，到时候您在博物馆等她吧，她会去博物馆。”

“行，正巧我今天闲着也没事做。”邹见清答应下来。

秦川之后又与邹见清商量了一些细节，这才挂掉电话，跟“饭色水母”聊起天来。

经过淮安盱眙的事，“饭色水母”在之后的三天里都有些精神恍惚，但随着时间的推移，她终究还是走了出来，恢复了正常。

中午十二点左右，秦川收到“饭色水母”的微信消息，说她已经抵达了台儿庄。

秦川看到消息后，心中便开始期待“饭色水母”与邹见清老爷子的相遇。如果是平时，邹见清老爷子的故事可能不会对“饭色水母”产生太大的影响，但是这段时间她知晓了那么多关于他的消息，一定会有所感悟。

傍晚。

刚刚吃完晚饭，准备回屋的秦川，忽然听到手机传来微信提示声，他立刻从兜里掏出手机查看消息。

“我好烦呀……”

看到“饭色水母”发来的消息，秦川有点吃惊，因为她不是一个喜欢向外人表露自己情绪的人。这也是他以“白浮君”的身份跟她认识以来，她第一次对他表露出这种情绪，他自认为两人还不算是很好的朋友，那么，唯一的可能就是现在她内心的波动极大。

是因为跟邹老爷子的见面?

秦川在心里猜测着，他今天有些忙，到现在也没联系邹老爷子，所以不知道两人都聊了些什么。

“怎么了？出什么事了吗？”秦川一边想着，一边给“饭色水母”发去消息。

“我这次出来旅行，一路上几乎到处都能看到我前男友的痕迹，刚才我又碰到一个他认识的人……我明明不想去回想，关于他的消息却从四面八方不停地朝我涌过来。”

秦川看完“饭色水母”的消息后，顿时陷入了短暂的沉默，而后才有些忐忑不安地问道：“你不愿意知道他的消息吗？”

“那倒不是……不过，唉……想知道又不想知道，很复杂……”

“饭色水母”的前半句话让秦川松了口气，因为她并不排斥他，这是好事，但紧跟着他又有些紧张，因为“饭色水母”后面的话表现出她很纠结。

纠结可不是好事，因为纠结的方向，可能是好的，也有可能是不好的。

秦川忍不住有些心烦，但也没忘记以“白浮君”的身份继续回复“饭色水母”：“方便跟我详细说说吗？”

“我和他是大学校友，谈了四年，毕业后因为异地和其他的一些原因分手了，这三年来我本以为我已经将他给忘了，但事实证明我错了。我没能忘记他，所以我沿大运河北上，一路上我得知了许多关于他的消息，我内心既排斥又想知道……忍不住……”

秦川的消息发出去后，“饭色水母”隔了一会儿，便回复了很长一段话。

“饭色水母”的回答让秦川既惊又喜，因为从她的回答中，秦川得知她内心深处依旧忘不了自己，而且对于复合这件事有一定程度的期望，只是有些踌躇不前。

她不敢，正如之前秦川不敢一样。他们都害怕会因为之前的事再度分手。

“所以之前你口中所说的那些朋友，都是他吧。”秦川继续以“白浮君”的口吻回复她。

“对。”“饭色水母”的回复很简洁。

“怎么今天突然跟我说了，是因为他朋友跟你说了什么吗？”秦川想知道“饭色水母”的内心究竟是怎么想的。

“嗯，说了很多，他朋友跟我说，他埋了一个时间胶囊，还在里面放了很重要的东西，我很想知道里面有什么，那是代表他彻底放下了，还是其他……”

看到“饭色水母”发来的最新消息，秦川猛地愣住了，回过神来后，便急忙从微信里面找出邹见清老爷子，给他发去消息：“我的亲爷爷啊，您怎么把时间胶囊的事告诉她了……”

“我这是在帮你啊。”邹老爷子隔了很久才回复。

秦川都快哭了，这哪里是帮他啊，这根本是在把他往悬崖上推！

秦川很了解“饭色水母”的性格，再加上之前从她那里得知的感受和反应，可以推断出她有极大的可能会去寻找那个时间胶囊。如果真的被她找到了，然后发现了里面的东西，惹得她胡思乱想怎么办?

唯一值得庆幸的是，秦川现在提前知道这件事了，还可以往好的方向引导。

秦川一时间心乱如麻，不知道该怎么与“饭色水母”谈论这件事了。思考了好久，他才发去这样一条消息：“……所以你想怎么做？”

“我不知道，我再想想吧。”“饭色水母”回复道。

“嗯……”此时此刻的秦川，也不知道自己心里面是怎么想的，是希望她找到时间胶囊呢？还是希望她找不到呢？

本来秦川在聊城还有其他的计划，但现在不得不终止了。聊城到北京已经很近了，只有四百多公里的距离，留给秦川的时间已然不多。

就在秦川思考之际，“饭色水母”又发来了消息，只是短短的一会儿，她便做出了决定。

“我准备去聊城找时间胶囊，你对聊城熟悉吗？如果熟的话，可以帮帮我吗？”

看到“饭色水母”的消息，秦川顿时如释重负，因为他既害怕她去，又害怕她不去，内心非常纠结，现在结局已定，便不需要再想那么多了。

“可以是可以，不过你有什么线索吗？如果线索太少，无异于大海捞针啊……”

“总要尝试一下。”

“那好吧……我对聊城的了解程度还行，到时候我会尽力帮你的。”

“太谢谢了。”

“小事一桩。”

结束了与“饭色水母”的聊天后，秦川开始思考、筹划起来。

如果以“饭色水母”最终可以找到时间胶囊的埋藏地为前提，他应该让故事怎么发展，才能让这件事和这个地方在“饭色水母”的心中留下深刻的印象，并有利于之后他与她相认后关系的升温呢？

秦川想了好久，终于想出了一个满意的方法，而后便开始做准备。

两天后，“饭色水母”到了下一站济宁，两人在此期间经常交流与聊城相关的消息，“饭色水母”认真地收集资料，秦川则开始了各种安排。

而与此同时，秦川也做好了被“饭色水母”发现真实身份的心理准备。因为一路过来的巧合实在是太多了，而聊城的事件又将会有他刻意引导的成分，“饭色水母”很可能会对他生疑，所以这件事他一定要做好，而且要做得很好。

又过了两天后，“饭色水母”抵达聊城。

第 / 22 / 章

浪漫

詹知夏与安富中学的学生们交流完后，得到了许多关于前任的消息。回到民宿后的她，心思比当初刚从范萦月那里得知他的消息时更乱，一晚上都没怎么睡好，第二天起床后，竟鬼使神差地没有前往下一站，而是一边回忆着昨天那些学生告诉她的一些消息，一边走着那些他曾走过的路。

那条下雨天满是泥泞的乡间小路，那座满是青苔，看上去有些年头的石桥，那个栽满桑葚树的山坡……

走在路上，詹知夏像是看到了他的身影一样，有种穿越时空的错觉。

直到下午，詹知夏才回到民宿。在房间里待了片刻后，她忽然想起昨天从学生们那里打听到的，关于“白浮君”曾经的学生周颖的消息，于是给“白浮君”发去消息，而后吃饭、玩手机、洗漱、睡觉。

次日一大早，詹知夏再次出发，前往下一站——徐州。

徐州同样是大运河沿线的枢纽城市之一，景点很多，但詹知夏没在这里久留，因为经过盱眙县的事后，她的精神有些恍惚，走在路上总是忍不住想起他。

两天后，詹知夏结束了徐州的旅程，起程前往台儿庄。

台儿庄古城属于山东省枣庄市，其“天下第一庄”之名詹知夏早在北京读书的时候便有所耳闻，只是一直没有时间去，现在倒是得了机会。

重建后的台儿庄古城以台儿庄大运河为文化轴线，设计了诸多景点，同时将北方大院、鲁南民居、徽派建筑等八大建筑风格有机结合，打造出风格独特的街道景观，观赏性很强。

詹知夏抵达台儿庄古城后，先是入住自己在网上预订的民宿，然后外出吃饭。

因为台儿庄古城临河而建，所以气温较低，非常凉爽。此时是旅游旺季，路上到处都是游客，略显嘈杂。詹知夏不得不避开人流，前往一些不太出名的景点。

一个下午的时间，詹知夏游览了诸多水街、水巷、古街巷、古民居、古桥、游船、牌坊以及独特的建筑庙宇等，紧跟着又参观了许多充满人文气息的博物馆和纪念馆。

其中一座博物馆专门为纪念当年台儿庄战役而建立，里面都是当年抗战时期的一些文物，除此之外，也有一些重建后从台儿庄废墟里挖掘出来的值得珍藏的东西。

博物馆不大，人也不多，安静得连呼吸声稍微重一点都能听清楚。

詹知夏走进博物馆后，压低脚步声，慢慢地参观起来。

在参观的时候，詹知夏发现了一件略显奇怪的事，那就是这博物馆中大部分的游客都面色沉重，但有一个老人始终面带笑容，如果更具体一点的话，应该算是温柔的笑容。她忍不住多瞥了老人几眼，但很快便又专心看起展品来。

沿着展柜往前没走多远，詹知夏来到那位老人的身旁，发现他正望着展柜中摆放的一封染血的书信，从信纸上娟秀的字体推断，应该是一个女子所写。

看到那封信的时候，詹知夏的脑海中刹那间便浮现出一个抗战时期的凄美爱情故事来，不禁轻轻叹了口气，有些感慨，同时有些不理解老人的心情。

“小姑娘叹什么气？”听到詹知夏的叹气声，老人转过头来看着她。

因为对方是一个老人，而且又是在博物馆里，詹知夏对他倒也没什么警惕之心，便回答道：“我就是觉得，战争实在是太残酷了，导致妻离子散，家破人亡……写这封信的人和它的收件人，应该都是战争的受害者吧……”

“谁告诉你我是受害者的？”老人笑了笑，看着詹知夏，道，“如果不是这场战争让我和她相遇，我们根本不可能相爱，所以没有什么可遗憾的，我们得到的已经够多了。”

邹见清说这番话的时候，心中忍不住想，这女孩子和秦川也真是像，连想法、观念都一模一样，果然不是一家人，不进一家门啊。

詹知夏听了老人的话，略感惊讶，道：“您是这封信的收件人？”

“对。”邹见清点了点头。

“您现在还活着，当然可以这么说，可她呢……”詹知夏闻言，有些愤愤然。

“如果有可能的话，我当然不愿意那场战争爆发，可事已至此，如果幸存者和后人们一直停留在过去，那岂不是浪费了牺牲者们用生命换来的美好世界？”邹见清转头望向那封染血的书信，继续道，“我是个通信兵，当年天南地北地跑，她在台儿庄当医生，工作很忙，所以我只能用一封封书信向她描绘外面的世界。后来战争爆发了，她离开了，再后来，战争结束了，我也在这里娶妻生子，投入战后的重建工作中。看到无数人在这里成长，无数人走出这里，无数人又来到这里，延续着我们的幸福，我还有什么不满足的呢？”

詹知夏很想反驳，却又无从反驳，因为面前这个老人说的话有道理。不过她的内心深处还是不太认同老人的说法，因为她是一个容易感伤的人，一度抗拒再去她喜欢的人所在的城市，连所在的城市都不行，更何况是逝去的地方。

不过三年后的今天，她稍微缓过来了一些，所以走上了大运河沿线这条路。

在詹知夏沉默的时候，邹见清却来了兴致，问道：“你想看看书信的内容吗？”

“您可以把这些书信取出来？”詹知夏有些惊讶。

“不行，但我手里还有些其他的书信，前两年一个北京的小伙子来这里做遗址考察，找到了几封信，然后给了我一部分。”邹见清说话的时候，开始用目光打量詹知夏，道，“说起来，我总觉得你有点眼熟……好像在哪里见过，你是不是姓詹？”

“嗯？”詹知夏很震惊，觉得相当不可思议。

她刚想要问点什么的时候，老人忽然摇了摇头，道：“算了，我果然不是演技派。我实话实说了吧，我刚才在博物馆外面就认出你来了，你是小秦在大学时期的女朋友吧？他当初说要在大运河沿线留下自己的足迹，以防万一将来你也会走这条路。回头我得告诉他这个好消息，你果然来了。”

“你不能告诉他！”詹知夏来不及仔细思考老人的话语，下意识地说道。

与此同时，她想到从杭州一路走来所遇到的巧合，果然都不能算是完全意义上的巧合，而是他刻意留下的痕迹。如果她不走这条运河线，这些痕迹她可能一辈子也发现不了。

“老爷爷您跟他很熟吗？”沉默了好一会儿，詹知夏才问道。

“算不上很熟，但偶尔也有些联系。怎么，小姑娘想要他的联系方式？拿去拿去。”邹见清一边说着话，一边把手机递给詹知夏。

詹知夏见状，连忙摆手拒绝。她不敢要。

“怎么，还放不下心里面那点小别扭呢？”邹见清笑了笑。

“不是……”詹知夏摇了摇头，不知道该怎么说。

“小姑娘，不要等到真的来不及才追悔莫及哦……”邹见清露出和蔼的笑容，转而对詹知夏道，“走，跟我去看看信，也许你会产生别的想法。老爷子我就住在镇上，不远。”

“好。”詹知夏想看信的内容，也想知道更多关于秦川的消息，但又有些害怕秦川会知道这件事，内心非常纠结。

邹见清好像看出了詹知夏的犹豫和踌躇，笑了笑后，也没多说什么，便领着她出了博物馆，转而去往自己的住处。

在前往邹见清家的途中，詹知夏欲言又止，最后终于忍不住发问：“他最近过得还好吗？”

“这么简单的问题，你大可直接问他，老爷子我啊，不说，哈哈。”邹见清大笑道。

听到这个回答，詹知夏有些失望，却又有种如释重负的感觉，因为无论是知道他过得好，还是知道他过得不好，她心里都会有些不是滋味。

片刻后，两人来到邹见清住的院子外，此时象棋桌前已经换了两名棋手，且有不少人在围观，见到邹见清回来，众人皆友好地向他打招呼，还问他是不是给孙子找了个媳妇儿。邹见清自然都笑着回答。

两人进屋后，过了一会儿，邹见清拿出一个用泛黄油纸包起来的铁盒子，从中取出一封非常陈旧的书信来，随后将之小心翼翼地递给了詹知夏，詹知夏也轻轻地接过信，然后在邹见清鼓励的目光中将其打开，从头开始阅读起来。

书信的第一页第一行便让詹知夏有种如沐春风的感觉，这封来自抗战时期的书信，没有写病人，也没有写战事，只是写了一些简简单单的琐事。

“花开了，医院来了个外国牧师。

“今天的云彩很好看，你也看到了吧。”

……

除了邹见清妻子写给邹见清的书信之外，还有一封邹见清寄给妻子的信。

詹知夏看了有些疑惑：“为什么这封信这么潦草？”

短暂的沉默后，邹见清居然露出了一脸不好意思的笑容，道：“这是我当时写给她的情书，因为太紧张了，所以把草稿给寄出去了……”

“哈哈哈。”詹知夏没忍住，直接笑出了声，接着看信。

就这样，邹见清和妻子往来的书信内容一一呈现在詹知夏的眼前，一如当年呈现在秦川的眼前。无论是当时，还是现在，这些书信都带给了两人极大的震撼，因为这其中所包含的，是连残酷的战争都无法阻隔的爱情。

“在遥远的时代，没有任何物种拥有感受美好、讴歌生命、遥望未来的能力，而人类在物质丰足的时代，为这样的能力专门创造了一个词——‘浪漫’。‘浪漫’不仅仅针对爱情，也是对美好的描绘，你千万不要丢掉这种浪漫，也不要遗失这种美好。”见詹知夏看完信后神情有些恍惚，邹见清一边抿着茶，一边轻声道。

詹知夏一言不发。

从杭州开始，她不断得到关于他的消息，这已经让她内心深处很不平静了，而此时此刻她又得知了一位老人与妻子浪漫的爱情故事，心中更是如同翻江倒海一般，久久无法平息。

第 / 23 / 章

不远嫁

台儿庄古城，邹见清老爷子家中。

詹知夏看完信后，便被邹见清留下来吃饭，她没有拒绝，因为她想从他那里打听到更多的关于秦川的消息。

邹老爷子早已儿孙满堂，但子孙后代全都在外地，第二任妻子也在五年前逝世，只留下他一个人居住于此。不过他的儿女几乎个个都事业有成，还专门给他请了保姆洗衣做饭。他本来非常不愿意麻烦别人，但毕竟年纪大了，很多事都不太方便去做，便也只能如此。

饭桌上，邹见清和詹知夏两人边吃饭边聊天。

“小秦没有跟我说太多关于你们的事，我只大概知道一些，你们是大学同学吧？”邹见清夹了一筷子菜放在自己碗里，抬头问道。

“嗯……”詹知夏点了点头。

“你们谈了四年？也挺久的了，后来怎么分开了？”邹见清有些不解。

“异地啊，我是独生女，父母说我不能远嫁……”詹知夏的眼神有些飘忽，道，“他是家里的独生子，父母也说不能‘远嫁’……”

“这的确是个问题。不过现在交通这么发达，北京到杭州坐高铁只要四个半小时，一天能来回两趟，也不能完全算是异地，说到底肯定是有其他的原因在阻碍你们，你回头仔细想想究竟是什么。”邹见清认真分析道。

“嗯……”詹知夏点点头，沉默着吃了会儿饭，这才问道，“他最近怎么样？我真的想知道。”

“非常好。”邹见清想了想，用一种肯定的语气说道。

“哦……因为工作吗？还是因为其他？”詹知夏想知道更多。

“不可说，不可说。”邹见清看着詹知夏，脸上露出笑容，但是摇头不肯透露。

“那有什么是可以说的吗？”詹知夏仍不死心。

“可以说的嘛……”邹见清放下碗筷，摸了摸下巴，道，“首先我很确定的一点是，他非常喜欢你，他一直都没有忘记你，他对你真的很用心，而且即便到现在，也依旧在想着和你复合。”

秦川很爱她，詹知夏当然知道，他对她很用心，她也知道。经过大运河之旅的前半程，詹知夏体会到了他更多的用心，至于他想着和她复合？

“您是怎么知道的？”詹知夏望向邹见清，脱口而出。

“猜的，哈哈哈。”邹见清笑道。

詹知夏闻言，顿时松了口气，也不知道为什么。

之后两人在饭桌上又聊了聊邹见清的第一任妻子和书信内容，这也让詹知夏愈发感触良多。当年那么惨烈的社会环境，都没能将相爱的两人分开，她和秦川的这点阻碍、挫折，又算得了什么呢？

只是，他真的愿意和自己复合吗？复合后，他们还能像以前一样吗？会不会再次分手？

詹知夏想得脑袋有些痛，索性不再去想那么多，而是专心致志地听着邹见清的故事。他似乎很爱分享自己的感情故事，可能是因为老了吧，再加上平时没人陪，所以有些寂寞。

从邹老爷子的口中，詹知夏也知道了他第二任妻子的故事。

他第二任妻子和他一样，另一半阵亡在了台儿庄，后来他们两人再次成家，定居于此，也互相陪伴了几十年，感情很深。

邹见清的故事讲完的时候，天色已经有些暗了，詹知夏看了看时间，准备回去休息。

临走时，邹见清将詹知夏送到院落外面，忽然道：“我刚才想起来，一年多以前，小秦去聊城考察遗址景观，后来把一个时间胶囊埋在了某个景点里。他说放了一件很重要的东西在里面，直觉告诉我，那东西肯定与你有关。”

时间胶囊?

詹知夏立刻便回忆起来，前不久她在苏州的“小时光”咖啡厅听老板的女儿吕星如说过，他买了一个时间胶囊，没想到今天在这里也得知了时间胶囊的消息。

“您知道具体位置吗？”詹知夏问道。

“具体不太清楚，我只听说在一座山的一株树下。那处景点因为开发公司的资金链断裂而烂尾了，小秦的团队开始在帮忙评估景点的开发价值，后来被另外一家公司接手了，再后来那处景点种满了反季节的红枫。怎么，你想去找吗？要不要我帮你问问具体地址？”

“不用，真的不用，另外我想恳请您一件事，千万不要告诉他我遇见您的事，谢谢您了，谢谢。”詹知夏看向邹见清，认真地道，“我还没有做好准备。”

“你放心吧，老头子我也不是个多嘴多舌的人。”邹见清笑道。

与邹见清老爷子分别后，詹知夏便回到民宿，躺在床上心乱如麻，想找个人倾诉一下也不知该找谁好，因为与她关系较好的朋友几乎都知道她和秦川的关系，所以想了许久后，詹知夏决定找“白浮君”。

“白浮君”算是朋友，但没见过，而且不了解她以前的事。

“我好烦呀……”詹知夏发了条消息给“白浮君”，这还是她第一次主动发送带着强烈主观情绪的话语给他。

“怎么了？出什么事了吗？”“白浮君”很快便给出回复。

“我这次出来旅行，一路上几乎……我明明不想去回想……从四面八方不停地朝我涌过来。”

“你不愿意知道他的消息吗？”

“那倒不是……不过，唉……想知道又不想知道，很复杂……”

“方便跟我详细说说吗？”

“我和他是大学校友，谈了四年，毕业后……我内心既排斥又想知道……忍不住……”

“所以之前你口中所说的那些朋友，都是他吧。”

“对。”

“怎么今天突然跟我说了，是因为他朋友跟你说了什么吗？”

“嗯，说了很多，他朋友跟我说，他埋了一个时间胶囊……”

“……所以你想怎么做？”

“我不知道。”

“你得搞清楚你的内心啊，我也没办法替你做决定。你还喜欢他吗？”

“喜欢吧……但很多事不是喜欢就够了。我再想想吧。”

“嗯……”

跟“白浮君”说了后，詹知夏觉得自己的内心更乱了，到最后索性不再去思考这件事。她决定先去聊城，看看秦川在聊城埋下的时间胶囊里到底放了些什么。

她一路上得到的消息全都是过时的，不太好拼凑起来，可如果找到时间胶囊的话，应该就能知道秦川的心意，看他是在那时就彻底放下了，还是埋下了其他的重要物品。

做好决定之后，詹知夏准备明天去找邹老爷子打探更多的消息和细节，与此同时她又给“白浮君”发去消息。

“我准备去聊城找时间胶囊，你对聊城熟悉吗？如果熟的话，可以帮帮我吗？”

“可以是可以，不过你有什么线索吗？如果线索太少，无异于大海捞针啊……”

“总要尝试一下。”

“那好吧……我对聊城的了解程度还行，到时候我会尽力帮你的。”

“太谢谢了。”

“小事一桩。”

做出选择后，詹知夏也不再纠结，很快便沉入梦乡。

第二天一大早詹知夏便去找邹见清，见到邹老爷子的时候他正在下象棋，等了一会儿后，詹知夏便向他提及此事，邹老爷子将所有关于时间胶囊的信息都告诉了詹知夏。

不过，詹知夏了解了自己想知道的信息后，并没有直接离开，而是和邹老爷子一起吃了午饭，又陪了他一会儿，这才起程前往下一站。

虽说詹知夏此时的心情有些迫切，但也没有因此打乱自己的计划，依旧按照旅游路线从台儿庄前往济宁，在济宁游玩一番后，这才前往聊城。

隶属于山东省的聊城市是京杭大运河沿线的重要城市，也是著名的旅游名城，名胜古迹有两千多处，具有旅游开发价值的景观近五百处。

一年多以前，秦川来聊城是专门考察景观开发价值的，他考察的景观遗迹有十来处，具体的名称都不清楚，但可以确定的是，秦川将那个时间胶囊埋在了一个开发中止的项目景点里，而且那里现在种满了反季节的枫树，根据詹知夏的猜测，类似的地方应该会被游客或者路人看到，继而发到网站上，红火一时。

然而让詹知夏略感失望的是，她没有在微博上搜索到任何与之相关的消息，不过她并没有放弃。

第二天。

詹知夏到当地的旅行社询问相关的信息。九月份的聊城，天气极热，身处户外简直就像待在蒸笼里一样，这让身处北京的秦川有些心疼，他恨不得直接告诉她那片红枫林的所在地。

一整天的时间，詹知夏跑了很多旅行社，结果没有得到关于那个地方的一点消息，连他们都不知道，普通的市民肯定更加不可能知道。

一时间，詹知夏有些束手无策。

第 / 24 / 章

线索

聊城。

詹知夏坐在酒店房间的椅子上，总结当下所有的线索。

先不管时间胶囊具体的埋藏地，她首先要找出那处开发失败的景点，但她目前只有一条线索，那便是种满反季节红枫的地方。可让她感到失望的是，无论是微博，还是本地的旅行社，都没有任何相关的消息，因此她得出一个结论，那个景点要么根本不存在，是邹见清老爷子记错了，要么是比较偏僻的私人承包地，不为外人所知。

邹见清老爷子虽然年纪大了点儿，但是记性很好，连抗战时期的爱情细节都记得一清二楚，更何况近一两年的事，所以只有一个解释，那个景点地处偏僻的私人承包地。

不过，那个地方应该也不会特别偏僻，毕竟是曾经被看中，差点开发成景点的，道路绝对不可能不通，至于网上没有景点图片，应该是因为那附近居住的人们年纪较大，不经常上网。

将手头的线索理清楚后，詹知夏继续思索该如何找出那处景点，但是思考了很久，还是一无所获。

最终，她只好叹了口气，给“白浮君”发去消息：“我这边一点线索都没有，你那边呢？”

“我嘛……倒是有一点儿。”

隔了一会儿，“白浮君”的回复让詹知夏欣喜若狂。

“怎么说？”詹知夏飞快地打字。

“常规的方法我试过了，没找到，后来我想到用谷歌地球试试……”

“好办法，我之前怎么没想到？”詹知夏闻言，顿时眼前一亮。

谷歌地球是一款虚拟地球软件，用户可以借助它浏览全球各地的高清晰度卫星照片。

“我迅速浏览了聊城近一两年来的变化后，发现一年前，在阳谷县南部，临近大运河的一座无名山上，突兀地出现了不少红枫。确定景点的大致范围后，我托关系找了一个阳谷县的当地人，终于从他那里打听到了相关信息，而且还拿到了一本废弃的旅游宣传册，里面有景点内部的详细地图。”

“白浮君”的一大段文字刚发过来几秒钟，紧跟着又发来几张图片，图片内容是旅游宣传册里的地图。

云山旅游指南。

詹知夏看完图片后，终于得知了那处景点的名字。

光从名字上来看，根本看不出太多内容，因为云山既不是中国第一高峰，也不是三山五岳，名气太小，不足以吸引人，位置如此偏僻，项目失败也是能够预见的事。倒是后来项目被另一家公司接手，种满反季节的红枫，换名为红枫林还是红枫山什么的，还能引起詹知夏的一点点兴趣。

“实在是太感谢你了。”詹知夏的心情瞬间变得愉悦起来。

“没事。”“白浮君”回了一句。

此时正是一日之晨，得知具体地址后的詹知夏，当即便约了一辆网约车，前往阳谷县南部的云山，因为地处偏僻的山村，所以詹知夏专门找了一个年纪大的女司机，自己也带了一些保障安全的必备品，“白浮君”更是千叮咛万嘱咐。

一个半小时后。

詹知夏根据地图的指引，从聊城市区来到阳谷县的乡下。

远方，隐约可见一座漫山红遍，层林尽染的山峰，非常漂亮。

车继续往前行驶，很快便驶入林中，沿着主路又往前开了十分钟后，詹知夏看到一扇铁门，铁门左右两边都是围墙，将路挡住了。

铁门旁有一个岗亭，但里面没有人，铁门中间有较大的缝隙，从外面可以看到里面的场景。詹知夏和司机阿姨都是第一次来到此处，看到铁门内的风景，不禁有些吃惊，而后皆发出感叹。

眼前的风景堪称是美如画。

只见一条宽阔的林荫大道笔直向前，两旁种满了一株株反季节的红枫，中间还夹杂着枝叶茂盛的清凉翠竹，枫叶红得似火。当风吹过时，红枫像海浪一样翻滚着，又像是火焰般燃烧着。

这个画面让詹知夏想到了此前在微博上看到的，关于全世界最美的二十条林荫道的新闻。

北爱尔兰暗色树篱、德国波恩樱花街道、日本紫藤花隧道、新奥尔良沿密西西比河橡树巷、南非蓝花楹路、乌克兰科勒文爱情隧道……

与那些世界知名的林荫道相比，詹知夏觉得眼前的红枫大道也毫不逊色，甚至犹有过之。

这里的红枫不似北京香山秋枫的那种红，而是一种鲜嫩的红，像是嫩得几欲滴水的新芽，再加上一束束阳光穿透树叶的缝隙洒落在林荫道上，氤氲的雾气升腾折射着阳光，使得整条红枫大道仿佛一幅绝美的画作。

仅凭这一条红枫大道，詹知夏便可以断定这处景区将来肯定会成为许多摄影师争相追逐的拍摄地点，当地的居民说不定还会来这里拍婚纱照、野炊、周末游等等。不管种植这些红枫花了多少钱，开发商绝对不会有亏损之忧。

经过短暂的感叹之后，詹知夏又陷入了沉思，这处红枫林显然是还未对外开放的私人景点，她不知道该怎么进去。

翻墙吗?

詹知夏的目光落在林边的砖墙上，很快便否定了自己的想法。围墙太高，她翻不过去。

绕着林子走到没墙的地方？詹知夏考虑了一下，觉得也不太可行，因为四周树林里的杂草实在有些茂密，她就算进得去，也未必出得来。

那该怎么办呢？……

就在詹知夏苦苦思考的时候，司机阿姨一边啧啧称奇，一边拿起手机走向铁门处，飞快地拍摄了许多照片。而就在司机阿姨凑近大门，准备固定手机拍摄红枫大道的时候，不小心轻轻一推，门居然“嘎吱”一声打开了。

正在思考的詹知夏顿时愣住了，反应过来后，立刻将司机阿姨喊了回来，决定开车入内。

“这不太好吧？”司机阿姨有点犹豫。

“这门又不是咱们打开的，而且也没有给出禁入标志，再者咱们一不偷二不抢，只是觉得风景漂亮想进去看看，万一遇到工作人员，我把门票钱补给他就行，放心吧。”其实詹知夏也觉得不太好，可是为了找到时间胶囊，她决定硬着头皮上。

司机阿姨听了詹知夏的这一番话后，也不再犹豫，开车进入红枫山景区内。

坐在车上，詹知夏又思索起另一个难题来。

到达景区内了，可是时间胶囊具体埋在哪里？邹见清老爷子只告诉她在一座山的一株树下。可是这座山上到处都是树，究竟是哪株树？是非常特别的树，还是随便的一株树？

詹知夏有些苦恼。

车很快驶出红枫大道，进入盘山公路，蜿蜒的公路两旁依旧种满了红枫，从山上俯瞰下方，可以看到漫山遍野的红枫，虽然不如北京香山的规模，但是放在一个小县城，已经算是非常不错的了。

大约过了十分钟后，詹知夏与司机阿姨来到半山腰，这里有一个观景台，几乎可以俯瞰整座红枫山的全景，詹知夏瞬间感觉像是置身于秋天的香山中了。恍惚间，她生出了一种错觉，仿佛身旁站着的不是司机阿姨，而是秦川。

在观景台边看了会儿后，詹知夏发现山中的红枫不是随意栽种的，而是有着某种规律，但具体是什么规律她也不是很清楚。

“我已经进了红枫山了，但不知道具体在哪株树下。”詹知夏想了想，给“白浮君”发去消息。

“根据你的描述，我觉得你前男友应该是一个仪式感比较重的人，他既然在大运河沿线留下了那么多痕迹，又专门跑到一个风景如画的地方埋藏时间胶囊，肯定不会随便埋藏。那株枫树肯定不会是一般的枫树，你只需要找那株与众不同的枫树就可以了啊。”“白浮君”回复道。

“这里的枫树实在是太多了……等等……”詹知夏脑海中忽然灵光一闪，再次走到观景台边上俯瞰全景。她总觉得枫树的栽种规律有些熟悉，可一时半会又想不起来。她将这一疑惑点告诉“白浮君”后，没想到“白浮君”立刻便给出了答案。

“我不知道你想到了什么，反正我想到的是美龄宫。”“白浮君”的回答像是一道闪电劈中了詹知夏，她一下子便醒悟过来。

美龄宫位于南京市钟山风景名胜区内四方城以东的小红山上，从空中俯视，犹如一串镶有绿宝石挂坠的珍珠项链，种满法国梧桐的环形路是“项链”，而有着深绿色的琉璃瓦的美龄宫，则是项链的宝石挂坠。

红枫山的布局与美龄宫很相似，只是碍于地形，这里即便能看到最高处，也看不到红枫栽种的具体规律，但如果从空中俯瞰的话……

詹知夏的脑海中冒出一个想法来，而后便决定先和司机阿姨回市里去，等明天再来，到时候肯定可以找出时间胶囊的具体埋藏地。

第 / 25 / 章

情怯

回酒店的途中，詹知夏在网上购买了一台无人机，准备第二天带去红枫林，然后从更高的天空俯瞰下方，看看红枫的栽种轨迹究竟有什么规律。

而直到此时，詹知夏才有时间去回顾刚才所见到的风景。

“我刚才去的那个红枫林真的很漂亮，如果是在其他热门一点的城市的话，可能早已闻名全国。”詹知夏发消息的时候，也不忘发几张自己拍的照片。

消息发出去没多久，“白浮君”便回复道：“嗯，的确非常好看……”

对于“白浮君”的看法，詹知夏深表赞同，现在是网络时代，以网络传播之迅速，影响力之巨大，再偏僻的景点也会被炒作成网红景点。红枫林有这股潜力。

跟“白浮君”聊了会儿红枫林的风景后，詹知夏便回到酒店休息。

一夜无话。

第二天上午十点左右，詹知夏订购的无人机便送到了。因为她之前玩过无人机，所以倒也不需要学习怎么操作，接着她联系了昨天的司机阿姨，一起前往云山红枫林。

等到达半山腰的观景台后，詹知夏便开始操作无人机升空，随着无人机越飞越高，詹知夏也从手机屏幕接收到的画面中看到了云山红枫林。

只见漫山遍野的红枫从入口处向两边延伸而去，将詹知夏所处山峰西边的一座小山环抱起来，形似一个指环，而小山之巅有几株红得似火的枫树。

这红枫环山的景象，竟像是一枚钻戒。但那几株红枫应该不是钻石，詹知夏有些疑惑，这景区的老板这么大手笔，戒指上肯定有钻石的吧……

詹知夏想着想着，忽然想起来，那座小山的方向是西边，那么到了下午太阳落山的时候，岂不是从那里落下？

红枫是指环，小山是钻托，夕阳是钻石。

詹知夏一下子便明白过来，也终于知道时间胶囊埋藏在哪里了，应该是那座小山山巅的某株红枫下，具体是哪一株，走过去看看挖掘痕迹就能知道。

但詹知夏不准备立刻过去，而是在观景台等到夕阳落下，她想在这里看看那个画面到底有多美，才会让秦川决定将时间胶囊埋藏在那里。

终于搞明白了一切。詹知夏一边操纵着无人机降落下来，一边与司机阿姨沟通，因为她们要在这里等到傍晚，司机阿姨倒是无所谓，因为詹知夏的车费给够了，她也乐得稍微休息一下看看美景。

收起无人机后，詹知夏坐在观景台一角，静静地看着远方山峰的山巅，心中静静地思索着秦川究竟会在时间胶囊里放些什么。

她想不到。

渐渐地，她想起了许多关于此次旅游的事。

不知道为什么，这次旅行从一开始便出现了许许多多的巧合，而且全都是和他有关的，比如苏州的“小时光”咖啡厅，盱眙的民宿、学校，乃至于现在的云山红枫林，还有其间遇到的人，包括民宿的老板、学校的学生、台儿庄的邹见清老爷子。

这种种巧合似乎都在昭示着什么，可詹知夏又理不出个头绪来。

正当她百思不得其解之时，一个声音忽然在空旷的观景台响起。

“你们是谁？”

詹知夏抬头望去，只见一个身穿运动服的瘦高的年轻男子正朝她们走来。

“你们怎么进来的？”当他走近后，脸上却露出惊疑不定的神色来，“你是……詹知夏？”

又来？

这次旅程中，詹知夏不知道听到过多少次这句话了，所以这又是巧合吗？

“我是。”詹知夏表现得很平静，冲瘦高男子点了点头，“你是？”

“我叫王琦，秦川的朋友，见过你照片。”王琦笑了笑，似乎有些不好意思，“只是没想到会见到你本人。”

“哦，你怎么会在这里？”詹知夏问道。

“这句话应该我问你们吧？这景区是我家开发的啊。”王琦觉得这问题有点奇怪。

老板在自家景区，倒也说得过去，只是仍感觉怪怪的。詹知夏在心里嘀咕了一句，但表面上还是表现出有些不好意思：“我……”

她话还没说完，王琦忽然道：“算了，你别说了，让我猜一下，你是来找时间胶囊的对不对？”

“对。”詹知夏没有犹豫，点了点头。

“需要我告诉你在哪儿吗？”王琦笑道。

“不需要，我已经找到了。”詹知夏摇了摇头。

看到詹知夏脚下的无人机，王琦瞬间明白过来，笑道：“我刚才在林子里跑步，远远看到观景台上空有无人机才赶过来的，没想到居然碰到了你，你是怎么找到这里的？”

“说来话长……”詹知夏不打算细说太多。

王琦也看出来詹知夏似乎对他怀有一丝警惕，但具体是在警惕什么他也说不上来。

“看你这架势，是要在这里等日落吗？”王琦问道。

“是的。”詹知夏轻轻应了一声。

“怎么样？觉得这设计如何？”王琦一脸得意。

“无论是入口处的红枫大道，还是整个景区红枫的栽种轨迹，都很有创意，吸引力十足。”詹知夏实话实说。

“哈哈，这还多亏了你前男友呢。当时他来帮我们公司评估景区的开发可能性，给我们提出了几个建议，后来我拿去跟专家讨论了一下，觉得可行，然后又增加了一些东西，最终才有了你眼前看到的一切。”

王琦指着远方的红枫大道，道：“那里我们原本想打造成中国最知名的林荫道之一，将整个红枫林设计成钻戒栽种构造，是希望这里能成为巴黎情人桥一样的地方，吸引全国的情侣来这里种下他们的时间胶囊，或者留下他们珍贵的记忆。山那边还没开发的区域，我们准备建一条下山的滑道，让游客一路向下飞驰，穿梭在云雾和红枫之间。”

王琦兴致勃勃地和詹知夏说了许多，还说明其中哪些是秦川的提议，詹知夏听得津津有味。

不过，看着王琦一副像是故意展示秦川才华的架势，詹知夏又觉得有些疑惑。

王琦足足讲了十几分钟，见詹知夏微微皱起眉头望向他，这才停了下来，心中生出一丝不祥的预感，道：“嗯，反正大概就这样，你想在这里看日落就看吧。我还有事，就先走了，后会有期。”

话音落下，王琦便匆匆离去。

看着王琦远去的身影，詹知夏想喊住他，但几次欲言又止，最终没有出声。

时间缓缓流逝。下午六点多的时候，太阳终于落到山峰之巅的位置，从詹知夏所在的方位来看，那几株枫树像是碎钻拱卫着主钻一样，闪闪发光。

按照王琦的说法，他想让这番景象成为美国纽约曼哈顿悬日一样的景象，吸引游客前来。

不得不说，日落和枫叶的确非常美。

看完日落奇景后，詹知夏便坐车前往另一座山，然后绕盘山公路上山，走了许久才终于来到山巅红枫的所在处。

来到这里后，詹知夏绕着那几株“碎钻”红枫走了几圈，仔细观察地上泥土的痕迹。她发现虽然时间已经过去很久了，但是挖掘过的痕迹依旧还在，她很轻松地便找到了时间胶囊的埋藏地。没想到的是，看着时间胶囊的埋藏地，她却犹豫了。

此前的她特别想知道时间胶囊里有什么，可是当她真的找到它的时候，却又不敢打开它。她害怕知道答案。

叹了口气后，詹知夏用车里提前准备好的铁锹挖开泥土，才挖了几下，铁锹便碰到了一个坚硬的东西，她的心猛地一惊，身体都僵硬了，良久才恢复平静。她继续将四周的泥土刨干净，从泥土中取出一个有成人拳头大小的时间胶囊。

拿到胶囊后，詹知夏回到车中，坐在后座上一言不发。

夜晚。

车窗外的风景飞快地闪过，詹知夏抱着怀里的时间胶囊，陷入久久的沉默之中，好几次想要打开它都忍住了。

她心中有一种窥探他人隐私的羞愧感，这和偷看别人的日记有什么区别？

詹知夏心中这样想，实际上她是在逃避。

一个多小时后，詹知夏回到酒店，将时间胶囊放在一旁，躺在床上，发现“白浮君”发来了消息：“怎么样……找到了吗？”

“嗯，找到了……”

“你打开看里面是什么了吗？”

“没有……我觉得……不太好，还是算了……”

“打不打开都行，看你自己的想法。”

“嗯……”詹知夏没再回复。

一晚上的时间，詹知夏几乎都没怎么睡着，第二天，她将时间胶囊放入自己的行李箱中，然后继续自己的大运河沿线之旅。

聊城下一站是临清，一座与大运河同兴衰的城市。再下一站是德州，同样因大运河而繁荣，再之后的沧州，亦是依托运河而建。

这几座城市都有秦川和詹知夏留下的记忆，因为他们当初在北京上学，周末或者放假的时候喜欢到处去玩，去不了远的，近的也行，四年下来，北京周边几乎所有的城市都去过了。也正因为如此，越靠近北京，詹知夏的心便越乱。

眼看距离北京只剩下一个天津，詹知夏心中更是生出一种近乡情怯之感，只是想想自己将要回到北京，心跳便会加快，而且她本能地觉得，回到北京后，肯定会发生一些事情。

第 / 2 6 / 章

身 影

北京。

秦川早晨起床后，无论做什么事，几乎都处于一种恍惚的状态中，一直犹豫着要不要早点把红枫林的位置告诉“饭色水母”，但又怕太早告诉的话她会起疑。

此时的秦川是抱着能拖多久就拖多久的想法在引导“饭色水母”，带给她巧合和惊喜，只有在实在瞒不住的时候，他才会开诚布公，但现在还不是时候。

正当秦川犹豫不决之时，“饭色水母”发来了求助消息。

“我这边一点线索都没有，你那边呢？”

“我嘛……倒是有一点儿。”秦川心中大喜，表面则是以一种卖关子的口吻在给她发消息。

“怎么说？”

“常规的方法我试过了，没找到，后来我想到用谷歌地球试试……”

“好办法，我之前怎么没想到？”

“饭色水母”的回复让秦川忍不住笑出了声，他其实根本没想，只是在知道时间胶囊埋藏地的情况下，逆推出一个找到它的方法而已。之后他又向“饭色水母”详细地解释了一遍操作过程，最后将提前准备好的废弃的旅游宣传册拍照发给了她。

有了地图指引的“饭色水母”，第一时间叫车前往云山，与此同时，秦川则在微信上联系了一个叫王琦的人："她要去了，麻烦你了。"

"小事儿。"几秒钟后，王琦回复道。

再往后的一整个上午，秦川都在等"饭色水母"再次找他求助，而不出他的意料，"饭色水母"在中午的时候便联系了他，此时她的问题已经从一个大的景点变成了时间胶囊的具体地址。

秦川没有办法直接告诉她，只能一点点、一点点地引导她，所幸詹知夏非常聪明，稍微一提示便想到了方法，不过这一天暂时没办法实施。

回酒店的路上，"饭色水母"跟他聊起了红枫林的风景。

"我刚才去的那个红枫林真的很漂亮……"

"嗯，的确非常好看，比我曾经去过的大多数地方都要漂亮，另外我觉得，它即便是在聊城下面的一个县，以后肯定也会非常出名。"作为红枫林的策划参与者之一，秦川这个信心还是有的。

一个多小时后，"饭色水母"回到聊城，秦川忙起自己的事来。

一夜无话。

第二天下午，王琦给秦川发来微信消息："我刚才去见了嫂子，感觉她本人比照片漂亮太多了。"

秦川看到消息后，立马回复道："你怎么跑去见她了？"

"好奇，纯属好奇，哈哈哈。你放心吧，她不会起疑的，我找了合适的理由。另外，我跟她说了关于云山红枫林的规划，还提到了你。"王琦发来一长串消息。

完蛋！秦川可以确定，"饭色水母"即便没有完全猜出事情的始末，但也绝对起疑了，甚至已经捕捉到了蛛丝马迹。

秦川一边感叹着王琦成事不足，败事有余，另一边心里也有些忐忑，害怕"饭色水母"猜测出他的身份，所以他一整个白天都恍恍惚惚的。

夜晚。

秦川终于忍不住给"饭色水母"发去消息："怎么样……找到了吗？"

"嗯，找到了……"

"你打开看里面是什么了吗？"

“没有……我觉得……不太好，还是算了……”

秦川看完，心中顿时松了一口气，但又觉得有些失落，便发去消息：“打不打开都行，看你自己的想法。”

“嗯……”

长久的沉默，秦川和“饭色水母”的心绪都非常混乱。

时间如流水匆匆而过。

“饭色水母”离开聊城，走过临清、德州、沧州，来到距北京一百四十公里左右的天津。

天津这座城市，对于秦川和“饭色水母”来说非常特殊，因为他们当初正是在天津确定的关系，在读大学的四年里，他们也多次前往天津，留下了不少美好的回忆。

按照秦川的推测，“饭色水母”应该不会按照旅行计划表行动，而是会在天津多停留一段时间，重温他们以前的回忆，同时也是为了来北京做准备。

她应该也猜想到什么了吧？

这几天来，秦川一直在纠结一件事，是等“饭色水母”来到北京后再相见，还是他前往天津？他不确定哪种方式对自己会更有利一些。

让她来见自己，会不会显得不够主动？自己去天津见她，又会不会太过主动？会不会吓到她，从而影响她内心真实的想法？

秦川在纠结。

他不断在心中幻想、预演，应该在哪个地方跟她见面，才能显得合情合理，且不那么刻意、突兀？见面后应该说些什么，才会显得“不经意”，才会让她觉得真的是巧合？三年未见，他们应该如何对话？

秦川甚至还想到他到时候应该先迈左腿还是右腿，该怎么呼吸。

纠结到最后，秦川糊里糊涂地便订了一张去天津的城铁票，虽然知道天津市非常大，到了这座城市也不可能立刻就遇到她，但是只要一想到她在这座城市，秦川坐在车上便忍不住直搓手，频繁地喝水，紧张得不行。

抵达天津站后，秦川第一时间便离开了，因为他害怕在车站遇到“饭色水母”。

秦川与“饭色水母”已经两天没联系了，只知道她已经到了天津，但不知道她什么时候到的，住在哪里，现在人又在哪里。

来到天津，才下午一点钟，秦川无处可去，便思索记忆中曾和她去过的地方，漫无目的地一一游荡。

意式风情街、五大道、古文化街、瓷房子、南开大学、西开教堂、滨江道、天津大学……一个又一个熟悉的场景，逐渐唤醒了秦川的记忆。

晚上八点多。海河边，巨大的摩天轮“天津之眼”缓缓旋转着，此时售票处排起了一条长长的队伍，秦川也在其中，他前后是两对情侣，此时正在亲昵地谈笑。很多年前，他和她也是这样。

终于买到了票，秦川顺着人流登上摩天轮的吊舱，随着摩天轮的缓缓转动，吊舱外的夜景一如几年前，仿佛自始至终从未变过。

吊舱内，游客们正惊叹于夜景的美丽，秦川的目光却突然定在下方摩天轮的出口处。一道熟悉的身影撞入他的视线，让他差点忍不住直接奔向她。

“饭色水母”一路走来碰到的许多巧合，实际上大多是秦川“蓄谋已久”的准备，至于秦川自己，万万没想到世界上真的有这么巧合的事，他居然真的遇到了她，只是一个在摩天轮上，一个在摩天轮下。

她刚刚坐完摩天轮。

秦川可以确认自己没看错，尽管距离上一次见她已经有三年之久。

他站在摩天轮上，许久才回过神来，掏出手机，好几次想给“饭色水母”发消息都忍住了。

直到秦川所在的吊舱升到最高处，又降到最低处，他走在“饭色水母”刚刚走过的路上，终于忍不住给她发去消息：“几天不见，到哪了啊？”

秦川发出消息后，心跳都快了许多。

“到天津了。”

“好巧啊，我前两天才去过天津，玩得怎么样？”

“还行，以前上大学的时候经常来，今天也只是去了一下以前去过的地方。”

“让我猜猜，五大道、滨江道、意式风情街之类的吧？”

“差不多。说起这些地方，我跟你讲，我今天好像看到了一个熟悉的身影，但仔细去看的时候，又不见了，总觉得哪里不对劲……”

“饭色水母”的话直接将秦川吓出一身冷汗来，世上的巧合真多，他们差点便在重温过去的路上相遇，如果真的偶然相遇的话，秦川肯定会词穷。

庆幸，却又不幸。

“准备什么时候来北京呀？到时候来昌平，我请你吃饭。”

“再过两天吧，到时候我一定去，别你请我了，我请你吧，一路上你帮了我太多。”

“哈哈，都是举手之劳。”

因为是周末，秦川也不打算直接回北京，所以订了一家民宿准备明天再回去，民宿的地点位于五大道的天津音乐厅附近。当初秦川和知夏第一次来天津的时候，便住在天津音乐厅附近的一家民宿。刚才秦川本来也想订那里的，由于显示已经被预订，因此他只能退而求其次，选择其他地方。

从“天津之眼”下来后，秦川打车前往天津音乐厅，因为民宿所在的街道是单行线，所以他在路口就下车了，打算自己走一段路。

此时的秦川站在天津音乐厅附近的红绿灯路口，望向对面的餐厅，那是一家名叫“起士林”的西餐厅，是天津乃至中国最早的西餐厅，当时他和她来天津的第一晚，就是在起士林吃的。如果秦川没记错的话，那时候他们应该是坐在靠窗的位置。

他不由自主地向起士林西餐厅的窗边望去，没想到才见过不久的那道身影，又一次出现在他的视线当中，而且这一次是那么清晰，那么近。

一瞬间，秦川的喉咙像是被扼住了似的，发不出一点声音来。

看她的动作，好像要抬起头来了。

秦川几乎是立刻反应过来，转身便走，狼狈不堪，不敢回头。

第 / 27 / 章

怀疑

天津。

詹知夏走出高铁站，站在海河广场，望向对面的津湾广场，强烈的熟悉感顿时扑面而来。

在路口等候片刻，网约车缓缓驶来，詹知夏坐上车，望向窗外，诸多记忆深刻的街景带给她更大的冲击。

二十分钟后，网约车停在天津音乐厅东侧的街边，詹知夏来到开在两家店铺中间的民宿，推门而入后，映入眼帘的是略显黑暗的环境，里面胡乱地摆放了一些杂物，唯一空旷的地方是木质楼梯，她一踏上阶梯，“嘎吱嘎吱”的声音便响了起来。

从一楼走上二楼，詹知夏直接右拐到尽头，那里有一扇与二楼其他房门不太一样的铁门，门上有密码锁，输入密码进入房间的那一瞬间，眼前豁然开朗。

一个四十平方米左右的房间，虽处于古老的楼房中，但精致得像是网络上的效果图，窗户对面便是天津音乐厅，楼下的行人来来往往。

这里正是三年多以前，詹知夏和秦川第一次来天津所住的民宿，后来他们来天津玩的时候，也在这里住过几次，但她还是第一次一个人住在这里。虽然这里环境好，但是空荡荡的屋子让她觉得有些孤单。

将行李放好后，詹知夏走出古老的楼房，在街角拐了一个弯，便进入了天津著名的五大道，两人当初在这里留下了不少足迹。

五大道有一家煎饼果子非常好吃，两人不止一次来这里买过煎饼果子，再次来到天津，詹知夏的第一个目标也是五大道的煎饼果子。

她循着记忆中的路，在五大道里面绕了好几圈，足足花了一个小时才找到那个煎饼果子摊。

来到煎饼果子摊前的时候，路边的行人尚不多，一眼便能望到道路的尽头，不知怎么的，詹知夏总觉得路口那道正在等红绿灯的身影非常眼熟，但她在天津也没什么认识的人，因此也就没有多想。

买完煎饼果子后，詹知夏边慢悠悠地吃着，边走向位于赤峰道的瓷房子，那是吸引不少人来天津旅游的景点，但詹知夏不太喜欢，她只是想去附近看看，另外还想去吃一下瓷房子那家驴肉火烧。她不喜欢吃，但秦川喜欢。

一下午的时间，詹知夏几乎走遍了她和他以前去过的大部分地方，也不知道是什么原因，她总觉得在街头巷尾看到了一道熟悉的身影，搞到最后她都以为是自己身体太累了，导致精神上有些恍惚。于是她游完“天津之眼”后，便回到住处附近的起士林西餐厅吃晚饭。

起士林的味道依旧和以前一样好吃，詹知夏吃起来却没什么滋味儿，心里面又开始胡思乱想起来，比如回到北京后假如遇见他该怎么办。

她不得不思考这个问题。

王琦是秦川的朋友，而她也没嘱咐王琦不要告诉他，现在他应该知道自己去红枫林取出时间胶囊的事了，所以她必须想清楚到时候该怎么面对他，可是她想了半天也没什么头绪。就在这时，她放在桌旁的手机忽然亮起，上面显示是“白浮君”发来的消息。

“几天不见，到哪了啊？”

“到天津了。”

“好巧啊，我前两天才去过天津，玩得怎么样？”

“还行，以前读大学的时候经常来，今天也只是去了一下以前去过的地方。”

“让我猜猜，五大道、滨江道……”

“差不多。说起这些地方，我跟你讲，我今天好像看到了一道熟悉的身影，但仔细去看的时候，又不见了，总觉得哪里不对劲。”

“大概是太累了吧，你这出来玩了也快一个月了，到北京来可以多休息休息。”

“嗯……但我还是觉得有点古怪，而且……其实我一直在怀疑一件事，我觉得我前男友可能知道我在走大运河沿线这条路，而且很早之前就知道了，所以这次旅行期间的巧合，可能根本不是巧合。”

“啊？”

“他到底是什么意思……”

“所以你内心深处究竟是怎么想的？”

“没想好……”

詹知夏回完这句后，便继续低头吃饭、想事。蓦地，她的余光瞥见一道身影，她猛地抬头朝窗外望去，却什么都没看到。

“该不会心思太重，出现幻觉了吧……”詹知夏摇了摇头，总感觉哪里不对劲。

片刻后她吃完饭，回到民宿休息，才在床上躺了会儿，困意便来袭，忍不住沉沉睡去。

翌日清晨，詹知夏一醒来，便直接订了一张十一点三十多去往北京的城铁票，然后起床、洗漱、收拾行李，前往城铁站。

从安检、等待检票到上车、坐下，一路上詹知夏都面无表情，旁人都看不出她在想些什么，事实上此时的她也不知道自己在想些什么，不知道自己究竟是抱着一种怎样的心态前往北京。

三十分钟后，城铁准时抵达北京南站，才一下车，熟悉感便扑面而来，詹知夏顺着人流走到出站口后，站在人潮汹涌的地下一层。环顾这熟悉得不能再熟悉的地方，她却不知道该往哪个方向迈步，该去哪里。

在出站口站了许久，直到大部分乘客都已经离去，詹知夏这才掏出手机，给一个名为陈璇的人发去消息。

“我到北京了。”

“你被夺舍了吗？！”

詹知夏的消息才发出去一会儿，陈璇便回了条语音消息，嗓门大得出奇，喊出来的每一个字都透着不可置信。

“我现在没地儿去，快来接我，南站等你。”詹知夏的消息言简意赅。

“等我，姐们儿这就来。”

陈璇说完，便从家夺门而出，完全不顾忌自己才起床的蓬头垢面，迅速坐电梯到地下车库，取完车后，从海淀五道口来到丰台北京南站，约十六公里的距离居然只用了半个小时。

要知道这里可是北京，即便不是工作日也常堵车，半个小时完全可以称得上是极速了。

陈璇将车停在南站地下一层的停车场后，便给詹知夏发去消息，与此同时，利用詹知夏找车的时间，她赶紧用车上的化妆品对着后视镜化了个妆。

等詹知夏找到车的时候，陈璇已经化完了妆，喜滋滋地转头看向上车的詹知夏。

“走，带你去簋街吃小龙虾。”

“先带我去你家吧，累得慌。”詹知夏瘫在后座，有气无力地道，“晚上再去吃。”

“嗯……”陈璇沉思了片刻，咬了咬牙，“也行！”

车很快驶出南站地下一层，沐浴在阳光之下，陈璇侧头看了看詹知夏，道：“怎么舍得来北京了？想通了？”

“没呢。”詹知夏摇了摇头，道，“只是有空，就来了。”

“蒙谁呢？”陈璇做出一个夸张的表情，明显不相信詹知夏的话，“之前叫你来叫了多少次了？我的分手party你都没来，现在说只是有空？得了吧。”

“何必拆穿，我只是找个借口敷衍你。”詹知夏一点也不留情面。

“你这样说我心里倒是好受些。”陈璇这才满意，隔了一会儿，又问道，“这次来准备待多久？”

“说不好。”詹知夏的精神有些恍惚，道，“也许一天，也许几天，也许一个月，都有可能。”

“哦，我懂了，看你们两个的相处情况，对吧？”陈璇恍然道。

“嗯……”詹知夏低声应了句，表示肯定。

“有好戏看咯……”陈璇在一旁笑了笑，旋即安心开车。

来的时候因为着急，所以陈璇开得快，回去的时候为了照顾詹知夏的情绪，陈璇足足开了四十分钟才到家，一路上都在放慢速度，好让詹知夏重温一下大学时期经过的那些地方。

下了车，两人从地下车库乘电梯上楼，等到了家门口的时候，陈璇回头心虚地望了詹知夏一眼，道：“待会儿看到别太惊讶……”

门开了。詹知夏跟在陈璇身后走进去，环顾四周，只见四十平方米左右的客厅里，餐桌上摆放着剩饭剩菜，茶几上则是几袋膨化食品和没吃完的水果，沙发和地毯上，到处都是乱扔的衣服。

见詹知夏在打量客厅，陈璇忙去将卧室门关上。

詹知夏将一切尽收眼底后，表情没有丝毫的变化，仿佛对这一切见怪不怪了。陈璇是她的大学室友，上大学时就不太爱收拾，不过因为是住集体宿舍，所以那时的陈璇还能克制一下。

直到有一次暑假结束，陈璇第一个回到宿舍，而詹知夏也在她不知情的情况下提前回宿舍，才知道陈璇一个人住的时候是什么样子。

就是现在的样子。

詹知夏放下行李，叹了口气，顺手帮陈璇收拾起东西来，陈璇也没出声阻拦，而是和她一起收拾起来，边收拾，边道：“客房一直空着，你想住多久就住多久吧，另外，你什么时候去见他？”

“先等两天吧。”詹知夏应了一句。

“他现在的情况你都了解吗？”陈璇问道。

“不是很了解。”詹知夏摇了摇头，道，“所以我这两天会去了解了解。”

第 / 28 / 章

从前

夜色沉沉。

街上霓虹灯闪烁，车辆来回穿梭，秦川低头走在人行道上，心中特别不是滋味儿，他有些懊恼自己刚才在红绿灯路口的反应。

被她看到又怎么了，那不正是自己所期待的吗？

因为缘分，所以巧遇。

自己究竟在逃避什么？

一想到刚才自己慌不择路的样子，秦川便忍不住咒骂自己，简直丢人丢到家了，以现在这样的状态见到她，他恐怕连一句条理清晰的话都说不出来。

秦川叹了口气，继续漫无目的地闲逛，一直到十点多才回到住处，晚上睡觉也处于半梦半醒的状态。

第二天睡醒时，已经是十点半了。

秦川如往常一样，迷迷糊糊地拿起手机查看消息，而当他看到詹知夏发给他的消息时，整个人瞬间清醒，猛地坐了起来。

“我订了十一点半去北京的票，有空了请你吃饭。”

秦川一时间有些不知所措。他本来以为詹知夏来到天津后，应该会多待几天，整理一下自己的思绪再去北京，但令他万万没想到的是，她来到天津的第二天便直接去了北京。

所以她昨天晚上想通了吗？她打开时间胶囊了吗？

秦川不得而知，他唯一能做的便是立刻订一张回北京的票，但最近的车次只有十一点三十多的。秦川有些犹豫要不要坐这趟城铁，因为他有点怕在车上撞见她，不过也有些期待，万一撞见，岂不是偶遇?

这次自己绝不会再像昨晚一样了。秦川握了握拳头，订了十一点半回北京的城铁票。

洗漱完毕后，秦川便直接前往城铁站，抵达时已经十一点钟了，但他没有进站，而是等到十一点十五分才进站，因为他怕在候车大厅和她撞上，总感觉在人潮汹涌的地方再次相见不太符合他的期望。

安检进站一般都会提前十五分钟，这时乘客基本上都已经上车，秦川走向闸口的时候，心跳不断加快，生怕听见一个熟悉的声音喊住他。

过闸口、下电梯，秦川走向自己座位所在的六号车厢，才踏进车门，刚要右转走入车厢，秦川猛地愣住了，接着急忙掉头走出车门，让紧跟其后上车的乘客略感奇怪。

秦川确实在心中幻想过巧合的出现，但没想到会这么巧，她，“饭色水母”，詹知夏居然跟他在同一节车厢。

秦川站在列车外，不知道该如何是好。

“先生，列车即将开启，请您尽快上车。”正当秦川不知所措的时候，一位乘务员的声音响起。

“好……好的。”

听到声音后，秦川回过神来，快步走到六号车厢的末尾，从后面上车，这样一来詹知夏便不会看到他了，而他也可以思索一下见面时的话题。

秦川再次走进车门，探头看了一眼，确定詹知夏没有站着，这才快步走了进去，飞快落座。

巧是真的巧，秦川与詹知夏之间只相隔两排座位。不过事实上这也不奇怪，两人都是临近开车才买的票，座位在同一节车厢实属正常。

秦川坐在靠过道的座位上，不时探头去看詹知夏，不过他看不见，因为她坐在靠窗的位置，但他还是忍不住去看，右腿不停地在颤抖，一如七年前他初见她时的紧张。

两人第一次见面是在学校的图书馆。

当时詹知夏也坐在离秦川两排位置那么远的地方，低头静静地看书，几绺发丝垂落，在她脸颊一侧飘动。她偶尔侧过头去看资料书，金色的阳光照在她的脸上，泛着金光的眸子轻轻转动。

秦川发誓，他永远也忘不了那一幕。

那天他本来是去学习的，结果后来整本书一个字都没看进去，自始至终都在想着该怎么跟她搭讪才不会显得突兀，而且不会被拒绝。他不止一次猛地站起身，又坐下，也不止一次假装上厕所从她身旁走过。

后来秦川没有去搭讪，因为他不敢。不过有一件事让他庆幸了许多年，詹知夏是一个学霸，经常去图书馆，自那以后他也经常去图书馆。

一次，秦川的室友实在是看不下去了，不顾秦川的劝阻，径直走向詹知夏，对她说："你好，我是这哥们儿的室友，他已经在那边想了整整一个月该怎么跟你搭讪了，我实在是看不下去了，你给他个微信号吧。"

秦川还深深地记得，詹知夏平静地听完这句话后，转头看向他，露出一个明媚的笑容，只说了两个字，那两个字却足以让秦川铭记终生。

"好啊。"

天知道那一个月的时间里，詹知夏拒绝了多少试图搭讪的凡夫俗子，而对他这个胆小鬼，她却说好。

秦川每每想到那个场景，心都要甜化了。

秦川回忆的时候，紧张感消失了不少，可忽然间，他看到詹知夏站起身，从靠窗的位置走到过道，似乎要去上厕所。秦川忙低下头趴在小桌板上，歪着头望向过道，从鞋子来分辨来往者的性别，由此来猜测是不是她。

"噔噔噔。"

脚步声传到秦川的耳中，他看到了詹知夏的脚，倒不是他能辨脚识人，而是因为她的脚踝上有一个小猫的文身。

她站在秦川的身旁足有三秒钟。

那三秒钟秦川简直度秒如年，心中幻想了千千万万次抬起头，装作不经意地望向她，然后露出惊讶的目光，可当他真的下定决心这么做的时候，时间却转瞬即逝，詹知夏与他擦身而过，原来她只是在给其他乘客让位置。

詹知夏从秦川身边走过后，秦川抬起头，用手挡住脸回头看了看，她的确是去厕所了，他又安慰自己，厕所门口可不是一个重逢的好地方。

不一会儿，詹知夏上完厕所走回自己的座位，秦川又坐直身子，望向她的座位，仿佛回到了当初的图书馆。

他踌躇不前，他犹豫不决。

列车飞快前行，窗外的风景化作尚未涂抹均匀的油画，转眼就被甩得很远。短短十来分钟后，列车的速度便渐渐慢了下来，因为城铁已经进入北京市境内，即将停靠在北京南站。

上大学的时候，秦川与詹知夏多次乘坐高铁回到北京南站，有的时候是去南方玩儿，有的时候则是去杭州找她，有的时候是去杭州接她来上学。

可是这次，他们明明在一个车次、一节车厢，却不能相见。

秦川心中有些憋屈。

当列车停靠在北京南站，大部分乘客都站起身来取下行李，詹知夏也是如此。她的行李箱不大，但秦川很想去帮她，他和她谈恋爱时，她从来不需要自己搬行李箱。

列车门缓缓打开，乘客们纷纷涌出车门，秦川也站起身，隔着七八位乘客，跟在詹知夏的身后，望着她拉着行李箱，登上电梯缓缓而下。

在出站口，詹知夏站在那里，似乎有些无所适从，秦川在身后看着，不知怎的竟有些心疼。他怕被她看到，于是顺着人流走到远处的广告牌后面，远远地望向她，直到她走向地下停车场，坐上一辆宝马。

那应该是她朋友的车，男的女的？

秦川陷入一阵恐慌，好半晌才回过神来，然后取车准备回白浮泉，一路上他都在思考那个问题，詹知夏究竟上了谁的车。

秦川回到白浮泉，终于忍不住给詹知夏发去消息。

“应该已经到了吧？住在哪里呀？北京这地儿，应该不用我给你推荐玩的和吃的了吧？”

发完消息后，秦川忐忑地等待起来。

等了足足一个小时，秦川几乎要绝望了，詹知夏才终于回复消息。

“早到了，我住朋友家，我大学室友，刚才帮她收拾家呢，乱得不行。”

看完詹知夏的回复，秦川长舒了一口气，整个人顿时瘫软在椅子上。

秦川坐在椅子上，望向窗外，这段时间以来，自己的所作所为，情感的变化，无一例外全都证明了一件事，那就是自己还爱着她，而且是深爱。三年来，一直都没变过，而他现在有一件事必须要做，那就是重新追回她，然后娶她，无论前路有多么艰险，他都不会放弃。

做出这个决定后，秦川拿出手机，从通讯录里选出几个人来，组建了一个微信群，而后在群里发了句话。

“我要重新追回她，哥几个帮我！”

消息才刚发出去，便有人回复。

“我还以为等不到这天了！”

“我也是，等这天等好久了，川儿，我怕你没有她会孤独终老啊！”

“一直不太能搞懂你们这么相爱为啥还要分手，不过现在醒悟还为时不晚，说吧，要我们做些啥？”

“还没想好，先通知你们一声！”

“好，随叫随到！”

第 / 29 / 章

学校

清晨，万籁俱寂，东方的地平线渐渐泛起亮光，逐渐扩散至整座北京城。

略显刺眼的阳光透过窗户，洒落在詹知夏的身上，些许灼热感让她从睡梦中醒来，睁开眼后，詹知夏望向窗外，当她看到天空一片湛蓝，心情顿时大好。

大学四年习惯北方的天气后，回到杭州的詹知夏，都有些不适应南方的阴雨绵绵了。

翻身下床后，詹知夏飞快完成洗漱，接着走进厨房准备早餐。

等到半个小时过去，一顿丰盛的早餐摆在桌上后，詹知夏这才去敲陈璇的房门。而她足足敲了一分钟，房内才响起一个不情不愿的声音。

“我起……了。”

片刻后，陈璇几乎是佝偻着身体，一步一步挪到客厅，但当她看到饭桌上的食物时，顿时忍不住眼前一亮，快走几步落座，与詹知夏一起吃起早餐来。

吃完早餐，陈璇清醒了不少，稍微整理了一下思绪后，问道：“回北京的第一天，准备干什么去？”

“昨天给你收拾一下午屋子不算第一天吗？”詹知夏有些疑惑。

“……来，让咱们忘记这件事。”陈璇故意装傻。

陈璇的模样让詹知夏忍俊不禁，詹知夏道：“准备去学校看看，毕业以后就再没回去过了。”

“行，要我陪你吗？”陈璇问道。

“不用了，我自己可以。”詹知夏不想耽误陈璇的时间。

“好，那我就不管你了，正好我下午店里还有点事儿。”陈璇也不见外。

之后两人一起收拾完碗筷，陈璇回到卧室继续补觉，詹知夏则换好衣服出了门。

陈璇家住在五道口，距离两人的母校清华大学非常近。略显老旧的小区外是五道口成府路，这里因为高校云集而被称为“宇宙中心”，从早到晚都有数不尽的学生来来往往，特别是现在这个开学季。

此时的詹知夏自然没空关注他们，她独自走在成府路上，心中感慨万千。在她上大学的那四年，几乎每周都要在这条路上走几次，吃饭、看电影、逛街全都在这里，而那时身边也始终有一个陪伴她的人。

轻轻地叹了口气后，詹知夏沿成府路往西走了一会儿，又拐弯往北走了一段，来到清华大学的校门口。

熟悉的道路、熟悉的校门、熟悉的味道，一切都让詹知夏的心情变得更加复杂，而校园内更是如此，几乎处处都有他们一起走过的痕迹。

教学楼、图书馆、校园超市、男生宿舍、女生宿舍……

清华大学非常非常大，慢悠悠地闲逛，两个小时都逛不完，但詹知夏也不着急，只是循着记忆中的痕迹，漫无目的地转悠。

半个小时过去，詹知夏走得有些累了，便坐在大学时他们曾一起坐过的长椅上。她才坐下没多久，便听见不远处传来一个惊讶的声音。

“詹知夏？”

詹知夏闻言，马上转头望去，只见一个五十多岁的中年女子正看向自己。她个子不高，略有些胖，戴着眼镜，双手抱了几本书。

詹知夏的脸上立刻浮现出惊喜的笑容来，喊道：“姚教授。”

“真的是你，我还以为认错人了。”姚教授抬了抬眼镜，露出和蔼的笑容。

“三年多不见，感觉您越来越年轻了啊。”詹知夏这话可不是敷衍，而是实话实说。

“哪有？哈哈哈。”姚教授笑了笑，旋即疑惑地问道，“怎么是你一个人，秦川呢？”

詹知夏听了，笑容逐渐敛去，道：“我跟他啊，毕业就分开了。”

“分了？”姚教授有些惊讶，道，“我还以为你们毕业就结婚了呢。”

“我们若真结婚了，怎么可能不请您？”詹知夏道。

姚教授看得出詹知夏聊起这事后心情有些不好，低头看了看腕表，想了想，道：“你有事吗？没事的话，陪我去教学楼吧。”

“我没事。”詹知夏说完，便和姚教授一起沿着林荫小道，向北边走去。

“可以告诉我你们为什么分手吗？”姚教授迟疑了一下，还是决定问詹知夏，“当初你们俩的恋情可是羡煞了不少同学呢，无论大小聚会，他哪次没拉上你一起？我的课有多少次是你们一起来听的，我记得那时你们就已经互相见过父母了吧……”

“嗯，挺复杂的。”面对秦川的恩师姚教授，詹知夏没有隐瞒的意思，“第一是因为异地，我们都不可能去对方的城市，而以我们对自己的了解，异地可能会给双方带去伤害。其次是因为恋爱中大家都有的一些小问题吧，我们都喜欢憋着，直到毕业面临分开，才去慎重考虑这些问题，解决不了，自然就分手了。”

“有点遗憾。”姚教授也不好过多置喙，于是转移话题，“那你现在是单身吗？这次回学校有事吗？”

“嗯，回来就是看看，才离职，也没什么事儿。”詹知夏应道。

“哦……”姚教授若有所思，点了点头，“一直单着啊，我看秦川那孩子也一直单着，应该还对你念念不忘，要不然我给你他的联系方式，你们两个再联系联系？”

“暂时先不用，我还没想好见不见他。”詹知夏赶紧推辞。

“有备无患嘛。”姚教授不给詹知夏拒绝的机会，先是互相加了好友，接着又把秦川的私人微信号发给了詹知夏。

他的微信号还是从前那个账号，詹知夏记得清清楚楚，但从来都没去添加过。在没添加好友的情况下，詹知夏看不到他的朋友圈，也不知道他的近况。

“你觉得你们还有希望吗？如果实在没有的话，趁早让那小子断了心思。我本来以为你们一直在一起呢。如果他是一个人的话，天天养猫逗狗的，跟我家楼下那些大爷大妈没啥区别。”姚教授的话语中有些恨铁不成钢的意思，要知道当年秦川可是她的得意门生之一。

“嗯……说不准。”詹知夏犹豫了一下。

“你有复合的意愿？”姚教授顿时眼前一亮。

“有。”詹知夏缓缓地吐出一个字，接着又道，“但还在犹豫。”

“你在担心些什么？还有什么顾虑吗？”姚教授很关心詹知夏和秦川的事。

“其实三年过去，以前很多事都不再是事儿了。”詹知夏淡淡地道。

比如这三年来，她父母见她一直没再谈恋爱，一个劲儿地扎在工作当中，用疲惫麻醉自己，他们早已不再坚持女儿不远嫁的态度，也时常会提起秦川，问她要不要和他复合，现在北京、杭州来往也方便了，不算远嫁。

又比如，关于她的职业发展，经过三年的工作，詹知夏觉得杭州的确不如北京。

再比如，近几年来，北京的环境得到了极大的改善，不再像以往一样总是有雾霾。

很多很多的问题，都在这三年里不知不觉被解决了。

只是，詹知夏不太确定他们的感情还能不能回到从前。就算能够回到从前，她也不确定他们会不会再因为以前的事而分开。

在詹知夏这短短二十多年的生命中，见过太多情侣分分合合，最后闹得双方都很难堪。

“我知道你有顾虑，但是我相信你们，问题都是可以解决的。”姚教授笑道。

两人沿着林荫小道边走边聊，十几分钟便走到了教学楼，分别后，姚教授上楼授课，詹知夏则继续在校园里闲逛。她直到下午四点半才出学校，但没有直接回陈璇家，而是打车前往什刹海。

以前上学读书的时候，詹知夏只知道什刹海酒吧一条街是北京著名的景点之一，什刹海也是她以前与秦川常来的地方之一。

来到什刹海后，詹知夏从银锭桥出发，向南沿湖闲逛，与此同时也在思索刚才提及的问题。

她应该怎么与秦川相见，是直接主动加他微信联系他，还是借助两人之间的共同好友，将自己已经在北京，住在哪里的消息告知他，然后让他来找自己？

两人见面后，该说些什么，之后该怎么办？

詹知夏的想法是，无论见面之后两人的感情如何浓烈，都绝对不能直接复合，必须要再相处一段时间，才能判断两人是否可以重新在一起。

而且詹知夏也要思考两人在一起之后工作和居住地的事，还有定居在北京或杭州后将来如何与家人保持联系的事。

诸多的烦心事充斥在詹知夏的脑海里，让她思前想后、犹豫不决。

傍晚来临，什刹海的酒吧也逐渐热闹起来，游客开始增多，歌声回荡在什刹海的上空。

詹知夏走得有些累了，便随便找了家酒吧坐下，点了一瓶啤酒，坐在窗边静静地喝起来。才坐下几分钟，台上就有人唱起歌来，唱的是王菲的《流年》。

“有生之年，狭路相逢，终不能幸免。”

詹知夏听到这里，便走出了酒吧，结果还没走几步路，耳畔又响起一首李宗盛的歌。

“我认识的只有那合久的分了，没见过分久的合……”

詹知夏加快脚步走出什刹海，叫来网约车，一路沉默着回到陈璇家中。

躺在床上，詹知夏始终没想好接下来该怎么办，到最后她决定走一步看一步，先见了面再说。万一见了面他已经不再喜欢自己，往后的事就不用烦恼了，如果他仍然喜欢自己，那么这一切都可以两个人一起去面对。

想到这里，詹知夏不再纠结，只思考该以什么方式和理由与秦川见面。经过一番苦思冥想后，她也没想出个好招，于是决定求助一下“白浮君”，见多识广的他说不定在恋爱问题上也有独到的见解。

“想向你咨询点事。”

“什么事？”

“感情的事。”

“嗯……你说……”

“我在考虑跟我前男友见个面，不知道怎么做才能显得矜持一些，但又不能过分矜持……”

“见面……你想复合？我有个朋友很逗，之前他去前女友的城市，在高铁上给他前女友的微博点了个赞，结果前女友也回了个赞，他立刻给他前女友发私信，一来二去就见了面，虽然最后结局不是特别好。”

“是个好方法，但我不知道他的微博啊……我也不是想复合，只是想见见，嗯，只是见见。”

“办法倒也不是没有，而且很简单，只是不太好操作。要不然这样，明天咱们见面吃个饭，我当面跟你说吧。”

“可以，也甭去别的地儿了，这次旅行的终点本该是白浮泉，明天我去白浮泉看看吧。”

“好。”

“那明天见。”

“明天见。”

第 / 30 / 章

好久不见

北京，白浮泉遗址公园。

秦川坐在躺椅上，抬头望天，腰部趴了两只黄猫，右手则架在扶手上，轻抚另一只蹲在矮桌上的白猫的头，让它舒服得发出叫声来。

从昨天到今天，秦川一直在思考该如何重新追回詹知夏。

他太了解詹知夏了，虽然这三年来她没忘记自己，而且这次旅行也带给了她很大的冲击，但真要她立刻答应跟自己复合，那不可能，因为她会顾虑很多现实的问题。

而那些问题，时至今日秦川依旧没办法解决。

一直想不到办法，可又不能继续这样下去，最终秦川决定先找个理由跟她见面再说，没准到时候问题就迎刃而解了呢？

秦川忍不住幻想。

正当秦川想得笑出声时，裤兜里的手机忽然振动了一下，他掏出来看了看，是詹知夏的消息，才躺着聊了没两句，便惊得他猛地坐直了身体，躺椅猛烈摇动间，三只猫都受到惊吓，四散跳开了。

“想向你咨询点事。”

“什么事？”一开始，秦川的心情很平静。

“感情的事。”

可当他看到这句话的时候，立马坐直了身子，他刚刚还在发愁怎么才能约见她，现在机会立刻从天而降。

“嗯……你说……”他的心情极其激动。

“我在考虑跟我前男友见个面……”

“见面……你想复合？”秦川下意识地问道，但紧接着又觉得不太妥，于是又道，“我有个朋友很逗，之前他去前女友的城市……”

“是个好方法……”

“办法倒也不是没有，而且很简单……”秦川打字的时候，手指都忍不住在颤抖，看到詹知夏回复说在白浮泉见面的消息时，他更是激动难耐。

片刻后，两人结束对话，秦川猛地从躺椅上起身，冲回住处翻找起衣服来，一件又一件地试穿。

半晌过去了，秦川仍感觉不太满意，于是掏出手机，在之前组建的群里发了条消息：“哥们儿需要帮助，你们谁会化妆？”

“化妆？你要干啥？终于知道自己有性别认知偏差了吗？”

“去你的，明天我要去见她。”秦川没好气地道。

“只是见她？不知道的还以为你要出嫁呢，你也别太紧张，化妆什么的用不着，过犹不及听过没？”

“好像也是……”

秦川听了觉得有道理，可是看着镜子中的自己，似乎比三年前胖了些，容貌变丑了些，不会令她失望吧？

又搭配了半天衣服后，秦川抓紧时间洗漱，他不敢睡得太晚，怕明天早晨精神状态不够好，可是躺上床后，他却精神百倍，根本就睡不着，心中不由得一阵哀叹。

辗转反侧一个多小时后，实在无法入眠的秦川，索性决定思考一下，明天跟詹知夏见面后的第一句话该说什么。

“好久不见？”

“Long time no see?”

“没想到吧，是我。”

在他的胡思乱想中，时间缓缓流逝，而另一边的詹知夏则没有想那么多，跟“白浮君”聊完天后没多久，她便陷入了沉沉的睡眠。第二天早晨醒来后，她照常化了美美的妆，便打车前往大运河北京的起始点——白浮泉。

从海淀五道口到昌平白浮泉，约莫三十五公里的距离，早晨出城不堵车，四十分钟足以到达。

上车后，詹知夏给“白浮君”发去消息，告知他情况。

“白浮君”过了一会儿才回道：“到时候你直接先进去逛逛吧，我有点急事，忙完再找你，放心，不会太久。”

“好。”

詹知夏也没怎么在意。

四十分钟后，网约车沿京密引水渠驶到白浮泉遗址公园正门，一个门卫老大爷正坐在门口看报纸。詹知夏下车走到门口，大爷朝她和善地笑了笑，她心想应当是“白浮君”提前跟大爷说好了，于是也冲他笑了笑，这才走进公园内。

公园很大，空旷无人。

偶尔可以看到几只猫跑来跳去，詹知夏认识其中几只，因为“白浮君”经常在微博上发它们的照片，也有一些不认识的，可能是这段时间他新收养的猫。

詹知夏沿正门走了几分钟，便来到龙泉寺前的广场，广场上摆放了两张躺椅，两只猫正趴在上面懒洋洋地晒着太阳，她看了不禁微微一笑，继续往前而去，不多时便沿小道走到了龙山，接着她拾级而上。

山上林中，寂静幽深，空气好得出奇，登山时，她发现台阶两旁开满了各色鲜花，蝴蝶飞舞，蝉鸣鸟叫。

不远处，建了一个铁质的观鸟台，詹知夏登上观鸟台，望向前方，只觉眼前豁然开朗。

正下方，密集的树林中，一大群白鹭、灰鹭扇动着翅膀飞过。远方，一望无际的湿地绵延到了视线的尽头。

天空湛蓝，风景优美，这比她印象中的北京美太多了。

事实上，当年詹知夏之所以坚持要回杭州，北京糟糕的天气和空气也是一大原因。她本身是学园林设计的，可是再好的设计，如果遇到雾霾天，也会受到些许影响。这次回到北京，她却意外地发现，北京的空气比三年前好多了，天气也是，她才到北京两三天当然看不出什么来，可她查过相关数据，事实的确如此。

她在观鸟台上站了几分钟，看了一会儿风景后，掏出手机准备问一下“白浮君”什么时候过来，如果还要一会儿的话，她准备先找个地方坐坐，边休息边等他。

一晚上都没怎么睡好的秦川，迷迷糊糊地醒来，发现已经十点半了，他猛地起身，然后去洗漱换衣，捯饬自己。

半个小时后，他整个人变了模样。

这时他才有空拿起手机看了看，知道詹知夏才出门不久，应该还得一会儿才能到，于是便给她回了条消息，让她先进去逛逛，自己有点急事晚一点到。

秦川让詹知夏等待的原因，自然不是他真的有什么急事，而是因为他实在太紧张了，怕在公园等她的话，自己会露怯。

他需要先熟悉熟悉她的样子、她的气息，才好去见她。

转眼又过去了半个小时。

一辆车远远驶来，身穿藕色连衣裙的詹知夏从后座走下来，秦川站在公园内龙山度假村的二楼，远远地望向她，心跳都不禁加快了几分。看了足有三分钟后，他才赶在她前面先走上龙山。

在龙山之巅的都龙王庙处，秦川看着詹知夏登山，直到她站在观鸟台上给他发来消息。

“你大概还有多久能过来？”

看到这条消息，秦川足足等了两分钟才回复，道：“马上，两分钟。”

说完后，秦川从山上走下来，边走边在心里给自己打气，但他依旧忍不住紧张，一步一步，渐渐近了，距离观鸟台只有最后五十米了。

秦川望着詹知夏的背影，深深地吸了一口气，鼓起勇气走出拐角，朝詹知夏走去，前几步秦川还有些紧张，可到后来反而平静了下来，他的视线始终落在詹知夏的身上。

忽然——

詹知夏转过头来，想看一下“白浮君”来了没有，可当她的目光落在秦川身上的时候，整个世界仿佛都安静了下来，那一瞬间她内心涌起了惊涛骇浪，脸上的表情却依旧没有太大的变化。

她的目光也一直落在秦川身上，看着他朝自己走来，踏上观鸟台的台阶，一步步来到自己身前。

两人面对面站立，静静地对视着。

良久无言。

足足半晌后——

“你瘦了。”

“好久不见。”

前一句是詹知夏说的，后一句则是秦川说的。

两人几乎同时开口，随后又同时陷入了沉默之中，就算山上有蝉鸣和鸟叫，气氛也显得很尴尬。

大约三十秒钟后，詹知夏率先开口：“我其实一直猜测‘白浮君’有可能跟你认识。”

“其实……我就是‘白浮君’。”秦川坦白了自己的身份。

在此之前，詹知夏有过许多猜测，可当她知道真正的答案时，心中感觉满是不可思议，因为她最开始在网上找到“白浮君”真的纯属巧合，她怎么也想不到世界上竟然会有如此让人惊叹的缘分！

“所以，你很早就知道了，所以很多事情都是你的安排，对吗？”詹知夏盯着秦川的眼睛，问道。

“嗯。”秦川点点头，表示肯定。

詹知夏闻言，心情很复杂，内心总算明白了一句话：哪有什么久别重逢，全都是“蓄谋已久”。

可怜自己一直被蒙在鼓里。

詹知夏张了张嘴，想说点什么，但最后什么都没说。

秦川也想说点什么，他内心明明有千言万语想跟她说，最终却是一言不发。

沉默，无尽的沉默。

在此期间，两人互相打量、审视，内心深处风起云涌。

片刻后，秦川打破了平静。

“吃了吗？”

“没呢。”詹知夏道。

“吃点儿？”

“嗯。”

话题沉闷地开启，又沉闷地结束。

詹知夏跟在秦川的身后，走下龙山，来到龙泉寺广场。

来到这里后，秦川想跟詹知夏说他去做饭，让她等着他，但他还没开口她就知道他要说什么似的，主动说道：“你去吧，我不会走的。”

“好。”秦川这才安心离去。

第 / 31 / 章

相处

詹知夏坐在广场的躺椅上，闭上眼睛任清风吹拂，心中却在回忆跟“白浮君”认识以来自己的言行举止以及这期间自己透露给他的一切。

从最初认识“白浮君”到之后一段时间，詹知夏都没向他透露过任何有关前男友的事，直到她在“白浮君”的微博上看到“龙泉号”的事，才终于说出与大运河有些渊源的话。

再之后，因为在苏州“小时光”略有感触，所以她在“白浮君”面前说了一大堆与感情相关的事，更是将当初分手时自己的心理状态掰开了、揉碎了之后告诉了“白浮君”。

现在只要一想到“白浮君”就是秦川，詹知夏便十分后悔，后悔当初跟他讲了那么多。

再后来自己表现出来的对于“龙泉号”的重视，可能也会让“白浮君”产生很多联想，更别说她到盱眙去的时候，还跟“白浮君”说了许多与支教相关的事，那时候他应该已经知道自己的身份了吧?

更过分的是，后来她去聊城找秦川埋下的时间胶囊，他居然装疯卖傻，一想到这里詹知夏便忍不住咬牙。

“唉……”

其实他们双方都在旅途中透露了许多对前任念念不忘，想要与之和好的信息，但此时此刻，知晓一切后，詹知夏决定装作所有事情都没发生过。

詹知夏在躺椅上等了半个小时，同时也想了半个小时，秦川终于做好了饭，出来后领她到龙山度假村的大堂吃饭。

龙山度假村建在白浮泉遗址公园内，目前尚未对外开放，所以整个大堂显得十分空旷，两人坐在饭桌前，气氛略微有些尴尬。

好在秦川的厨艺不错，而詹知夏也有很久没吃过他做的饭菜了，两人都不说话，只埋头吃饭，倒也吃得津津有味。

吃完饭后，秦川将碗筷收进后厨，便与詹知夏一起在龙泉寺广场的躺椅上静静地躺着。

秦川不时侧过头去看詹知夏，三年不见，她的脸几乎没有任何变化，头发长度也一如从前，只是她的眼神与穿着，变得成熟了不少，多了一种职场女性的知性气质。

她现在在想什么呢？

秦川猜不透，只觉得心痒痒。

明明两人在旅途中已经相互交流了许多关于感情的事，可当他们真的面对面时，却一句话都说不出来。

我现在跟她提复合的事，会不会太突兀了？可现在不提，她会不会误会？

这边的秦川心乱如麻，另一边的詹知夏又何尝不是。

她用余光打量着秦川，只见秦川的表情一直在变，他心中的纠结几乎全都呈现在了脸上，她忍不住想笑。

他一直都不是一个藏得住心事的人。

此时的詹知夏已经大致了解秦川的想法了，可正如她之前所想、所担心的那样，她害怕两人复合后再次分手，因此她决定，假如秦川提出复合的事，她肯定要毫不犹豫地拒绝。

不行，至少现在还不行。

时间缓缓流逝。

转眼间，夕阳西下，余晖洒落在两人身上。

忍了一下午，秦川终于忍不住了，转头望向詹知夏道：“夏夏，咱们……咱们……咱们去看场电影吧。”

“嗯？”詹知夏闻言先是一愣，旋即笑了笑，点了点头，“好。”

秦川见她点头，这才松了口气，掏出手机查看最近上映的电影，也没有问她，便直接选择了一部评分颇高的文艺片，他知道詹知夏的喜好。

选定片子后，秦川起身道：“走吧，现在过去正好。”

“好。”詹知夏点了点头，从躺椅上坐了起来。

两人躺了一下午，颇为腰酸背痛，心里面却很享受。

秦川的车停在公园内，没走几步两人便上了车，沿京密引水渠向南而行。

詹知夏坐在副驾驶座上，转头望向秦川的侧脸，这是她三年都没能再见到的一幕，三年后的今天，因为辞职，因为一次意外、一次巧合，她终于又见到了，她忽然生出一种想哭的冲动。

车往南开了十来分钟，上了高速公路，詹知夏看到后有些疑惑，不禁问道：“不去昌平吗？”

“不去，去五道口。”

秦川说完，詹知夏立刻明白了，他要带她去他们从前经常看电影的地方，说不定连位置都一样。秦川很喜欢坐正中间的位置，四年的时间，他几乎将五道口附近所有电影院的影厅位置琢磨透了，哪个厅的位置稍微偏左，哪个厅稍微偏右，他都一清二楚。

汽车飞速向前行驶，两人在车上也没怎么聊天，四十多分钟后便抵达了五道口，接着找停车位又用了十来分钟，这才终于下了车。

依旧是成府路，昨天和今天，却是两种截然不同的体验。

虽然多年没来，但两人还是轻车熟路地找到了曾经常去的电影院，在门口买了饮料、爆米花后入了场，因为今天是工作日，电影院里人不多，两人坐在六排八座、九座。

果然还是以前经常坐的位置。

熟悉的角度、熟悉的座位、熟悉的人，这一切让詹知夏感觉一阵恍惚。

两人落座没多久，电影便开始了，不过秦川几乎没将注意力放在电影上，而是借着黑暗，不断地扭头打量詹知夏。他曾不止一次地感慨过，她的侧脸简直完美无瑕，三年以后的今天，他依旧这么认为，并为之沉醉。

电影画面一帧帧闪过，秦川心中却想着其他的事。

该怎么跟她提起复合的事，或者不提这件事，顺其自然？可她要是走了怎么办？谁知道她会在北京待多久？不过，即便她走了又怎样，她能来北京，我就不能去杭州吗？我要是真的从白浮泉划船去杭州，我不信她不感动。

秦川略略低头，看到詹知夏左手端着爆米花，心中有种强烈的欲望想去抓她的手，但又生生克制住自己的冲动。一整场电影看下来，秦川几乎连剧情都不知道。

一个半小时过去，电影结束，两人走出电影院，秦川垂头丧气的，也不知道在想些什么，詹知夏却是意犹未尽，觉得电影着实不错，她转头看了秦川一眼，有些不太理解他现在的状态。

“逛逛？”走出电影院后，秦川再次提议。

“好。”詹知夏依旧点头。

两人便又沿着成府路走进清华大学的校园里，在学校里面逛了足足两个小时，这才开车去吃晚饭。

晚饭地点是位于积水潭附近的一家主题火锅店，当初他们班第一次聚会就是来的这里，也正是在这里，秦川在主持人的邀请下，向詹知夏进行了一场假求婚，秦川到现在都还记得，当初他将那枚糖果戒指戴在詹知夏手指上的时候，她笑得多么灿烂，当食客们全都大叫着“亲一个”的时候，她又是多么娇羞。

再次来到这家火锅店，两人之间的气氛一如见面后所有的时刻，既尴尬又和谐。

眼见天色已晚，秦川知道自己不能再这么沉默下去了，否则只会错失良机，他想了许久，最终鼓起勇气问道：“你准备在北京待多久？”

“看情况吧，也许明天就走，也许待一个月？谁知道呢。”詹知夏笑了笑。

“嗯……多待一段时间吧，这三年来我又发现了不少好吃好玩的地方，可以带你去看看。”秦川道。

“好啊。”詹知夏毫不犹豫地答应了，这让秦川欣喜若狂，不过他并没有得意忘形，心中仍保持着理智。

趁着此时气氛良好，秦川又问道：“这三年来你过得怎么样？”

“就那样吧。”詹知夏的语气淡淡的。

“没有你，我过得不怎么好。”秦川忽然道。

“我听姚教授说，你每天逗猫养狗的，没事出去旅旅游，过得很开心嘛。”詹知夏的语气有几分揶揄。

“那只是表象。”秦川叹了口气，“你知道我说的不好到底指的是什么。”

詹知夏陷入了沉默，片刻后她认真地看着秦川，道：“我知道你今天一整天魂不守舍都在想些什么，我现在可以明确地告诉你，复合暂时没可能，不过我们可以多出来聚聚，见见面。”

“好，我都有空。”

听完詹知夏的话，秦川没有失望，仿佛一切都在意料之中。

“嗯，另外我有些事要问你。”詹知夏转移了话题。

“你问。”秦川似乎知道她要问什么。

“时间胶囊里有什么？”詹知夏问道。

“你自己打开看呀。”秦川笑道。

“拒绝，改天还给你。”詹知夏道，“还有，‘龙泉号’里的那封信，不会是写给我的吧？”

“对，所以我让你拿出来。”秦川点了点头。

“改天也一起给你。”

“为什么？”秦川有些不解。

“我不想自己看，也不想自己打开时间胶囊，以后如果有机会的话，你读给我听，你打开给我看，如果没机会，就算了。”詹知夏的态度很坚决。

秦川听完后，深深地看了詹知夏一眼，认真点头道：“好！”

说完这件事后，两人之间的尴尬气氛顿时缓和了不少，言谈之间也多了些笑语，两人互相问了对方许多关于这三年来生活上的事，又解释了这次旅途中的许多困惑，火锅吃到最后两人已经融洽得好似情侣，但从两人刻意避开的肢体接触还是看得出来，他们并不是。

吃完饭后，知道詹知夏短时间内不会离开的秦川，先开车将她送回了陈璇家里，自己又开车回到了白浮泉。

洗漱完躺在床上，秦川将自己蒙在被子里，身体轻轻地颤抖着，不知道是在哭还是在笑。

第 / 32 / 章

工 作

第二天一觉睡醒，秦川觉得整个世界都变了，变得那么可爱。他先给詹知夏发了条微信消息道早安，才起床洗漱。

整个上午，秦川都处于打了鸡血的状态，让公园里的工作人员觉得有些莫名其妙。

中午吃完饭后不久，林澈开车来到龙泉寺广场，看到秦川正靠在躺椅上傻笑，忍不住也笑了笑，走过去拍了拍他的肩膀，道："嘿，差不多就行了啊，口水都流出来了。"

秦川擦了擦嘴角，脸上笑容依旧。

身为秦川所组建的"复合群"里的一员，林澈当然知道秦川在想什么、笑什么，他乐得见到秦川这样，因为这三年来，他见过秦川有太多消沉的时刻，他只是有些担心，担心他们两人最终没能复合，到时候秦川受到的伤害可能会比之前更大。

轻轻叹了口气后，林澈将一个纸箱放在秦川身前的地上，从"咚"的落地声响可以判断，里面的东西应该不轻。

林澈用钥匙划开纸箱，从中取出一件件只在图纸上出现过的周边产品。

这些日子过去，成品终于被制作出来了。

秦川从林澈手中接过周边产品，仔细打量起来，作为一个拥有几百万粉丝的博主，他需要对自己的粉丝负责。在他检查周边产品质量的同时，林澈坐到一旁的躺椅上，问道："昨天见面，情况如何？"

“还可以。”秦川笑了笑。

“怎么说？”林澈问。

“她吃了我做的饭，坐了我的车，我们还一起去看了电影，吃了火锅，嗯……我提了关于复合的事，她觉得我们需要再相处一段时间，然后再说。”秦川道。

“那你可要注意了，以前导致你们分手的毛病，现在千万不能再犯。”林澈俨然一副家长的态度，语重心长地对秦川道，“另外，我记得你之前说过，她是辞职后才出来旅行的？你可以从这件事入手，北京的规划设计公司可比杭州的多多了，帮她搞定了工作，自然不愁以后。”

“嗯，你提醒得好。”秦川点了点头，若有所思。

不过好归好，秦川却没办法帮詹知夏找工作，要知道詹知夏一直以来心气就很高，对工作的要求也不低，秦川可没办法帮她什么，只能侧面引导她一下，反正现在没工作，不如先尝试在北京工作一段时间。

之后秦川又跟林澈商量了一下关于重新追求詹知夏的事，待秦川检查完周边产品的质量后，林澈便开车回到了市里。

另一边，詹知夏也在思考同样的问题，那就是是否留在北京工作。

其实，留在北京是她当初辞职前就考虑过的事，因为在杭州工作三年后，她遇到了瓶颈，所以也向往有一个更好的平台可以让她发挥。

而北京有许多这样的平台和机会。

同时，留在北京，也更有利于她和秦川关系的发展。

假如他们复合，而她的工作又在北京的话，父母心中即使再有芥蒂，也肯定会选择接受。

詹知夏是一个行动力非常强的人，因此在做出决定后，立刻便将自己的简历用邮箱发送给一些有招聘意向的公司。

简历投出去后，短时间内不会收到回复，不过詹知夏也没有闲着，而是继续在网上查询北京的规划设计院。与此同时，心思活泛的她，也跟不少大学时的朋友再度取得了联系，与他们聚了聚，当然最主要的还是和秦川的再相处。

大多数情况是秦川约她，她自然也不会拒绝，虽然两人频繁接触，但是关系始终没有回到从前，一直不温不火的，好在两人也不是特别着急。

时间缓缓流逝，终于，在詹知夏将简历投出去的第三天，她收到了一家公司的回复，而且在当天晚上，又收到了另外两家公司的回复，詹知夏与三家公司分别约定好时间后，便沉下心来准备面试。

关于詹知夏在找工作的事，秦川一开始就知道，但并不是很清楚，不过通过近几天的多次接触，秦川已经隐约知道了她的想法。

他明白詹知夏在北京找工作并不只是为了他，但他依旧开心得无法自持，因为只要詹知夏留在北京，那他就有希望。

当然，就算她执意要回杭州，秦川也会尽其所能将她追回来。

在确定詹知夏有很大概率留在北京工作后，秦川便开始琢磨该怎么加快缓和两人的关系。他的恋爱经验不多，严格来说只跟詹知夏一人谈过恋爱，两人当初在一起算得上是顺其自然，所以他并没有太多追求女孩子的经验，但值得庆幸的是，他身边有不少恋爱经验丰富的朋友。

比如林澈、袁风。

为了完成兄弟的心愿，袁风甚至从上海直接赶到北京，约好晚上八点钟在簋街一家有名的小龙虾餐馆聚餐。

林澈和袁风不是同学，但因为秦川的关系，也算是认识，两人见面寒暄了几句之后，便一边吃着小龙虾，一边帮秦川分析起来。

三人当中，要说智商，自是秦川最高，但在感情方面，绝对是袁风最有经验，他的长相虽然比秦川差了点，但也绝对称得上英俊，而且他家世好，气质也不差，更是国家级的运动员，大学期间便代表国家参加过奥运会和亚运会，尽管最后只得了铜牌，却依旧成了全校的知名人物。

“首先，你需要反思一下你们当初分手的原因，想想应该怎么解决问题，要么自己改变，要么双方共同改变。”袁风率先说出自己的看法。

“分手的原因……”

秦川听了袁风的话，不禁陷入了沉思，且神情渐渐变得复杂起来。

他和詹知夏在一起四年，时间说长不长，说短也不短，按理来说，应该不会因为毕业导致两人即将异地而立刻分手。

所谓千里之堤，溃于蚁穴，两人分手之前，必然有重重矛盾，事实也正是如此，在两人在一起的四年里，也曾分分合合了许多次，这些分手有历时几个小时的，也有历时几天的，但最多也没超过半个月，至于分手的理由简直数不胜数。

毕竟两人都是第一次谈恋爱，没什么经验，而且年轻气盛，出现问题很正常。

那时的詹知夏非常爱哭，看电影看到感人的场景时会哭，看到吓人的场景时会哭，秦川口气稍微重一点时会哭，两人吵架时会哭，开心时也会哭。秦川不抵触也不讨厌她爱哭，但是次数太多了也会觉得有些烦，两人因为此事多次交涉，但詹知夏表示她自己也没办法，毕竟她又不能切掉自己的泪腺。关于这一点，秦川觉得只是小事，可以忽略。

她还很爱耍小脾气，后来她说这是因为她没什么安全感，所以需要通过秦川对她生气的反应来试探他是否爱她。

诸如此类，不胜枚举。

四年来，大大小小的矛盾和问题不断累积，最终在毕业时，因为异地，因为双方都选择追求各自的理想，所以分手了。

另外还有一个非常重要的原因，那就是詹知夏的父母也不大同意两人在一起。具体原因也说了，独生女，不远嫁。

当秦川将心中所想整理完，告知两人后，又道："三年过去了，重新审视以前的自己，我发现的确是我不够成熟，不够包容，我觉得现在的我肯定可以承担这些了。"

袁风摇了摇头，显然他对此持反对意见："从你的描述中可以看出，你们两人都有不小的问题，但如果只是你改变，还不够，她也得有所改变才行，你最好祈祷这三年的时间内她已经改变了许多。"

"嗯……"秦川点了点头。

而后袁风又道："第二点，你想清楚自己要复合的原因，是爱，是不舍，是想证明自己，还是想报复？我想这一点你自己心里面应该已经有数了。第三点，思考你们两个复合后能不能继续走下去，双方的交流是否还能再建立在真诚和信任之上，毕竟三年过去了，也许这三年她没谈恋爱，但肯定接触过一些优秀的男性，所以你需要做好心理准备。”

还有许许多多的事，袁风都给秦川打了预防针，林澈也给了许多补充意见，三人在小龙虾餐馆聊到深夜，这才各自回家。

洗漱完后，秦川躺在床上，拿起手机打开微信。

“饭色水母”的名字已经被秦川改为一个月亮的图标，并被置顶聊天。两人上一次聊天的时间是下午四点钟，由他结束话题。

须知以前的两人可以整夜整夜不睡觉地聊天。

她真的还能接受自己吗?

秦川心中有些忐忑。

叹了口气后，秦川给詹知夏发消息：“明天有事吗？我想约你吃饭。”

“有。”三分钟后，詹知夏回复。

“见老同学？”秦川试探着问道。

这几天詹知夏见了不少在北京的老同学，且都发了朋友圈，所以秦川知道。詹知夏可是当年学校里的风云人物，不知被多少学长、学弟暗恋过，现在如果让那些人知道他们分手了，指不定会怎么样。

“不是。”

詹知夏的回答，打消了秦川心中的担忧。

“那就早点睡吧，后天再约你。”秦川回复道。

“后天不行，大后天也不行，都有事。”詹知夏道。

詹知夏的回复让秦川愣住了，他心中有些忐忑，觉得詹知夏是在刻意拒绝自己，但马上看到她又发来了消息：“是真的有事，忙完找你。”

秦川这才松了口气，安心去睡觉。

第 / 33 / 章

同 学 会

回复完秦川的消息后，詹知夏便收起手机，脑海中想象着秦川刚才紧张的样子，忍不住微微笑了笑。近几天来跟秦川相处甚多的她，已经非常清楚秦川的各种想法，因此现在的主动权可以说被她掌握着，但她目前没时间和秦川谈情说爱，手头的大事是面试。

虽然她是名校毕业生，而且在上家公司工作期间获得了不错的成绩，但想要进入一家全国知名的公司，也不是一件容易的事。

一夜无话。

第二天一大早，詹知夏便起床洗漱，然后化了一个精致的妆，叫了辆车出发前往国贸，她即将面试的第一家公司的所在地。

因为不是初入职场的菜鸟，所以詹知夏倒不怎么紧张。

来到公司所在的大厦后，詹知夏见到了前来迎接她的一个男职员，然后跟着他乘电梯，前往公司。

在封闭的电梯中，男职员颇为激动，作为大城市里繁华地带的白领，他见过的美女没有一千也有八百，可是当他看到詹知夏的时候，却依旧感到惊艳，忍不住心潮澎湃，毕竟其他美女再多也只能看看，他可不敢上去要联系方式，但詹知夏不一样，她有可能会成为他的同事，到时候自然机会多多。

才第一次见面，这个男职员就默默地祈祷詹知夏一定要通过公司的面试。

公司所处的楼层是三十楼，才踏入公司大门，詹知夏便被一个面试官带到会议室面试，而那名男职员则回到办公区域，跟同事们聊起了詹知夏的美貌。

大约半个小时过去，詹知夏完成了三轮面试，接到对方让自己回去等通知的消息后，便回家准备第二天的面试。

她总共得到了三个面试机会，而第二天要去面试的公司，是她最想进入的公司——北京工美旅游规划设计公司。

这家公司是中国最顶尖的旅游规划公司，在国内外都有过不少成功的案例，进入其中肯定能参与一些极具挑战性的项目，获得不少锻炼机会，詹知夏光是想想都觉得激动。

一夜无话。

第二天詹知夏如常早起，乘车前往位于望京的工美旅游规划设计公司参加面试。

一面面试官是两位部门职员，看不出他们的具体职位。面试全程詹知夏都比较淡定，先是做了自我介绍，然后介绍了一下自己的学校、兴趣爱好以及前来面试的原因，等等。

之后面试官又提出了一个具体项目，让詹知夏大致讲解一下跟大运河相关的景点规划，这让詹知夏颇感意外。

关于这一点，詹知夏可以说是信手拈来。

因为在制订杭州到北京的旅行计划时，她无意间查到了许多大运河沿线城市的景点规划，虽然没有深入地进行研究，但毕竟学的是相关专业，因此她已有一些自己的见解。

如此一来，在接下来的项目讲解过程中，詹知夏的表现让面试官频频点头。

一面结束后不久，詹知夏在会议室坐了一会儿，又等来了二面面试官，是一个年纪稍长的中年女人，听说是设计总监。二面面试官也是针对同样的项目问了一些相关的问题，只不过比之前的提问要更深入一些。

设计总监之后是人事来面试詹知夏，此时面试官已不再考核她的业务能力，而是问了一些其他方面的问题，比如对公司的价值观怎么看，分析一下自身的优劣势，聊一下自己的期望薪资，等等。

其中一个问题是问詹知夏为什么离开杭州来到北京。

詹知夏给的回答很简单——因为爱。

面试官便没再多问什么。

三面都结束后，面试官便让詹知夏回去等消息。

然后是第三天去第三家公司面试。

彻底结束面试后，詹知夏回到家中等消息。

她本以为至少还要两三天才会有结果，但让她略感意外的是，第四天中午便收到了面试通过的邮件，而且好消息一来就是三个，三家公司几乎同时发来了通知。

看完三家公司的邮件，詹知夏心中颇为激动，给仍在睡觉的陈璇准备了一顿丰盛的午餐。

十二点四十多，陈璇终于醒来了，循着香味坐到餐桌前，看着满满一桌香气扑鼻的菜肴，她转头看向詹知夏，神情复杂："这三年你到底经历了什么？"

"谁知道呢？"詹知夏笑了笑。

三年前的她，可以说是十指不沾阳春水，因为秦川厨艺甚佳，所以四年的时间里面，不多的可以做饭的机会，几乎全部被秦川包揽了，她根本没有机会学习厨艺。

分手后的她无疑有了时间和机会。

"如果我是男人的话，我肯定追你！"陈璇又感慨了一句后，这才埋头飞快地吃起饭来，不过她没吃几口，忽然抬起头来，望着詹知夏，道，"突然想起来，今天这是怎么了，菜做得这么丰盛？看你这甜得像吃了蜜一样的表情，难道是跟秦川复合了？"

"想什么呢？！"詹知夏白了她一眼，道，"我收到录用通知了，而且是三个。"

"不愧是女神女学霸。"陈璇听了，倒是一点都不觉得意外，"这么值得庆祝的一件事，怎么能让你做饭？什么也别说了，晚上咱们贡园见！"

贡园是五道口附近一家颇有名气的川菜馆，因为地处“宇宙中心”，被高校环绕，因此学生客人非常多，店里的客人几乎每天爆满，经常需要排队等位一两个小时。不过在大学四年的时间里，詹知夏和秦川很少去贡园吃饭，即便他们都挺喜欢吃川菜的，但实在没那么多时间去等位置。

“行，正好挺久没吃了。”

詹知夏没拒绝，毕竟她现在不用上学也不用上班，空闲得很，大不了五点钟去取号，七点钟再去吃饭。另外，开店的陈璇其实也算得上是一个闲人。

下午詹知夏陪陈璇去了趟她开的咖啡厅，待到四点多的时候，詹知夏先开着陈璇的车去贡园取了号，然后又回到店里，约莫七点钟的时候，詹知夏估算时间差不多了，两人才再次出发前往贡园。

到达贡园的时候，离詹知夏和陈璇的排号还剩三桌，不过即便只是三桌，两人也足足等了十五分钟。

才进店不久，詹知夏便露出了惊讶的神色，顺着她的目光，陈璇也看到了不远处的秦川，此时他正和十几个人一起吃饭，有男有女，说说笑笑的。

那些人陈璇都不认识，詹知夏却认识，他们全都是秦川的大学同学。当初她和秦川读书的时候，互相“蹭”了不少对方的课，虽然她叫不出秦川班上所有同学的名字，但是面孔绝对不陌生。

“上去打个招呼？”陈璇虽然不认识秦川的同学，可她认识秦川，于是提议道。

“先不用，他们同学聚会呢，我现在过去会有些尴尬。”詹知夏道。

她和秦川分手的事，除了自己的至亲以及一些特别熟悉的朋友外，几乎没人知道。

而此后的三年里，大部分的同学都以为他们依旧在一起，只有少数观察力强和比较敏感的人知道他们的关系已经破裂了。

“好。”陈璇点点头，不再说什么，跟着服务员走到座位上，巧的是，两人的座位离秦川那一大桌还挺近，这一路走来詹知夏见过太多太多的巧合了，倒也没觉得有什么。

在詹知夏的刻意躲避之下，秦川那一桌人都没有看到她和陈璇，两桌只有一墙之隔，如此之近，甚至连秦川那一桌说话的声音她都能听到。让她感到意外的是，秦川那一桌人恰巧正在说她和秦川的事，她犹豫了一下，还是忍不住侧耳倾听，陈璇见她如此，也燃起了八卦之心，一同偷听起来。

在詹知夏求职面试的这几天时间里，秦川没办法约她出去，只能忙自己的工作，与此同时，早在不久前便约好的同学会也如期举行，地点正是大学时期多次聚餐的贡园。

这次聚会的同学大多是北京人，但对于川菜同样热爱。他们虽然毕业于名校，后来更是分别进了知名的企事业单位，相互之间却没有攀比的心思，总体来说关系比较和谐，否则秦川也懒得参加同学会。

作为大学时班上的知名人物之一，秦川毕业后选择的工作单位可以说是大大出乎了诸多同学的意料。不过即便是在清水衙门似的单位，秦川闹出来的动静可不小，毕竟不是每个人都能凭借一已之力打造出一个拥有几百万粉丝的微博账号来。

因此在诸多未婚女同学的眼中，秦川依旧是一个不可多得的老公人选，特别是在最近越来越多的信息显示詹知夏已经和秦川分手的情况下。

来贡园之前，秦川万万没想到自己会成为这场同学会的焦点，哪怕是那位远渡重洋归来的同学会组织者和他一比也黯然失色，不过，也正是因为她，秦川才成了焦点。

外界有许多传言，说学霸大多数长相不佳，可事实上，长得好看、家世好又有素养的高才生并不少见。

当年秦川那一届的女生，堪称是历届学生里最好看的一届。

第 / 3 4 / 章

幼稚鬼

贡园。

秦川与大学同学坐在一桌，眼睛却偶尔瞥向右边，他当然没有透视眼，但他知道詹知夏已经到来，因为詹知夏之所以会来贡园，完全是他一手策划的。

他与陈璇虽然不算熟识，但勉强称得上是朋友，再加上陈璇本身也很关心詹知夏的感情问题，因此对于秦川的请求，陈璇几乎没怎么考虑便答应了。

至于詹知夏会不会识破这个巧合，则完全不在秦川的考虑当中，因为在他看来，詹知夏即便知道了又如何呢？毕竟他现在可是在光明正大地追求她，她对此也是心知肚明。

他今天让陈璇带詹知夏来贡园，目的其实很简单，就是想通过他与同学们的讲述以及同学们各自的回忆，让詹知夏知道她以前不知道的一些事，以唤起她对他的感情。

这种方法有些刻意，但秦川也是没办法了，因为他不知道詹知夏最终会不会留在北京，他必须全力以赴。

秦川这一桌总共十八个人，男女各占一半，从颜值上来讲，男生相对较高，但女生之中也不乏出彩的人物，比如从国外回来的此次同学会的组织者郑旦卿。

郑旦卿当初也是班里乃至系里不可多得的美女之一，追求者众多，可是郑旦卿独独看中了秦川，而且还是一见钟情。

郑旦卿很美，美到什么程度？即便长相不赖的秦川告诉别人郑旦卿对他一见钟情，相信的人怕是不会太多。

可事实正是如此。

郑旦卿认识秦川要比詹知夏更早一些，因为郑旦卿和秦川是同学，而詹知夏和秦川只是校友。

在认识詹知夏之前，秦川和郑旦卿两人也算得上是朋友，毕竟是同学，郑旦卿又那么主动，屡次相邀，女生也是要面子的，秦川不可能总是拒绝。可是自从秦川对詹知夏一见钟情，便再也没跟郑旦卿单独出去过，这一度让郑旦卿对秦川又爱又恨，她爱的是秦川的专一，恨的自然也是他的专一。

在之后的四年大学生涯中，郑旦卿并没有在秦川这一棵树上吊死，而是谈了两三次恋爱，每当她单身而秦川又跟詹知夏吵架闹分手时，她都会去找他，一旦詹知夏和秦川复合，她又会一声不吭地远去。

从郑旦卿对秦川的种种表现，几乎所有同学都看得出来，她是真的喜欢他，可是再喜欢也有个尽头，而那个尽头正是大学毕业，毕业后她就出国留学了。

这三年来，秦川没跟郑旦卿联系过，只知道她在美国一所排名前几的大学深造，谈过一两次恋爱，但最后都无疾而终，这次聚会正是她组织的。

饭桌上。

大部分同学仍然单身，极少部分正处于恋爱之中，只有一个是已婚人士，因此众男生对郑旦卿异常热情，然而，郑旦卿对他们并不感兴趣，只是不时望向秦川，眼中透露出笑意。

不少男生看在眼里，只好知难而退，同时心中感慨不已，都说秦川专一，实际上郑旦卿才是真的专一，虽然这些年她谈了几次恋爱，但是依旧对秦川抱有如此热忱，也不知道究竟是为了什么。

秦川的确是好，可是好的男人太多了，也没见到他们吸引住郑旦卿啊。

饭局刚开始时，秦川和郑旦卿没怎么交流，可是随着气氛越来越火热，同学们都聊开了的时候，郑旦卿终于有机会跟秦川说话了，即便两人中间还隔了两个同学。

“这三年来过得怎么样啊？”郑旦卿道，“应该不太好吧，听说你和詹知夏分手了。”

她这句话仿佛有魔力似的，让饭桌上的声音强度稍微下降了几个分贝，不少同学都在偷听两人的对话。

秦川曾经是男神级别的人物，他分手了，不少女生都有机会，尽管她们都已踏足社会，可与秦川谈恋爱毕竟是她们大学时期的心愿。

“毕业没多久就分了。”秦川倒也没有隐瞒的意思。

“我一直以为是谣传呢，真可惜。”坐在两人中间的一个男生闻言，忍不住感慨出声。

虽然詹知夏不是他们班的同学，但因秦川和詹知夏谈恋爱很早，她又经常跟他一起去上大课，所以大部分同学都对她有印象，有的还跟她很熟。

詹知夏和秦川在大学四年里那么甜蜜，他们都以为两人最终可以走到婚姻，万万没想到两人也没能逃脱“毕业就分手”的魔咒。

“就是啊。”同学们全都感慨良多。

毕竟，身处学业紧张的清华大学，詹知夏和秦川两人的感情，几乎可以用“传奇”二字来形容。

因为排课的关系，詹知夏经常跟秦川去上他们系的大课，刚开始去的时候，同学们都只是好奇地看看她，倒也没怎么过多地注意，毕竟她虽然漂亮，但已是秦川的女朋友。

她后来之所以在秦川班里闻名，是因为一件小事。大一下学期开学第一天下午的第一节大课，詹知夏无聊地坐在倒数第二排玩手机游戏等秦川，不巧碰到专业老师坐在最后一排听课，看着她玩了整整一节课的游戏。

课间休息的时候，不知道专业老师跟大课老师说了什么，后半节课开始后没多久，大课老师就叫詹知夏起来回答问题。

同学们看到詹知夏站起来的时候，全都在低声地议论，本以为詹知夏会出糗，可让同学们万万没想到的是，她不仅轻松回答了老师提出的略带刁难意味的问题，还给出了深刻的见解和分析，让老师和同学们对她印象深刻。

此后她再来陪秦川上课的时候，便多了一些跟她打招呼的人，或是叫她学霸的人。

在之后的两年里，秦川和詹知夏似乎开启了“虐狗”模式，经常做出一些让单身狗们羡慕嫉妒恨的事来，当然了，在情侣们看来那都是些再正常不过的事。

比如情人节那天上课之前，秦川在讲台上当众给詹知夏念情诗，连续半年每天早晨六点钟起床陪她去操场跑步，然后再一起去吃早餐。

诸多大学期间的回忆，在同学们的脑海中浮现，众人忍不住就这些事聊了起来，借着机会，秦川也主动说了一些当初瞒着詹知夏做的，连他自己都觉得感动的事。

聊了几分钟后，大家又转移话题聊起别的来，郑旦卿则继续跟秦川聊天。

“大学时期的恋爱是很美好，可惜那都是过去的事了，现在呢，你打算放弃了吗？”郑旦卿问话的时候，眼睛里闪烁着热切的光芒。

感受到郑旦卿火热的目光，秦川有些羞惭，他也不知道为何自己会一而再再而三地耽搁郑旦卿的感情生活，明明他已把话说得那么决绝。

秦川在心中默默叹了口气后，望向郑旦卿，道：“最近刚刚重新取得联系，准备再追求她一次。”

“你觉得希望大吗？”郑旦卿闻言，整个人瞬间消沉了一些，沉默了好半晌，才问道。

“不知道，但我想尝试一下。”秦川认真地道。

“就不祝你成功了，因为我也想尝试一下。”郑旦卿笑了笑，眉眼弯弯的，透着一股不服输的劲儿。

“唉……”秦川叹了口气，不知道该说些什么。

既已得知詹知夏和秦川又有了联系，郑旦卿便不再继续跟秦川闲扯，而是和其他同学畅聊起来。另一边，仅一墙之隔的詹知夏则默默地听着，从他们的聊天中，她听到了许多以前不知道的事，主要是秦川的付出。

真是个幼稚鬼，一点儿都没变。詹知夏知道他是故意说这些给她听的，心中却没有一丝反感，反而有些感动，有些幸福。

晚上十点半左右，同学会结束，同学们各自散去，秦川刚刚走出贡园没多远，便在不远的路口处看到一道靓丽的身影，秦川朝她望过去的时候，她也正望向他。

正是詹知夏。她此时神色平静。

等秦川走近时，她却立刻破功，开口第一句话便是没好气地道："你幼不幼稚啊！"

今晚的饭局，可以说完全是为她而设。

跟同学们吃饭、谈及过往，说一些秦川以前做过的会让她感动的事，让她明白他的付出，明白他做这一切全都是为了她。

当初两人在一起的时候，秦川就做过许多傻事，比如两人有一次吵架闹分手，秦川故意将贴满墙壁的两人的照片扯下来拍给她看，并问她这些你还要不要，不要就都扔了，那时的詹知夏真的很伤心，事后才知道，秦川是想用这件事来刺激她，目的只是想听到两个字——别扔。

他爱面子，需要台阶。

这些她后来都懂了，她在为他改变，他也在为她改变，只不过有些事是改变不了的。

詹知夏跟秦川并肩走在路上，沉默了好一会儿，她又忍不住笑骂："你真的是个幼稚鬼！"

其实詹知夏也明白，这是男生喜欢一个女生的表现，毕竟如果一个男生不喜欢一个女生，那他可以表现得比她爸更成熟。

第 / 3 5 / 章

宝藏

北京九月的夜晚，已经有些微凉。

詹知夏和秦川走在街上，路灯昏黄，行人稀少，唯有少量自行车和汽车不时掠过。

听到詹知夏的笑骂，看到她脸上止不住的笑容，秦川也笑了，虽然他的行为有些幼稚，但作用似乎不小。

“我很想知道，陈璇是什么时候被你说动的，她当初对你的印象可不大好。”詹知夏突然转移了话题。

如同所有刚上大学的学生一样，詹知夏和秦川当年都很年轻，而智商高、学习好又跟恋爱没关联，因此都没什么恋爱经验的两人，在四年里感情虽然总体平稳，但也有波澜起伏的时候。

秦川生气总喜欢憋着，詹知夏则喜欢跟闺密交流，陈璇就是其中之一，由于长期接收到来自詹知夏口中的负面消息，以至于陈璇对于秦川的印象一直不怎么好，所以对于秦川能够说服陈璇，她觉得蛮惊讶的。

“全凭真心。”秦川认真道。

“别开玩笑。”詹知夏有点不相信。

“我没开玩笑。”秦川笑了笑，道，“可能是她也看出来你非我不可了吧。”

“呵……”詹知夏无奈地摇头。

秦川转头看了看她，想说些什么，最后却又沉默不语。

就这样，两人走了一段路，詹知夏忽然道："我找到工作了。"

"啊？！"秦川的心猛地一跳，而后激动地问道，"在北京？"

"嗯。"詹知夏点了点头。

秦川闻言，猛地顿住，忍不住握紧双拳，脸上瞬间浮现出狂喜之色。找到了工作，意味着詹知夏会留在北京，至少是短时间内会留在北京，也意味着他有一段很长的时间来处理他和詹知夏的关系，他们复合的概率也将大大提升，他如何能不欢喜？

秦川顿在原地，詹知夏则继续往前走，不过她用余光一直注视着秦川，看到秦川站在原地握拳跺脚，强忍激动的样子，她忍不住露出一丝笑意。

"有空陪我去找找房子吧。"詹知夏的声音从前方传来。

秦川忙赶上去，道："我哪天都有空！"

开玩笑，找房子这种事，即便是没空也得变有空，毕竟詹知夏在北京租房的家，将会大大影响两人之后约会见面的次数以及复合之后的幸福生活。

北京实在是太大了，住在不同的区都相当于是异地恋，好在詹知夏的新公司在望京，平日里不堵车的话，到白浮泉也不用多长时间。

找房子的话，自然要找离望京和白浮泉都近且房价合理的地方。

"我今晚回去研究研究。"秦川动力十足地道。

之后两人在街上走了一会儿后，便由秦川开车送詹知夏回家，自己再开车回白浮泉。回到家后，秦川第一时间研究起最适合詹知夏居住的地方来，在晚上十二点前给她选出了十来个合适的房源，同时约好周六一起去看看，合适的话就尽快定下来，休息了这么久，詹知夏也想尽快回归工作。

转眼便到了周六。

秦川按约定先去接了詹知夏，随后出发前往位于朝阳区的房产中介看房，一整天的时间，两人都在小区里来回转，挑选合适且喜欢的房子。

这不禁让他们想起了大三时，两人决定搬出去住的场景。

从学校宿舍搬出去住，是秦川和詹知夏用了半年时间才做出的决定，然而，他们在找房阶段便备受打击，毕竟两人都还没步入社会，对房产中介的弯弯道道一点都不了解，因此受了不少骗，好在最后在朋友的介绍下他们找到了一个好房东，租了一个不错的房子，让他们在之后的两年里拥有了一个不错的家。

傍晚六点半左右，两人终于看完了所有的房子，身心俱疲的两人就近找了一家饭店坐下来吃饭。

点完菜后，秦川看向詹知夏，问道："怎么样，有喜欢的吗？"

"相遇小区那个还不错。"詹知夏应道。

唉……秦川心中叹了口气。

相遇小区位于五元桥附近，离詹知夏的公司非常近，距离白浮泉却有五十多公里。

不过这也是没办法的事。

即便詹知夏选择的是距离白浮泉最近的小区，那也有四十来公里，差别倒也不大。

"你喜欢的话，那就定下来吧？"秦川建议道。

"好。"詹知夏点了点头，"我在北京找到工作的事儿，已经跟我爸妈说了，他们这两天会把我的行李打包寄过来，东西挺多的，放在陈璇家不是很方便，你那里地儿大，可以放在你那儿吗？"

"当然可以。"秦川想也没想就答应了下来。

帮詹知夏搬家，他自然是义不容辞。

吃饭期间，秦川在微信上联系了之前看房的中介，将房子定下来后，顿时觉得心中的石头落了地，詹知夏终于留在北京了。不多时，两人吃完饭，秦川照旧先送詹知夏回家，然后自己再回家，虽然耗费了不少时间，但秦川很快乐。

四天后，属于詹知夏的大量行李，终于被物流公司送达，时间正巧是中午，两人便约在相遇小区见面，由秦川负责把詹知夏的行李拉过去，不过他的车拉不了这么多东西，所以只能找了搬家公司帮忙。

新家是一室一厅一厨一卫的格局，五十平方米左右的房间不大，却足够詹知夏一人居住。

拉来的行李都堆放在客厅，之后自然是要慢慢收拾的，这是一个非常繁重的工作，却也是秦川十分想做的事，因为通过詹知夏的行李，他可以了解不少东西，比如三年来她喜好的改变，比如她以前留下来的东西以及她新买的东西。

主要是她保留下来的以前的东西。

当初他和詹知夏分手的时候，绝对算不上是和平分手，作为被甩的那一个，也是心中委屈悲愤到极点的那一个，秦川将许多她送给自己的东西都还给了她，同时删掉了她的一切联系方式。

因为在他看来，他跟她注定做不成朋友了。

的确，相爱的人，分手后怎么可能做朋友？

在整理之前，秦川和詹知夏先点了外卖，而后才开始收拾。

詹知夏的父母给她买了新的床单被套、衣服、裤子。

嗯……风格较之上学期间要成熟了许多，变成了秦川喜欢、期待的风格。

书、笔记本、笔。

她还是那么喜欢买笔记本和钢笔、画笔。

洗漱用品。

以及一幅画。

秦川的目光瞬间便被这幅画所吸引，怎么也挪不开，等到他好不容易挪开目光，望向詹知夏的时候，却发现她神色坦然地拿起这幅画，走到墙边左看看、右看看，最后将它挂在了一个不错的位置。

这幅画是两人相识没多久时，詹知夏带秦川去画室画的，那时的他对画画一窍不通，完全是她手把手地教他画出来的，最后还是她再加工了一下，最终的成品才勉强看得过去。

这幅画画的是一只站在森林里，被萤火虫包围，沐浴着淡黄色月光的梅花鹿。

这幅画一直挂在詹知夏的宿舍，后来两人搬出去住，又挂在了两人的家里。

两人分手后，这幅画便被詹知夏拿走了，没想到她居然一直都保留着。

看到这一幕，秦川精神一振，对追回詹知夏更是充满了信心，与此同时，他像是挖宝藏似的，继续帮詹知夏收拾起东西来。

不多时，秦川找到了第二件让他感到惊喜的东西——一个蓝鲸抱枕。

秦川记得很清楚，这个蓝鲸抱枕是大一下学期两人去南京玩的时候，他在一家商场里买的，后来的几年时间里，这个蓝鲸抱枕在她回杭州以后，陪她度过了一个又一个孤独的夜晚。她也留着。

还有吗?

秦川的目光紧紧地盯着那一个又一个的箱子，而后他又从里面找到了许多宝藏，比如他们在一起的第一个儿童节，两人在玩具城买的拼图和一个灰姑娘的手办。

比如他第一次陪她过生日送给她的裙子；两人在一起的一周年，他买的情侣对戒；还有一双当初他买来送给她的情侣球鞋，只是那双鞋的尺码不对，有些磨脚，又因为是代购的所以无法退换，因此一直被詹知夏收藏着。

还有许许多多关于两人回忆的东西，詹知夏一件都没有扔掉，全都保存着，而且毫不掩饰地让他看到。

秦川深深地望了詹知夏一眼，他知道这是什么意思，詹知夏喜欢他，的确喜欢他，所以她一直没有遮掩，明明白白地告诉了他这一点。但她的行为和话语同时也在告诉他，即便她非常喜欢他，可如果这段时间的相处让她觉得两人再也回不到过去，那么这些东西她就真的不会再要了，也许会全部扔掉，也许会全部还给他，谁知道呢?

秦川深深地吸了口气，心中给自己加油的同时也叹了口气，其实也没什么好加油的，因为刻意的行为终归会被识破，詹知夏想要看到的是他这三年来的改变。而他这三年来的改变，她又真的会喜欢吗?

秦川的心情莫名变得沉重了一些。

不多时，他的目光又落在三本颇显老旧的笔记本上。

第 / 36 / 章

养猫

看到那三本笔记本，秦川的表情瞬间变得复杂起来，因为从笔记本的颜色和样式，他可以轻松地辨认出来那是他的笔记本。

其中第一本笔记本里，记录了他们在一起后点点滴滴的细节，其中的内容，秦川大部分都还记得。

比如有一个夏天的晚上，两人零点跑去电影院看一场内容为摩天大楼起火的电影，因为电影院里很热，也跟着了火似的，两人都吐槽那场电影是4D电影。

又比如某次两人吵架之后，他说了一些伤人的话，他都在日记里深刻地反省过了。

再比如两人去越南自由行，骑摩托车的时候遇到了一起碰瓷事件，当时的秦川摔得满身是伤，却第一时间去查看詹知夏的伤情，即便她只有一些轻微的擦伤，秦川依旧心疼得不能自已，且非常自责。

甚至小到两人哪天出去吃饭，她说了一些让他感到很幸福的话，又或者是两人去天津坐“天津之眼”，去游乐园坐旋转木马……

许许多多的事，有的两人曾一起聊过，有的她不知道，被他写进了笔记本。

第二本笔记本里，则记下了一些重要的日子和地方。

比如两人第一次接吻的日子；在一起的日子；双方的生日；双方父母的生日；她喜欢吃的东西，具体到哪一家店；以及一些两人计划要去的地方；

甚至还规划了日后结婚的婚纱照拍摄地；两人吵架的日子，而且每次吵架后都会在笔记本上总结一下，内容极其详尽。

至于第三本笔记本，则是两人的旅行日记。

两人每次出去玩，都会拍许多的照片，詹知夏也会画很多的画，秦川则负责将它们整理成一本旅行日记，上面记载了两人旅行中的点点滴滴。

这三本笔记本，饱含了秦川对詹知夏深深的爱。当初分手时，秦川一气之下把它们全都给了詹知夏，没想到她都留着。

“呼——”秦川深深地吐出一口气后，继续帮詹知夏收拾行李。

秦川收拾东西比较随意，詹知夏则比较规律，因此他也只是将大件东西给她拿出来而已，具体的收拾还得靠她自己。

两小时后。

詹知夏的家已经焕然一新，此时也到了晚饭时间点，詹知夏看着收拾好的家，想了想，道：“要不然在家吃？”

“吃什么？”秦川眼前一亮，这是他没有料到的变化，詹知夏居然在这三年里学会了做饭。

“方便面？”詹知夏犹豫了一下道。

秦川一时间不知道该说些什么好。

詹知夏上大学的时候就很喜欢吃方便面，秦川却觉得方便面既不健康又不营养，因此很少让她吃，没想到三年过去了，这个爱好她倒是一点也没改变。

“吃火锅吧？”秦川提议道。

“火锅可以。”詹知夏闻言眼前一亮，点了点头。

她在杭州很少吃火锅，因为杭州的朋友几乎都不怎么喜欢吃辣，此时距离她上一次吃火锅应该已经有三个月了，秦川不提还好，一提起来她便觉得有些嘴馋。

决定吃什么之后，秦川便立刻在外卖软件上点外卖，然后去厨房把锅洗了洗。

说起来，当初两人住在一起后，可没少因为中午吃什么、晚上吃什么而争吵，主要是两人学业都很忙，詹知夏不会做饭，他会做但大多数时候很累又懒得做，外卖吃太多了又腻烦，两人每天都在这个问题上纠结。

不过这倒不是什么大问题。

在等待的时间里，秦川已经将电磁炉搬到阳台，又置了两条小板凳在那里，等火锅外卖一来，立刻便煮起火锅来。

随着火锅的香味飘起来，水雾弥漫在两人眼前，詹知夏和秦川都产生了一种错觉，好像回到了多年前两人同居的时候。然而，可惜的是，现在两人依旧没有复合。

“祝你工作顺利。”在第一道菜下锅前，秦川举起杯子，向詹知夏道。

詹知夏也举起杯子碰了一下，道：“谢谢。”

两人喝下这杯饮料之后，便聊了起来，不过主要都是秦川在说话。

他所说的内容，自然跟詹知夏从杭州寄来的那些东西有关。

“我还以为你会都扔掉呢。”秦川故意这样说道。

“我哪有你那么幼稚。”詹知夏忍不住想翻个白眼。

当初两人每次吵架，秦川找不到台阶下的时候，都会故意拿一些容易惹詹知夏生气的东西，或者做一些会令她生气的事去刺激她，现在他想想的确挺幼稚可笑的。

在秦川想来，当初两人分手的时候，虽然是詹知夏提出分手的，但最后做事决绝的却是他，他以为詹知夏在生气的情况下会将那些东西处理掉。

现在看来，女生在恋爱方面，的确要比男生成熟得多。

“说起来，你后来有养猫吗？”秦川问道。

“没有。”詹知夏摇了摇头。

詹知夏一直以来都非常喜欢猫，她当初决定从宿舍搬出去跟秦川住，有很大一部分原因与猫有关，可直到后来两人同居期间，帮学姐养了一周猫后才发现，原来她对猫毛过敏，但房子都租了，搬也搬出去了，自然不可能再搬回去。

可是在后来的日子里，詹知夏一直都觉得有些遗憾。

在她知道自己对猫毛过敏之前，她一直觉得斯芬克斯无毛猫很丑，可知道自己对猫毛过敏之后，她连斯芬克斯无毛猫都喜欢上了，奈何一只斯芬克斯无毛猫太贵，当初秦川光是负担每个月的房租、生活费以及约会费用什么的便已捉襟见肘，自然没钱再去买一只那么贵的猫来养着。

刚才秦川问的，便是她有没有养斯芬克斯无毛猫。

“其实后来经过治疗，我对猫毛已经没有那么敏感了，只要不是满床都是，我已经没事了。”詹知夏道。

“哦？那你想不想养一只猫啊？”秦川眼睛一亮，道，“公园里的大王、小王、卤煮、馄饨等等，随你挑。”

詹知夏闻言顿时有些心动，不过又有些担心，因为她不知道自己会在北京待多久，时间长还好说，时间短的话，到时候回杭州时若用飞机托运猫的话，猫会很受罪。

在詹知夏考虑的时候，秦川则是一脸期待的表情，詹知夏光是看他的表情就知道，他希望自己能够养一只猫，那样的话，即便是因为责任感，她也会在北京多待一段时间，也许是一年，也许是两年。

“我考虑考虑吧。”詹知夏没法儿第一时间做出决定，秦川也没有逼她，两人便继续聊起天来。

内容不外乎是双方各自缺席的三年多时间里的经历。

不过这次主要是詹知夏在说，因为秦川的经历詹知夏大都知道，甚至有视频和音频，倒是詹知夏的生活，秦川几乎一无所知，他觉得这种感觉其实非常好，像是在重新认识她一样。

两人如同许久未见的老友般谈天说地。

比如这三年来各自新的喜好、想去的地方、理想和职业规划的改变等等。

最后秦川犹豫着问了下詹知夏的父母。

“你爸妈知道你回北京，肯定会问关于我的事吧？”秦川道。

“问了。”詹知夏淡淡地应道。

“都问了什么呀？”秦川有些忐忑，因为詹知夏的父母对他的印象不太好。

其实从学历、能力、家境各方面，詹知夏的父母都挑不出秦川什么不好来，不过当初詹知夏的父母之所以知道他，是因为她妈妈在她房间里找到了避孕药。那个时候詹知夏才大二，当时知道这件事后两人都被吓出了一身冷汗，詹知夏强行解释说那是调经用的药，但是她父母显然没有相信。

由于有了这样的第一印象，因此后来詹知夏的父母怎么看秦川都觉得不顺眼，当然最主要的还是他们觉得自家只有一个女儿，不想让她嫁得那么远。

当初詹知夏的父母一再叮嘱詹知夏，在大学期间谈恋爱一定要慎重，最好找一个南方人，杭州、上海、嘉兴、绍兴什么地方的都行，再远的话就太远了。当然，杭州人最好，到时候工作都可以直接解决，去浙江几所知名的大学教书也行，或者怎么样都可以。

但詹知夏偏偏爱上了一个北京人，如果她再在北京工作，岂不是后半生都要留在北京？

詹知夏的父母一度无法接受这一点，因此这也成了两人感情中的一根刺。

“也没说太多，就是寻常的那些。”詹知夏想应付过去。

“寻常的哪些啊？”秦川有些发蒙。

“不是坏话就对了。”詹知夏瞥了秦川一眼。

“好吧。”秦川知道詹知夏不想多说，便也不再强迫她。

半个小时后，两人全都吃得饱饱的，在阳台上又坐了一会儿后，便将残余食物收拾干净，詹知夏继续收拾自己的新家，秦川则告辞回家，因为明天还要上班。

回家的路上，开车的秦川一直在打哈欠，不停地感慨，两地的距离真是远啊。

回到家中，已经是十一点多，秦川洗漱完毕便休息了。

第 / 37 / 章

方案征集

周一。

天气晴朗，微风和煦。

詹知夏九点钟起床，熟练地化完妆后，坐上提前叫来的车前往公司上班。

她家距离望京很近，而且路线也不绕，打车十分钟便来到了公司楼下，此时刚刚九点四十分，离上班时间尚有二十分钟。

她来到公司设计师办公区域时，已经有不少员工到了，他们坐在各自的座位上，做着上班前的准备。

詹知夏到来时，几乎整个公司的男性都眼前一亮，纷纷从先前睡眼迷蒙的状态中走出来，一下变得精神十足，女性也纷纷望向詹知夏，不着痕迹地打量着她。

早在上周，他们的上司便跟他们说了新同事詹知夏的情况，说她不仅人长得漂亮，而且是名校毕业的，毕业后在杭州某公司的工作极为出彩，无论是哪一项都很吸睛。

“大家好，我是詹知夏，很高兴可以和你们成为同事。”

詹知夏站在办公区域门口，大大方方地跟众人打招呼，其他同事立马反应过来，也纷纷跟詹知夏打招呼，有的只是简单地道了句“你好”，有的则颇为激动地说了自己的名字。

詹知夏一一笑着应下后，坐在自己的工位前准备起来。

十点钟，正式上班后，公司内部便安静下来，大家都在做自己的工作，詹知夏才到公司，暂时也没什么事做，于是便熟悉起公司最近的业务来，而在众多的业务之中，詹知夏忽然看到一个让她惊讶的项目——“大运河源头白浮泉遗址公园规划设计方案征集”。

这一瞬间，詹知夏的脑海中忍不住产生了这一切又是秦川安排的念头，可是她清清楚楚地知道，工作是她自己找的，跟秦川一点关系都没有。

这一切，真的只是巧合而已。

难道说连老天爷都在帮他们?

才来到公司的詹知夏，忍不住地出神了，片刻后，她回过神来，点开了项目概况。

“项目名称：大运河源头白浮泉遗址公园规划设计方案。项目编号：KJY20171757。项目位置：昌平区城南街道化庄村东，京密引水渠北侧。项目规模：约5.6平方公里。征集方式：公开征集。

“总体规划设计：明确规划范围内的功能定位和发展设想……

“遗址公园规划设计：对以龙山、凤山为核心范围的遗址公园进行历史文化、文物古迹、生态环境的综合研究……

“文物保护方案：依据文物保护规划要求，本着保护优先原则，结合文化传承需求……

“生态环境设计：结合规划范围内现有山水生态资源特点，开展景观环境设计……

“相关负责人表示，将通过资格预审选取五个左右的应征机构参加征集活动，并提交应征设计方案，通过方案评审最终选出两个优胜设计方案，获得优胜奖的应征人，将配合主办单位完成规划方案的综合编制工作。

“斩获一等奖及二等奖的设计方案，将分别获得一百万元、五十万元重奖。”

詹知夏看完项目概况后，大概明白了这个项目究竟是怎么一回事，通过手头的资料，也大概知道了政府的要求，无非是景观提升、设施完善、文化保护和价值提升利用、村庄整治、风貌引导等等。

同时白浮泉也是申遗成功的大运河文化的重要一站，这让刚刚走完大运河沿线的詹知夏对这个项目产生了很大的兴趣，脑海中瞬间也冒出了许多的想法，但这个项目落在她头上的可能性不大。

因为她才刚入职，而且从项目征集的时间来看，项目应该早已经有人接下了。

有些可惜呢，詹知夏轻叹一声。

如果她能接手白浮泉的项目，那么之后应该会有很多工作上的机会与秦川见面，那样詹知夏也可以更清楚地知道，这三年来秦川在日常生活中的具体改变。

只是没有如果。

詹知夏默默关闭文档，继续浏览其他的项目，公司的设计总监忽然来到办公区域通知大家开会，设计总监就是二面面试她的中年女人，名叫徐小舒。

“知夏，你也来。”通知完大家后，徐小舒也没忘叫一声詹知夏。

“好的，总监。”詹知夏点了点头。

不一会儿，会议室便坐满了员工，且全都是设计师。

徐小舒先是说了公司两个正在进行的项目的问题，经过一番讨论后，又说了有关白浮泉遗址公园规划设计方案的事。

“大家应该也都知道老板对于这个项目有多重视，虽然周杭已经带了一个项目组在做，但为了保险起见，我准备再建一个项目组，做个备选方案。”徐小舒望了詹知夏一眼，道，“新的项目组就由新来的詹知夏负责，小刘、小李、小齐你们几个也参与进来，多帮助帮助知夏。”

徐小舒的话音未落，已经有许多道目光落在了詹知夏的身上。詹知夏才刚进公司，虽然有不错的学历和履历，但是直接升任一个项目组组长也实在是太快了，更何况这个项目老板很重视，一旦成功受到的嘉奖肯定不少。

詹知夏听到徐小舒的话，倒没觉得很意外，因为之前面试的时候，徐小舒问了她很多与大运河相关的问题，而她的回答显然是让徐小舒印象深刻，所以才有了今天这样的决定。

只是她才来公司，其他员工不会不服吗？

詹知夏环视一圈，发现被徐小舒叫到的那几个人，此刻眼睛全都在发光，这时她才知道徐小舒的真正用意，这设计总监选择的全是公司内部一些对她极其感兴趣的单身狗，为了得到她的好感，别说不会跟她对着干了，说不定还能激发出一些连他们自己也不清楚的潜力。

不过詹知夏虽然是单身，内心深处对自己所属却是很了解的，因此她决定到时候万一有谁真的对她很感兴趣，她一定要把话说绝。

散会后，设计师们一一离去，只留下徐小舒和詹知夏两人还在会议室内。

“应该没问题吧？”徐小舒道。

“没问题。”詹知夏笑了笑，不仅没问题，而且很有干劲，她向来喜欢挑战。

从会议室回到办公区域后，詹知夏坐在电脑前，双手放在键盘上，想要查找一些与白浮泉相关的资料，但想了想之后，她没有直接百度，而是通过微信联系了秦川，因为她知道，秦川对白浮泉的了解，肯定要比网上的资料深得多。

然而还没等她发出消息，便看到秦川的消息弹了出来：“新工作新环境感觉如何？”

“还不错。”詹知夏道，“我有些事想跟你聊，关于白浮泉的，你有空吗？”

“啊？！”远在五十公里外的白浮泉遗址公园内的秦川看到詹知夏的消息，有些奇怪，“你想知道白浮泉的什么？”

“说了你可能不信，我才刚入职，公司居然让我带一个项目，白浮泉遗址公园规划设计方案。”詹知夏回复道。

“这……”秦川既惊且喜，回复道，“你是认真的？”

“嗯。”詹知夏回了一个字。

秦川激动得几乎要跳起来。

“我有空啊，很有空。不过有关白浮泉的事，实在是太多太多了，只是网上聊天说的话，怕是说上一天一夜也说不完，有空的话咱们见面说？”秦川飞快地打字。

“也行。”詹知夏没怎么犹豫便给出了回答。

“真是巧。”一路上制造了许多“巧合”的秦川也忍不住感叹。

“是啊。”詹知夏道。

秦川心中可以说是无比激动，本来正发愁詹知夏上班后两人见面的机会就要少很多了，但现在两人居然在工作上也有了联系，这样一来，见面的机会和时间便会大增，复合的概率自然也随之上升，复合的时间也有望提前了。

“嗯，你做设计方案，需要知道些什么？具体一点。然后，你应该也需要实地考察的吧？配合你们这些设计师，本来也是我的工作之一，到时候我带你到处看看。”秦川道。

“行。”詹知夏应道。

之后詹知夏便跟秦川说了许多与项目相关的需求，秦川自然是第一时间去收集整理资料，争取给予她最好的支援。

于是乎一整个下午的时间秦川都没闲着，他不仅帮詹知夏整理了许多本书和资料，还规划了一些需要去考察的地方，将之后的日程安排得满满的。

须知，规划设计是一件非常烦琐的事情，涉及方方面面的知识，因此不只需要资料上的考察，还需要多次实地考察，这样才能清楚地知道一些展馆的建立地址、公园内景点的具体分布和改造、公园的出入口、观景台、村民们的安置区域、绿化带、休闲区、村民民宅的处理方案等等。

此外，还需要制作全景鸟瞰效果图。

这些事情想全部做完，少说也要一个月，那岂不是詹知夏这一个月都要跟自己待在一起？只是想想，秦川便觉心潮澎湃。

如果詹知夏需要长期都在白浮泉工作的话，再住在五元桥是不是有点不太方便？秦川已经在考虑，该怎么将詹知夏忽悠到白浮泉住了。

第 / 38 / 章

喜你成疾

周二。

秦川早早起床，好生把自己给捯饬了一番，这才开着车出发前往詹知夏家，这是詹知夏上班的第二天，由于工作需要，两人有了见面的机会。

早晨九点钟，秦川来到詹知夏家，刚走进房中，便觉眼前一亮，因为此时的詹知夏，不是前几天他所见到的穿着日常服饰的詹知夏，而是一身较为职业的工作装，浑身上下都散发着一股精英女性的气息。

这也是他最喜欢的女性类型之一。

上大学的时候，秦川一直期待着看到詹知夏步入社会后变得成熟的样子，但没想到他们刚毕业便分手了，但好在虽然时隔三年，他终究还是见到了她这副模样。

“愣着干什么？走吧。”

詹知夏伸出手在秦川眼前挥了挥，秦川这才回过神来，转身走向电梯处，边走边转头看向詹知夏，问道：“吃早餐了吗？”

“吃了。”詹知夏紧跟在秦川后面，问道，“咱们现在去哪儿，白浮泉？”

“没有，先去什刹海。”秦川答道。

詹知夏闻言，没有问出为什么要先去什刹海这样愚蠢的问题，因为早在她计划从杭州沿大运河到北京的旅游路线时，便对白浮泉做了一定的研究调查，知道了什刹海和白浮泉之间的关联。

不过，詹知夏做的是白浮泉的规划设计，其实去不去什刹海都行，但她对于秦川的安排并没有提出异议，毕竟多知道一些与白浮泉相关的故事也好，到时候做出来的方案才足够细致，足够打动人。

工作日早晨的北京路上很堵，詹知夏和秦川两人坐在车上，足足用了一个小时，才终于从五元桥来到了位于二环内的什刹海。

在车上一个小时的时间里，秦川跟詹知夏说了许多关于白浮泉的故事，比方说与白浮泉相关的一些古诗词，白浮泉内的一些具体的景点和文物，与白浮泉相关的民生，坊间传闻，元史、明史当中的一些记载，白浮泉最初的模样、成名后的模样以及现在的模样，等等，无论是大事情，还是小细节，秦川都提到了，让詹知夏受益良多。

詹知夏和秦川两人来到什刹海的时候，正是上午十点多钟，晨练的大爷大妈们早已经散去，大多数游客也还没有蜂拥而至，整个什刹海还算得上是安宁祥和。两人走在河边，吹着微风，又是另外一种享受。

来到什刹海后，秦川反倒不像之前在车上那么多话，而是静静地走着。事实上，正如詹知夏所想的那样，关于白浮泉的规划设计，其实根本用不着来什刹海，直接去白浮泉就够了，但秦川希望能有更多的时间和机会跟她相处，正好又有工作这一理由可以利用，他何乐而不为呢？

两人之后便在什刹海悠闲地转了起来，彼此想到了什么或是记起了什么，便会直接询问对方。

转眼便到了正午。

中午两人在西海边胡同里一家颇有名气的贵州菜馆吃饭，吃完又出发前往颐和园的昆明湖。

两人去颐和园，自然不只是为了去游览，而是因为昆明湖也跟白浮泉有所关联。

须知，昆明湖最初便是为了实现京杭大运河供水而修建的水库，最早的时候叫瓮山泊，直到清代乾隆时期大改造才被辟为后世著名的皇家园林湖泊“昆明湖”。

当初元代著名水利专家郭守敬从白浮泉引泉济漕，正是将白浮泉的水引入瓮山泊，而后又从瓮山泊引入元大都的什刹海。

可以说昆明湖与白浮泉是息息相关的，当然了，秦川带詹知夏来这里，更多的是想跟她多走走、聊聊天。

在昆明湖逛完后，两人才终于出发前往白浮泉，而此时此刻已是下午四点多钟，颐和园离白浮泉不是特别远，但开车过去至少要四十分钟，在白浮泉考察少说也要一两个小时，到时候已经是七点钟，再留下来吃个饭，回去的时候怕是快十点钟了，詹知夏粗略一算后便知道了这些，不过她倒没有不乐意，只是任由秦川去安排。

四十五分钟后，两人回到了白浮泉。

回到白浮泉后，詹知夏便在秦川的带领下，细致地走过白浮泉的每一个角落，听他讲解跟白浮泉有关的每一个小故事以及他在白浮泉待着没事做的时候，产生的有关白浮泉的一些设想。

不一会儿，天色渐渐暗了下来，不方便再继续考察，于是秦川便带领詹知夏回到自己的住处，此时他的书桌上摆满了跟白浮泉相关的书籍，甚至还有一些区委党史办准备的内部资料，跟詹知夏说了一句他去做饭后，便留下詹知夏一个人在屋子里。

秦川走后，詹知夏坐在书桌前，随意翻看了一下秦川给她准备的资料，也看了看电脑上的资料，把袖口稍微往上撸了撸，便准备开始工作。

就在此时，她的目光忽然落在书桌一角的一个精美的首饰盒上。

首饰盒是淡粉色的，不太像男生喜欢的风格，注视着那首饰盒，詹知夏的心忍不住加快了跳动。

这三年的时间里，他虽然没有再谈恋爱，但肯定也遇到过很优秀的女孩子吧，这首饰盒应该是哪个女孩子的吧？

詹知夏心里如此想着，竟鬼使神差地拿起了那个首饰盒，轻轻地将盒子打开，而其中的物品，让詹知夏直接愣在了那里。

首饰盒里的东西，竟然是一只翠蓝色的耳环！

这耳环与詹知夏手中的另一只耳环几乎一模一样，那是她之前在苏州旅游的时候，帮助了一个摔倒的老太太后，老太太送给她的点翠工艺品。

詹知夏记得清清楚楚，老太太说两年前，另外一只耳环由她老伴儿送出去了，万万没想到接受耳环的那个人竟然是秦川。

而且詹知夏可以确定，这绝对是个巧合。

毕竟秦川也不可能让一个老太太在路上上演摔倒的戏码，再加上从那之后秦川的表现来看，他对这件事根本不知情，所以很显然，这真的是一个巧合。

一对耳环，时隔多年之后，竟然可以再度重逢，詹知夏此时也不知道该说些什么好了，这段时间她几乎将整个生命中的巧合全部消耗殆尽。

詹知夏打定主意，待会儿见到秦川后，要详细地问一下他关于点翠耳环的事，与此同时，她也站起身来，开始打量秦川的屋子。

书桌左边有一个书架，书架的第三排摆放了许多书，第二排则放着一些奇奇怪怪的东西，比如一个可乐易拉罐。

在看到那个可乐易拉罐的时候，詹知夏的眼皮跳了一下，忍不住伸出手去拿起来看，只见那可乐易拉罐上写了两行字。

秦先生。

喜你成疾，药石无医。

这罐可乐是当初秦川二十岁生日的时候詹知夏送给他的，她以为以秦川的性格，早已将可乐易拉罐扔到不知道哪里去了，毕竟分手时他可是气得不行，还把很多东西都还给了她。

之后詹知夏在秦川的屋子里找到了许多过往的痕迹。

比如情人节她送给他的一顶帽子，圣诞节送给他的复古蓝牙音箱，一瓶已经用完的范思哲香水，一支刻了他名字的钢笔，一把她当初忘记拿走、而他也忘记还给她的尤克里里。

看着看着，詹知夏沉默了。

不过没多久，屋子外面便响起了声音，詹知夏知道是秦川回来了，忙坐在书桌前，装作什么都没有发生的样子。

不一会儿，秦川端着两碗一看便让人食欲大增的炸酱面走了过来，放在书桌上，又随手拿了一条板凳坐在詹知夏身旁。

“吃吧。”秦川道。

“嗯。”詹知夏点了点头，却没有动筷子，而是将那首饰盒里的点翠耳环取了出来，转头看向秦川，问道，“这只耳环你哪里来的啊？”

“呃，两年多以前，我去苏州考察景点的时候，认识了一对夫妻，他们是点翠技艺传承者，那老爷子喜欢我，就送给我了。”秦川答道。

“说了你可能不信。”詹知夏笑了笑，道，“你还记得我之前在苏州的时候，发了一条朋友圈说爱比传承更重要吗？我那天帮助了一个摔倒的老太太，那老太太也送了我一只点翠耳环，如果我没看错的话，应该跟你这只是一对的。”

秦川闻言，深感惊讶，一时间不知道该说些什么，心中却是狂喜。

这简直是天公作美。

“如果将来我们和好了，一定要去好好感谢一下这位老太太。”过了一会儿，秦川才说话。

“呵呵。”詹知夏笑了笑，也没回他。

两人接下来很快便吃完了炸酱面，詹知夏搓了搓手，准备开始工作，秦川则在一旁看着她工作，不时说个一两句，帮助她更好地做出适合白浮泉规划设计方案的策划来。

詹知夏很喜欢自己的工作，因此工作起来经常感觉不到时间的流逝，秦川虽然知道时间流逝得很快，却没有提醒她的意思。于是时间飞快流逝，转眼便已经是十一点多，现在再送詹知夏回家已经很晚了，秦川脑子里已经琢磨了许久要怎么留下她过夜这件事情。

而等工作完成得差不多时，詹知夏看了一眼时间，也察觉到了这个问题。

气氛一时间变得有些尴尬。

第 / 39 / 章

牵手

夜凉如水。

詹知夏和秦川两人面面相觑，一时间不知道该说点什么好。

“要不今天住我这儿？”秦川犹豫了一下，提议道，“公园里之前建了一个龙山度假村，后来因为要规划改建，度假村就腾退了，现在空得很，我可以去那里住。”

“好啊。”实际上詹知夏也没怎么听秦川说后面的话，便点点头答应下来。

听到詹知夏的回答之后，秦川立刻面露喜色。

“既然不用回去，那我再工作一会儿。”詹知夏说完后，便转头继续工作。

秦川听完她的话，默默地从衣柜里面找出一套洗过晒干的被褥全部换下，换完后继续坐在詹知夏的身边，静静地看着她工作时的侧脸，感觉她依旧是那么认真，那么令人心动。

秦川犹记得第一次跟詹知夏去看电影的情景，他在电影院漆黑的环境中望向她，她的侧脸让他惊艳到连自己最喜欢的漫威电影都不愿转过头去看。

看了好一会儿，秦川觉得自己一直盯着詹知夏看也不太好，便转过头去看她电脑上的文档内容。

作为白浮泉遗址公园的管理者，也是对白浮泉遗址公园了解极深的人之一，秦川对白浮泉的规划也有自己的一些想法。

不过因为他不是专业的景点规划设计师，他的想法不足以被采用，所以他才想到利用自己微博的名气，制作周边产品来提高白浮泉的知名度。

此时的詹知夏正在写白浮泉的具体规划方案。

“总体研究思路分为三个部分，一是京密引水渠文化景观带的概念规划，规划理念为‘一廊引领，多点联通，拓展绿色生命线’，在河道现有绿带的基础上，拓展、联通周边的大型绿色空间和文化景观，形成一条绿色文化景观通廊；二是白浮泉遗址公园部分，文化定位为世界文化遗产大运河北端的源头……”

秦川大致看完詹知夏的规划方案后，觉得她写得好且想法不错，但总觉得哪里不太对劲，具体又说不上来，毕竟他不是专业人士，想了想他决定先不说什么，等她做完了再商量看看，而且她现在写的也只是初稿而已，之后她回到公司也肯定要跟其他同事商量的。

大约夜里十二点钟，詹知夏终于规划完白浮泉的整体定位，文化景观体系以及村庄目标定位、村庄规划设计等等。

写完这些的詹知夏松了口气，紧跟着便觉得自己的胃里空荡荡的，不过她刚抬起头，秦川却好像知道她要说什么一样，问道：“要吃点夜宵吗？”

“要！”詹知夏毫不犹豫地点头。

“烧烤？”秦川提议道。

“有掌中宝吗？”詹知夏问道。

“有。”秦川笑了笑，带着詹知夏走出房间，来到龙泉寺广场上，接着他又跑到厨房去待了片刻，不一会儿便拿出一个烧烤架和一个白色的泡沫箱，里面装满了各式各样的烤串，从烧烤架和泡沫箱的颜色来看，秦川应该经常在这里烧烤。

詹知夏坐在龙泉寺广场的躺椅上，吹着夜晚微凉的风，抬头望了望天空，满天繁星像是在朝她眨眼睛，这一刻詹知夏仿佛看到了此前三年中的许多个夜晚，秦川在这里烧烤，身边却没有她。

秦川的烧烤技术很熟练，不一会儿便有香气扑鼻而来。

“喏……”几分钟后，秦川拿着一把色泽鲜艳、冒着油光的掌中宝递给詹知夏，她接过后，一点也不客气地吃了起来。

两人边吃边聊，聊的自然是詹知夏刚才的工作。

“我刚才看了你的设计思路，总感觉哪里不太对劲。”秦川犹豫了一下，还是对詹知夏说了。

“你觉得哪里不对劲？”詹知夏闻言，望向秦川。

“你的总体规划理念，是在河道现有的绿带基础上，拓展、联通周边的绿色空间……定位为世界文化遗产大运河北端的源头……但是根据我了解到的一些领导对于此次规划设计发表的言论及想法来看，他们应该是想带动周边村庄的发展，关于这方面，一定要当成重点。其次则是建筑风貌、文物保护和环境治理方面……”

之后，秦川根据自己的了解，给詹知夏提出了一些建议。

“首先将白浮村定位为‘运河文化旅游服务基地’‘运河之源国学教育休闲体验基地’‘美丽乡村创新振兴发展示范基地’，同时将总体定位为‘世界文化遗产、运河文化旅游目的地’，再通过对不同区域和景点的规划，最终设计成‘泉村共生、水脉珠连、林田叠翠、绿道环通’的总体形象。”

不过意见归意见，听不听在詹知夏。

詹知夏听完秦川的阐述后，陷入了沉默，想了许久后才道：“明天我回去跟同事开会讨论一下再说吧。”

“嗯。”秦川点点头，道，“那你明天还来吗？”

“来。”詹知夏的表情很认真，道，“我刚刚查了天气预报，明天有雨，我想看看下雨时候的白浮泉是什么样子。”

秦川闻言有些疑惑，心想白浮泉的规划改造方案和下雨有什么关系，但最终也没有问出来。

吃完烧烤已经是十二点半，秦川送詹知夏回到自己的房间后，也没过多停留便到龙山度假村的一个房间里睡觉去了，明天他还得早起送詹知夏去上班。

第二天一大早，两人双双在各自的房间里醒来，通过微信互相了解了对方的情况后便去洗漱，洗漱完一起吃了早餐，先由秦川送詹知夏去上班，而后他又回到白浮泉工作。最近他主要是忙周边产品的事，到了下午四点多钟的时候，他又再次出发前去接詹知夏下班。

接到詹知夏的时候，秦川看她神情疲惫，便问道：“怎么了？今天开会不顺利？”

“嗯。”詹知夏点了点头。

“他们提出了不同的意见吗？”秦川问道。

“对。”詹知夏没对秦川细说，实际上让她感到烦恼的并不是不同的意见，而是公司的同事对她太过殷勤，当然主要是男同事，这自然容易引起一些女同事的不满，继而让开会的氛围变得有些古怪。再加上她刚进入公司，且在没什么资历的情况下就当了项目组组长，更是让有些人不满，因此在开会的时候她受到了各种刁难。

但这都是职场的正常情况，詹知夏也没跟秦川说太多。

秦川开着车，车窗外车水马龙，小雨淅淅沥沥地下着，他开了一会儿发现身边没了声音，转过头去看时，才发现詹知夏居然睡着了，想来是工作非常累。秦川不免有些心疼，特别想让她靠在自己的肩膀上睡，但他现在一是在开车不甚方便，二是实在是没那个资格和身份。

一个多小时后，秦川开着车回到白浮泉，在进入公园的时候，詹知夏正好睡眼惺忪地醒了过来。

回到白浮泉后，秦川也没再给詹知夏做饭，而是跟公园里的工作人员一起吃了顿工作餐。吃完后秦川趁着天还没有黑，便撑着伞带詹知夏在公园里四处转转。

雨不大，路有点滑，秦川左手撑着伞，将雨伞大部分的区域都覆盖在詹知夏的头上，自己右侧的衣服则被淅淅沥沥的雨滴淋湿了，他却一副毫不在乎的样子。

两人从龙泉寺广场往龙山上走的时候，秦川近距离闻着詹知夏身上好闻的气味，左手不时擦过她的发丝，不禁有些心猿意马。他微微侧过头去看了看她那令人惊艳的侧脸，心中顿时产生了一个念头。

而在那念头产生的时候，秦川的手心里全是汗，他犹豫着要不要这么做。

两人踏上布满水渍的台阶，向山上走去，台阶不高，却有点滑。秦川看了看身旁神情平静的詹知夏，忽然把雨伞递到右手上，然后用左手直接牵住了她的右手。

虽然猛地被人牵住，但是詹知夏的神情依旧平静，她不仅没有转头看秦川一眼，而且也没有受到惊吓要把手抽走的意思，略显紧张的秦川这才松了口气，侧过头看了看她，心中忍不住一阵狂喜。

此时此刻，秦川的心脏跳得飞快，周围的一切似乎都慢了下来，静得连詹知夏的呼吸声都听得清清楚楚，握住她的手，他能清楚地感受到她手掌温暖而柔软的触感。

这时，詹知夏的一缕柔顺的头发划过秦川的脸庞，那一瞬间他全身像是有电流流过一样，他抓住她的手定在了那里。

紧接着，秦川准备拥抱詹知夏，没想到一直沉默的詹知夏突然开了口："你不要得寸进尺。"

詹知夏的话犹如一盆冷水，让秦川整个人都凉了，但是她依旧没有抽走右手。秦川想了想，轻轻把手换了个姿势，改为手指相交紧扣，她也没说什么。

这一刻，秦川只觉天气似乎瞬间放晴，整个白浮泉的花都盛开了，他激动得不能自已。

第 / 40 / 章

追 求

经过上次下雨天的牵手事件，詹知夏和秦川的关系得以更进一步，不过也仅限于牵手，毕竟两人分开已有三年之久，而再次见面也是抱着复合并走向婚姻的目的相处，因此没有那种小年轻情侣多年不见再复合的激情澎湃，詹知夏需要更多的时间来理清自己的思绪，确认自己的内心。

在之后的一段日子里，詹知夏白天在公司工作，晚上则回到白浮泉在秦川的身边工作，渐渐地，策划方案终于有了雏形。

这周末，两人终于有时间放松休息一下。

詹知夏每天开会，与人讨论，写策划方案，很是劳心，而秦川每天早起接送她上下班，则是劳力，两人都不轻松。因此周末的第一天，两人都决定先睡个一整天再说，至于第二天，两人约好了去天津玩一天，权当是重温过去。

周日早晨九点，两人来到北京南站，等到拿身份证过安检的时候，詹知夏忽然想起了什么似的，道："之前我在天津时总觉得有人在跟着我，不会是你吧？"

秦川闻言，面色平静地点点头："是我啊，不过我事前真的不知道怎么会那么巧，走哪儿都能跟你擦肩而过，我也一直觉得看到了熟悉的身影，直到我站在"天津之眼"上，才彻底看清楚那是你。后来在起士林的时候，又遇到你一次……然后……其实我还跟你坐了同一趟城铁回北京，同一节车厢……"

詹知夏闻言后沉默了片刻，一时间也不知道该说什么，好一会儿才转过头深深地看了一眼秦川。对此，秦川只好讪讪地一笑。

不多时，两人过了检票口，上了城铁，坐在各自的座位上。

再一次坐在城铁上，秦川有种恍如隔世的感觉，不久前他还只能躲在詹知夏后面的座位上，远远地偷偷地看着她，现在却可以跟她坐在一起、前往天津，而且订下的民宿正是两人许多年前住过的那一家。

秦川转头望着詹知夏的侧脸，脑海中思绪纷飞。他跟她第一次去天津的时候是冬天，尚未确定关系的两人还处于暧昧期，跟现在有些相似，可以牵手，可以有一些肢体接触，却止于拥抱接吻和更深层次的接触。

两人关系的质变，始于第一次同居的晚上。

关于那晚，秦川已经记不太清楚了，也不知道为什么，各自睡一张床的两人，最后居然玩玩闹闹地将两张床给拼了起来，然后睡到了一张床上，那一晚两人相拥而眠，之后关系自然是水到渠成。

秦川希望这一次去天津，也可以如上次一样，得到一个美好的结果。只是，这次自己晚上再装怕冷估计不太奏效，毕竟现在是夏天，秦川在思考该怎么办。

随着秦川的思考，城铁也终于缓缓停在了天津站，两人皆是轻装而来，詹知夏带了个小背包，秦川则是什么都没带，反正他又不化妆，民宿里该有的都有，衣物明天回家再换洗。

没有行李，两人决定直接先去游玩，游玩的景点依旧如当初一样。

五大道、滨江道、意式风情街等地方他们以前都去过，在重温这些景点的时候，两人也时不时说起一些以前的故事，脸上堆满了笑容，显然是真正觉得有趣，而不是在悼念过往。

中午两人去了曾经吃过的饭店吃饭，晚上又去坐了“天津之眼”，这才回到预订的民宿。

在此之前，两人的相处几乎与一般情侣无二，可是当两人回到民宿的时候，气氛却又变得尴尬起来。

走进民宿，秦川左看看、右看看，都不知道自己该坐在床上还是沙发上，不知道该站着还是坐着，不知道外套是脱还是不脱，整个人都有些无所适从，倒是詹知夏神色比较坦然，直接坐在床上邀请秦川跟她玩玩手游。

詹知夏不是一个爱玩游戏的人，但自从当初秦川将她拖入了手游的坑后，直到现在她也没出坑，不过这也是她自己不愿意出坑，不然每天除了工作之外就什么消遣都没有了，那该多无聊啊。

秦川答应后，便跟詹知夏一起玩游戏，玩游戏的时光总是愉快而短暂的，转眼之间便已经是十点多钟，因为两人要赶明天早晨七点多的城铁回北京上班，所以需要早睡。

打完游戏，詹知夏便从自己的背包里面取出洗漱袋到洗漱间去洗漱，秦川则是躺在自己那张床上，内心非常纠结。他不知道待会儿该怎么办。

直接跟她说可不可以一起睡？感觉不太好！和第一次一样，熬着夜不睡觉，然后提出来？也不太好，毕竟两人都是成年人了，明天又要上班，主要是詹知夏的工作也挺忙，不能这样。直接摊牌跟她细说？也不太好。

秦川猛地倒在被子上，用被子盖住自己的脸，他几乎要疯了，最后也懒得再想那么多，拿起手机“刷”起朋友圈来。

另一边，浴室里面的詹知夏心情也非常复杂，脸上有些不自然的潮红，也不知道是被浴室里面的雾气熏的，还是本身就有些红。

随着这些日子以来跟秦川的相处，詹知夏像是他的新朋友一样，感觉到了他的改变。首先他变得成熟了许多，这大概是因为年纪大了些，也经历了一些事情；其次感觉他不像以前那么容易生气了，这一点詹知夏暂时不敢太肯定，毕竟两人现在尚未复合，这种情况下，秦川自然不会跟她发脾气。

从他目前的工作状态来看，他似乎也不那么向往自由的生活了，当然，也许他依旧向往，只是用了一段时间来旅游后，他肯定也改变了许多。

事业上，詹知夏说不太好。

诸如此类，詹知夏觉得，三年来，秦川真的改变了许多，至少比三年前要好许多，而且，他们最大的障碍也已被她自己解决，那就是异地恋的问题以及以后假如结婚定居方面的问题。

三年的时间过去，詹知夏已经想通了，她没办法委屈自己，她只能嫁给自己爱的人，而不是一个离家近的人。她的父母也想通了，与其将女儿束缚在杭州，不如放手让她去追逐自己的爱情。

因此，当詹知夏在心中产生跟秦川复合这一念头的时候，她便做好了下半辈子都留在北京的打算，那么，自己到底在犹豫些什么呢？她的面色愈发红了。

不一会儿，詹知夏洗漱完走出浴室，秦川正坐在床头玩手机，他听到声音，便不由自主地抬起头，看到她穿着纤薄的睡衣走了出来，微湿的发丝搭在她的脖颈肩头，有水滴从她脖子上滑落，整个人透露出一股让他无法抗拒的魅力气息。

秦川呆呆地看了一会儿后，猛地冲入浴室，飞快地冲了个凉，否则的话他真怕自己做出什么不该做的事。

等秦川洗漱完从浴室里出来的时候，詹知夏已经躺在床上，正拿着一本跟白浮泉相关的资料书在看。

听到秦川走出来的声音，她抬头看了他一眼，便迅速将目光收了回去。

秦川从浴室出来后，转头看向詹知夏，问了句："关灯吗？"

"关吧。"詹知夏应道。

秦川关了灯，快步走到床边，把衣物褪下，钻进了被子。

躺在床上后，房间便归于寂静，只听得见两人都有些加快的呼吸。

大约过了两三分钟。秦川终于忍不住了，道："这段时间的相处，你觉得我现在怎么样，还像以前一样幼稚吗？"

"嗯，有些地方还像以前一样幼稚。"詹知夏的话让秦川的心一沉，但紧跟着她又道，"不过是我喜欢的幼稚。"

"那其他的呢？"秦川大喜过望。

"改了许多，而且我看得出来，你的改变不单单是为了我，这很好，我不想你因为我改变太多，即便原来那些东西我不喜欢。"詹知夏的语气很认真。

"嗯……"秦川听完点了点头，他跟詹知夏的想法一样，即便是喜欢的人，他其实也不希望对方因为他改变太多，还是要保持自我。

“那你觉得，我们现在复合……可以吗？”秦川问道。

“本来是可以了，但……”詹知夏刚想说些什么，却忽然被秦川打断了，他道：“其实我想跟你说这件事很久了，这三年来我一直都挺后悔的，当年我就不该答应和你分手，我应该和你去杭州的，没有了你，我觉得留在北京一点意义都没有。”

“你这么说，不怕你爸妈揍你？”詹知夏闻言，笑了笑。

“他们可比我潇洒多了。”秦川道，“他们再过两三年也要退休了，不过他们现在已经开始计划退休后的生活了，我看了，计划里没有我，这样挺好的，哈哈。”

“叔叔阿姨倒是玩得开。”詹知夏笑了笑。

“所以这次机会来了，我不准备再放手，我不希望跟你分开，也不希望跟你异地，所以如果你坚持要在杭州定居的话，我可以陪你去，反正现在杭州到北京这么近这么方便，常往来就行了。”秦川似乎已经打定了主意。

秦川的话，让詹知夏沉默了许久。

早在此之前，她也决定了如果复合就陪秦川在北京定居，所以她知道这是一个多么艰难的抉择，更何况北京和杭州两座城市的发达程度不同，潜力与机遇都不可相提并论，因此秦川真的是付出了很多。

詹知夏颇为感动，她原本是想将自己愿意为了他留在北京这件事告诉他，想了想后，却没有说出口，而是道：“你刚才还没听我把话说完呢。”

“啊？你刚才要说什么？你说吧。”秦川愣了一下，道。

“我说，本来是可以了，但是我仔细想了想，觉得当初你追我的时候，我实在是太不矜持了，根本没有享受到被追求和被表白的那种感觉，我想重新体验一下。”詹知夏说话的时候，脸颊微红。

只可惜屋子里一片漆黑，秦川什么都看不见，不过此时的他可谓是欣喜若狂。

因为詹知夏说出那句话的时候，几乎等同于答应了跟他复合，只不过是想跟他玩点小花样而已。

秦川怎么可能不答应？他当即便飞快点头，道：“好！”

第 / 41 / 章

首推

秦川、知夏两人将事情说开后，尴尬的气氛顿时缓和了不少，心情轻松的秦川，也终于彻底放下心来，跟詹知夏聊起两人第一次在这里共处一室的事来。

那时的两人真的是年轻纯洁不懂事，互相抱在一起一晚上，居然什么都没发生。后来秦川跟朋友说起这件事，不止一次遭受到他们的嘲笑。然而詹知夏听完却笑了，道："那天晚上你抱着我，我感觉你的身体僵硬得简直就像一块石头，一整个晚上你的姿势几乎都没怎么变过，我猜你那天晚上都没怎么睡着吧？"

"差不多吧……"秦川简直想捂脸，那种情况下他岂能轻而易举地睡着？

"嗯……第二天早晨起来，我感觉到你的双臂，倾听着你的呼吸，真的觉得非常有安全感，讲真的，那天晚上如果你对我做了什么，我对你的印象分绝对要减个二三十分。"詹知夏道。

"幸好幸好。"秦川为自己感到庆幸。

"你还记得我们的初吻吗？"秦川忽然道。

"你说的是哪次？"詹知夏道，"从天津回去，在宿舍楼下分开那一次吗？"

"不是……那也算初吻吗？"秦川觉得那次还算不上是真正意义上的初吻。

从天津回去那天，他送詹知夏到宿舍楼下，犹豫着将想了一路的请求说给她听。

“我可以亲你一下吗？”

现在回想起来，秦川都觉得那时候的自己很傻，干吗要问，那种情况下直接亲不就完了吗？更绝的是，秦川问完，詹知夏答应后，他居然只亲了一下她的额头就掉头跑了。每次一想到这事，秦川都觉得当时的自己真是傻得可爱，而事实上在詹知夏的眼中，他也的确是傻得可爱，如果不是这样的话，估计她也不会喜欢上他。

两人真正意义上的初吻，是从天津回到北京的第一个周三，两人从图书馆学习完回宿舍的时候，在宿舍门口不远处的林间告别，那一次秦川没有问，而是直接吻住了詹知夏的唇，后来秦川得到的反馈是詹知夏说当时被惊吓到了，因为她没想到两人发展的进度可以这么快。

说起来，两人当初在一起的过程，的确是有些奇怪。

两人是先牵手，同床，然后吻额头，接吻，完全不是正常的恋爱顺序。现在想起来，詹知夏依旧觉得有些怪，所以才想着，既然有机会，何不再体验一次被秦川追求的感觉？

两人聊着天，时间不知不觉地流逝，转眼已经是三点钟，两人却依旧不知疲惫，直到秦川看到时间被吓了一跳，忙跟詹知夏说睡觉睡觉，明天还得上班。两人现在毕竟不是学生了，不能像逃课一样不去上班，逃课的话凭两人的智商尚可补回那些知识，工作可是明天必须完成的。

停止交谈后，两人很快便陷入了沉沉的梦乡，但短短三小时后，两人便被闹钟吵醒，睡眼惺忪地爬起来，洗漱完毕后打车前往天津站。

一路上无论是走路还是坐车时，秦川都紧紧地牵着詹知夏的手不放开。

坐上城铁后，詹知夏想了想，对秦川道：“我睡一会儿。”

秦川闻言刚想对詹知夏说要不然靠在他的肩膀上睡，她便自然而然地靠上了他的肩膀，双手搂住他的左臂。那一瞬间，秦川觉得这三年来无论经历过什么都值了，只要她还在他身边。

片刻后，詹知夏睡熟了，秦川则悄悄取出手机，给两人自拍了一张，这是他们两人三年来的第一张合照。

回到北京后，两人去地下停车场取了车，然后秦川先送詹知夏去了公司，这才回到白浮泉去补觉。

秦川的工作较为轻松，詹知夏的工作却很繁忙。

来到公司后，立刻有几个同事找上她，跟她讨论策划方案的事。

讨论了一会儿后，一个叫刘青的女同事忽然小声对詹知夏道："你听说了吗？"

"听说什么？"詹知夏有点摸不着头脑。

"老板和总监都很喜欢咱们的方案，所以想把咱们的方案当作首推方案递交，把周杭他们项目组的方案当作备选。"刘青道。

"真的假的？"另外一个男同事惊讶地看了詹知夏一眼。

要知道詹知夏只是一个才入职的新人而已，老板真的这么看重她吗，还是说她的策划方案真的做得很好？

对，是她的，而不是他们的。

其实詹知夏项目组的人都知道，这个策划方案大部分的功劳都在詹知夏，他们只是打打下手，补充补充罢了。因为是政府项目，所以这个策划方案需要考虑很多政治因素，导致以他们的专业眼光，也看不出詹知夏和周杭两个项目组的策划方案具体哪个更好。

只能说詹知夏的策划方案不差，现在看来却不是那么回事儿。

几个同事听完都不禁有些激动，他们原本没将这次策划方案太当回事儿，毕竟是备选方案，主要还是推周杭他们的方案，但现在居然说他们的方案可以被首推，那样的话，他们岂不是有机会拿下最终的一等奖或者二等奖？

那他们项目组绝对可以获得一笔丰厚的奖金，大家只是想想便忍不住有些热血沸腾。

不过，冷静地思考过后，大家认为出现这种情况的可能性并不大，周杭毕竟是公司的老员工，算是为公司立下过汗马功劳，此前他的诸多项目也都在落实后得到了不错的评价，虽然詹知夏的策划方案很好，但她毕竟只是一个新员工。

可是，万一有可能呢？

几个同事都被这一消息给搅得心乱如麻。

詹知夏听完，面不改色，仿佛对这件事一点都不觉得惊讶，而事实也正是如此。詹知夏是一个完美主义者，做事就要做到最好，至于最终的结果，她已经努力过了，所以无论如何都能接受。

不过关于此次方案的最终结果，詹知夏的确有着一丝预感，毕竟她有秦川的帮忙，而秦川可以说是对白浮泉项目的领导心思揣摩得最到位的一个人了，因此有现在的结果，她并不意外。

说起完美主义，詹知夏觉得自己这一辈子，唯一做得不太完美的事就是跟初恋分手，然后又想跟初恋复合，就像是破镜重圆。

不过，她倒没觉得有任何的不适，仿佛这是理所当然的。

大概也只有他，才能享受这样的待遇了吧。

詹知夏在心中默默感慨一声，而后便继续修改起方案来。

十点多钟的时候，设计部的副总监黄安宇走出来通知詹知夏项目组的成员去开会。当听到通知时，大家都忍不住望向詹知夏，神情十分复杂，其中自然包括周杭。周杭的年纪在三十岁左右，身高一米七左右，长相平凡，此时从他的脸上什么也看不出来。

不一会儿，会议室内便坐满了设计师。

设计总监徐小舒坐在左手边第一的位置，副总监黄安宇则坐在她对面的位置上。

等人到齐后，徐小舒站起来，道："这次会议主要是想跟大家说一件事，昨晚我和黄总监以及公司的设计顾问刘院长仔细研究过你们的策划方案了，觉得非常符合项目的招标公示，只不过在细节方面还有一些欠缺，所以想跟你们讨论讨论，请你们各自说说看法，如果最终你们的策划方案合格的话，将会替代周杭他们项目组的方案，成为咱们公司的首推方案。"

徐小舒的话，无疑坐实了之前的传闻，因此话音未落那些设计师的目光已经全都落在了詹知夏的身上。

詹知夏却是神色平静，从容不迫。

“那接下来，就由知夏来给咱们讲解一下策划方案？”徐小舒道。

詹知夏也不含糊，直接走上前去，开始按照投影上的PPT讲解起来：“关于城市设计主题，我定为‘一泉贯出天下脉’，秉承习总书记系列重要讲话的精神，将总体理念定为‘一脉相承’，具体为‘山之脉相连、水之脉相通、林之脉共融、田之脉永续、村之脉延存、业之脉延展’……”

十五分钟后，大致的讲解结束，黄安宇和徐小舒两人也更精准地了解了詹知夏的一些想法，而根据这些想法，他们想到了一些问题。

两人稍作讨论后，徐小舒发言道：“我觉得白浮村的一心两轴三区多点的规划结构不够好，规划目标也不够明确，朝着‘减量更新、创新示范、产业振兴’的方向似乎要更好一些。另外，关于公园的规划设计上，虽然‘一泉一楼三庙、两山两水两村’的历史格局以及‘一泉连两山，一楼引三庙，一潭招百鸟，水渠连龙桥’的设想还不错，但总感觉哪里差了些东西，你们回去再仔细想想？”

“从现在开始，距离截止日期还有一个星期，一个星期之内，希望你们可以拿出一个更完善的、完美的方案来，一旦成功获奖，奖金肯定少不了你们的。”

徐小舒的话，让整个会议室的员工都精神振奋起来。

不一会儿，诸多员工散去，只留下詹知夏还在会议室，徐小舒走过来，看着詹知夏道：“你也别有太大的压力，你的能力摆在这里，这次不行，还有下次。”

“放心吧总监，我会努力的。”詹知夏的语气平淡，但信心十足。

第 / 42 / 章

愿望清单

下午两点。

秦川终于睡醒了，但是他不想睁眼，也不想起床，挣扎了一会儿后决定放弃，于是便静静地躺在床上，思索该怎么追女孩子。

詹知夏是秦川的初恋，也是他唯一的恋人，当初两人在一起，完全算不上谁追谁，而是自然而然，现在要秦川想办法再去追求詹知夏一次，着实有些为难他。

带她去看喜欢的电影，吃喜欢的美食，去她喜欢的地方？解决她工作上和生活中的烦恼？送她礼物？送她花？给她拍照？

秦川想了许多，感觉都不太对劲。

因为这些事实在是太平常了，而且有许多事两人以前经常做，现在再做，可能给不了她一点惊喜了。

惊喜？

秦川忽然睁开眼睛，而后猛地坐了起来，走到书架前取下一本笔记本，打开笔记本后，映入眼帘的是一行行娟秀的字迹。

“愿望清单。”

笔记本上从一到一百写下了许多大大小小的愿望，而无一例外的是，全都是两个人一起去完成的愿望，这是当初秦川和詹知夏恋爱时写的愿望清单，大学四年间完成了许多，但也不过百分之二三十而已。稍微浏览了一下愿望清单后，秦川便决定，之后追求詹知夏的方法，全都按照愿望清单里写的去做。

有了方法，便有了动力，翻身而起后，秦川便去做起准备来。

下午五点的时候，秦川照例开车去詹知夏的公司接她下班，在返回的路上，秦川听詹知夏说了公司内部决定的消息，大感惊喜。如果詹知夏的提案能过审，最终被选中成为规划方案，那就再好不过了，因为秦川作为白浮泉的管理者之一，这提案里也包含了一些他对白浮泉的期望。

如此一想，秦川也觉得动力十足，恨不得立刻回到白浮泉去帮詹知夏完善方案。

下班时间，路上有些堵，詹知夏和秦川两人又有了更多的时间来聊天。在聊天的过程中，秦川忽然道："你对养猫这件事，考虑得如何了？"

詹知夏没有想到秦川会突然问她这个，沉默了片刻后，她重重点头，道："我想好了，养！"

也正是在做出这一决定的瞬间，那压抑在詹知夏心中好多年的想养猫的念头，一下子便泉涌而出，她恨不得立刻买只猫回去养。

"从白浮泉挑吗，还是买？"秦川闻言，也颇为惊喜，问道。

"从白浮泉挑吧，领养代替购买。"詹知夏想了想，决定领养猫。

其实在很多年以前，詹知夏只喜欢布偶猫、矮脚猫那种又萌又可爱的猫。可是在之后的许多年，随着她对宠物界的了解越来越多，也知道了折耳猫、矮脚猫是怎么被培育出来的，因此她对于那些猫的偏好大大降低，现在即便是路边的野猫，她都有兴趣收养，白浮泉里面有的话，那自然更好。

一小时后，两人回到了白浮泉，但没有第一时间去选猫，因为明天仍然是工作日，现在即便选了也不能带回家，再加上猫咪需要的一些东西还没买齐，所以只能等到周末再说。

现在詹知夏的第一任务是将策划方案做出来，为了完成这一任务，詹知夏需要对白浮泉、白浮村等有更深的了解。

于是之后一直到晚上的时间，詹知夏都在白浮泉调研，心中也有了一些新想法。

之后的两三天时间里，詹知夏都是照常上班，下班后便回白浮泉调研，然后根据自己所得到的一些资料来修改提案，而在此期间，发生了一些让她感到意外的事情。

詹知夏第二天上班的时候，竟然有快递员送来了一束不大的满天星。

在看到那束满天星的时候，詹知夏立刻就猜出了是谁送的，因为知道她现在在哪里工作的人极少，而知道她喜欢满天星的人更是少之又少。

当詹知夏拿着满天星回办公室的时候，有同事觉得好奇，于是便随口问了句："男朋友送的吗？"

"不是，自己买来插着好看。"詹知夏笑了笑道。

她当然不能说是秦川送的，她毕竟才入职没多久，成为项目组组长本身就很高调了，再有个男朋友时常送花来，影响不太好。

收了花，詹知夏将其插在工位上，心情大好。

工作没多久，便到了中午。

詹知夏一般是十一点左右点外卖，这样的话外卖十二点左右就能到，不过今天十点多的时候，秦川就给詹知夏发来消息，让她以后不要点外卖了。

在看到秦川微信消息的时候，詹知夏还以为他准备每天做饭给她送来呢，但想了想又觉得不太可能，毕竟他家离她的公司实在是太远了。

其次她想的是他会找闪送送来，但想了想也觉得不太现实，因为他没有那么多闲钱，唯一的可能就是他会帮她订。

后来詹知夏问了他，得到的答案也的确如此。

"以前我们住在一起的时候，每天都在发愁吃什么，以后你不用发愁了，这三年里我找到了很多很多很多好吃的，我一个个点给你吃啊。"秦川道。

詹知夏看到这条消息后，颇为感动。

当年他们两人同居的时候，几乎把整个海淀区能吃的外卖全都吃了个遍，后来每天都在烦恼该吃什么，偶尔还会因为双方都说"随便你"而吵架，当然都只是小小的争吵罢了。秦川连这么细小的事情都想到了，不容易。

一整天的工作结束后，秦川照常去公司接詹知夏，不过这次他没有直接回白浮泉，而是去了昌平一家颇大的超市买东西，买完东西才决定回白浮泉。

回去的时候，秦川向詹知夏提了句要不要去文身，詹知夏闻言，转头看了秦川一眼，奇怪道：“你不是怕疼吗？”

当初他们在一起的时候，詹知夏一直想拉着秦川去文身，倒也不是要文那种很大的图案，而是想在脚踝或者手肘处文一些小图案。当时詹知夏一直很想在脚踝处文一只猫，想想都觉得很可爱。

詹知夏看着秦川，脑海中忽然灵光一闪，想起了什么似的道：“那本愿望清单，你没扔？”

“嗯。”秦川点了点头，当然不可能扔。

“我说呢……”詹知夏总算明白，为什么秦川会突然送她花，又给她点外卖，又是逛超市，竟然还要去文身，因为这全都是她当初写在愿望清单上面的事项。

“嘿嘿……”秦川只是傻笑。

“你不会是想全都做完吧？”詹知夏觉得不太可能。

“对。”秦川认真地点点头。

“你可想好了？那里面有一些事项，可得让你卖身呢。”詹知夏瞥了秦川一眼，道。

“想好了。”秦川的语气很坚定。

“那行，那你就做吧，另外你有空可以复制一份给我，里面还有不少是你的愿望。”詹知夏道。

“好。”秦川面露喜色，点了点头。

回到家中后，秦川忙着做饭，詹知夏则忙着工作，距离截止日期越来越近，她忙得不可开交。

“等我做完策划方案，也让你尝尝我的手艺。”詹知夏对秦川道。

“我做梦都期待着呢。”秦川笑道。

当初秦川把自己和詹知夏在一起的消息告诉父母后，他父母一度很担心他的饮食问题，因为詹知夏不会做饭，而秦川在上大学前其实也算是衣来伸手，饭来张口，最擅长的就是学习。父母担心他将来会吃苦，不过他倒是挺喜欢做饭，而且也乐在其中，只要不洗碗就行。

当初他们同居的时候，洗碗这项工作一直是詹知夏承包了，倒也说不上委屈了谁。

现在詹知夏也会做饭了，那实在是再好不过。

因为愿望清单里的许多事项都需要较长的时间去完成，所以秦川倒也不着急，而是先全力辅助詹知夏的工作。

明天是截止日期的前一天，也是确定詹知夏和周杭两人谁的提案将会被首推的日子。提案已经在今天下班前提交给了设计总监徐小舒，她明天会让设计师们全去会议室开会，听詹知夏和周杭分别阐述各自的规划设计理念。

虽然明天是一个重大的日子，詹知夏却感到很轻松，因为最困难的工作已经做完了，甚至这天晚上她还和秦川去了电影院。

去电影院不算什么，不过放映的影片是恐怖片。

詹知夏很害怕看恐怖片，但她又想看，因此当初她的愿望清单上写了这一项。秦川想，哪怕是坑蒙拐骗，也一定要带她进电影院去看一次恐怖片。不过这一次，倒是詹知夏主动要求的。

还没进电影院，秦川就能感受到詹知夏的紧张，她的双手紧紧地搂着他的手臂，脸几乎要贴在他的肩上。这一刻，秦川颇为感慨，怪不得大部分男生在追女孩子的时候都想带女孩子去电影院里面看恐怖片，这简直是天赐良机呀。

不过秦川很快就感到绝望了。

因为詹知夏的反应实在是太大了，整场电影她几乎是用双手捂住眼睛在看，虽然没有尖叫，但是捏得秦川的手都红了，爆米花也被打翻在地，让秦川哭笑不得，既痛苦又乐在其中。

第 / 4 3 / 章

来 日 方 长

第二天。

詹知夏神色如常地坐在副驾驶座上，仿佛昨晚在电影院上演的一切都没发生过，秦川却将她昨晚的表现深深地记在心中，再也不打算和她去看恐怖电影了。

一个小时后，秦川将詹知夏送到公司楼下，在她下车前转头望向她，道："加油。"

"放心。"詹知夏朝他笑了笑，让他安心。

詹知夏刚走进公司，便觉得气氛略为诡异，特别是詹知夏和周杭两个项目组的员工之间，更是有种紧绷对立的气势，不过不是像生死仇敌一样对立，只是有些不服气。

毕竟詹知夏只是一个才入公司没多久的新人，做白浮泉规划改造策划的时间也比他们要短得多，凭什么她的策划方案会更合适，他们搞不懂。有些员工甚至私底下揣测过詹知夏的来历，认为她可能是公司老板的什么亲戚。不过今天公司的部门会议倒是给了他们一个机会，让他们可以好好见识一下她的策划方案。

周杭和詹知夏的项目组组员很多，设计师都是各五人，总共十人，再加上设计部的总监和副总监以及公司的设计顾问等人一起开会。设计顾问是国内一个知名规划设计院的副院长，姓刘，看上去应该有六十来岁的样子，比较严肃，坐在那里不太说话。

与会人员到齐后，徐小舒丝毫也没有磨叽，直接让周杭先上台阐述一下自己的设计理念、思路以及一些具体的方案。

周杭上台后，先打开了PPT演示文稿，随后便开始讲解："白浮泉是古代水利科技发展的先锋，是中国大运河的文化源头。古代亦有记载白浮泉的辉煌功绩，因此修复白浮泉遗址公园不仅意义重大，还是弘扬优秀传统文化，振奋中华民族精神的壮举，这个项目也与党的十九大精神的基本要义不谋而合。根据中国的《说文解字》，'源'本有'水流所处的地方'与'事物的根由'之意，我们决定命名改造后的白浮泉遗址公园为'源园'，冀望借此为追溯源头，更以此为骄傲，发扬并延续古代文化科技的探索和创新精神，传承历史、展望未来。"

他一边讲解，一边展示PPT，PPT的内容极其丰富，包括了具体的设计理念。

"京密引水渠文化景观带的概念规划，结合京密引水渠周边的基底、自然景观及文化特色，打造三个分区：休闲乐活区、生态野趣区、文化绿廊区。

"白浮泉遗址公园的规划设计上，以承载复兴历史白浮泉为使命，着力打造一个充满活力且富庶的城市新空间。规划不仅仅需要弘扬传统的昌平文化，承载'走出去、引进来'的重要使命，更希望能成为昌平发扬科技文化的桥头堡，通过源园的设计为城市注入创新的文化活力……

"愿景目标为：溯千年运河之源，谱今夕文化新篇。白浮村的规划设计上，本次方案的主要特点为：尊重、疏解、有机、更新、延续……"

周杭在台上足足说了二十多分钟，才终于朝众人鞠了个躬，道："我的阐述完了。"

说完，周杭便回到自己的座位上坐下，台下的同事们也没有鼓掌，无论是总监、副总监，还是设计院的副院长，都只是低下头写了些东西。

紧跟着是詹知夏上台阐述。

詹知夏上台后，望向下方的众人，也不怯场，信心十足地侃侃而谈。

"我们的城市设计主题为'一泉贯出天下脉'……

"空间上形成'一带、两段、三核、多点'的整体布局……

“京密引水渠文化景观体系包括三层：一河十泉十二闸、九遗十庙十四村、两路四景十六园。

“总体定位为‘世界文化遗产、运河文化旅游目的地’……

“村庄规划设计基于‘背倚龙凤面林田、遥望京城护神泉’的理念，形成‘一脉复合、多道成网、绿环守边’的结构布局……”

詹知夏讲完后，徐小舒、黄安宇以及刘院长三人又向詹知夏提了几个问题，最终先让众人出去，然后由他们三人讨论、确定最终首推的方案。

不多时，黄安宇便通知众人回到会议室。

徐小舒也不耽误大家的时间，直接将讨论结果公布了：“我们最终决定，首推詹知夏的方案，周杭的方案作为备选。周杭啊，你也不要因为詹知夏是新来的就觉得不服气。这次的策划方案，她的确做得比你好，刚才我们的问答你也听见了，她考虑了很多你我都考虑不到的细节。我听说这段时间她一直都住在白浮泉那边，每天上百公里的往返，我想想都觉得累，她努力的结果是显而易见的。

“另外，虽然我们选定詹知夏的方案作为首推方案，但最终主办方会选定哪个还不一定，你也别太灰心。”

之后刘院长和黄安宇也说了几句话，便宣布散会。领导们走后，会议室立马变得喧闹起来。

大家都在议论。

詹知夏的项目组组员自是欣喜无比，而周杭的项目组组员则有些消沉，不过他们刚才听完了詹知夏的讲解后，也知道她是真的有能力，而不是有什么背景或靠山。只是他们不会清楚，为什么一个杭州人会对大运河北京段的源头了解得如此之细致。

会议结束后，周杭项目组的一个组员实在是忍不住，将心中的疑惑问了出来。

詹知夏倒也没隐瞒，直接道：“我男朋友是昌平人，现在就在白浮泉工作，他对白浮泉非常了解，所以给了我许多宝贵的建议，我能做出这份策划方案，有他一半的功劳。”

闻言，全场同事皆恍然大悟，特别是周杭项目组的组员们，纷纷感叹输得不冤。

会议结束后，詹知夏坐在自己的位置上，给秦川发去消息："会议结束了，我们的方案被列为首推。"

"可以可以，那要不要庆祝庆祝？"秦川听了并不感觉惊讶，仿佛一切都是理所当然。

"庆祝啥，虽然方案被列为首推，但最终会不会被主办方选中还不好说。我听说有二十多家设计院都提交了自己的方案，而且不止国内的，国外的也有三家。"詹知夏倒是没有沾沾自喜。

"我对你的方案有信心，再说了，你已经在公司内部赢了，值得庆祝，绝对值得庆祝。"秦川道。

"行吧，那你说，你想怎么庆祝？"詹知夏道。

"你这段时间也累坏了，我们去外地玩玩吧，周五出去，周一回，请一天假？"秦川想了想道。

"嗯……也行，那去哪儿？"詹知夏问。

"没想好呢，还有好几天呢，再说呗。"秦川道。

"好，不过今天晚上我想去鬼屋。"詹知夏道。

"你说什么？！"秦川目瞪口呆。

"鬼屋。"詹知夏面不改色地道。

"你再说一遍。"秦川几近无言。

"鬼屋。"

好一会儿后，秦川才回复："你还上瘾了？行，我帮你查查吧。"

"好。"詹知夏说完，便继续去工作了。

另一边，秦川开始给詹知夏找寻合适的鬼屋，找来找去也没找到合适的，倒是有一个行尸走肉的真人展正在进行，类似于密室逃脱一类，于是秦川便订好票准备晚上带她去。

下午，秦川接到詹知夏后，便开车前往行尸走肉的真人展。

毫无疑问，今天的场面比昨天更加惨烈，好在詹知夏比较克制，没有动手殴打工作人员，只是把秦川的手捏得通红，而且非常倒霉地弄丢了手机。

更重要的是，詹知夏的身份证一直都夹在手机壳里。

“这么多年了，你是真的一点都没变。”秦川一边开车，一边转头去看满脸委屈，正在摆弄新手机的詹知夏。

不知为何，詹知夏老是会弄丢东西，特别是手机。

大学时她一共弄丢了三部手机，第一次是两人在三里屯逛街时，被人从兜里偷了去，第二次是坐车的时候躺在他腿上睡觉，下车时忘记拿了，第三次则是下课时忘在了教室。

还有前段时间詹知夏在旅游期间，也弄丢了一部手机，那手机才用了不到一个月。

詹知夏仿佛没有听到秦川的话一样，因为她也不知道该说些什么好，丢手机仿佛是她生命中的魔咒。

“突然想起来，周五我们也甭去别的地方了，回趟杭州吧？”詹知夏忽然提议道。

“嗯？”秦川一时间没搞明白。

“回去办身份证，顺便……顺便想让你跟我一起再走走大运河那条线。”詹知夏道，“虽然之前一个人走过了，但是总觉得不太完满。”

“也行，只是，两三天也不够啊。”秦川应道。

“没事，先去几个重要的城市，其他的慢慢来，反正，来日方长。”詹知夏笑道。

“也对，来日方长。”秦川闻言愣了一下，而后笑道。

在回白浮泉的路上，詹知夏收到了设计总监徐小舒发来的消息，说已经将她的方案提交上去了，截至目前，一共有二十七家国内外设计院参与征集活动，最终方案将在内部遴选后，经过一段时间的展览、讨论后再确定。

两个月内应该能出结果，到时候若确定入选，她还需要配合修改，有得忙。

秦川听詹知夏说完后，点了点头：“这类工作是这样的，后续也会有些烦琐。”

“不过你会帮我的，对吧？”詹知夏朝秦川笑了笑，问道。

“不帮你帮谁？”秦川笑了。

第 / 44 / 章

告白

周五。

下午六点钟，太阳已经西沉，夕阳的余晖洒落而下，詹知夏和秦川两人在公司碰面后，便打车前往北京南站，而后前往他们这次短期旅途的第一站，聊城。

詹知夏想再去看看聊城的红枫。

在火车上，秦川问詹知夏为什么要和他一起再走一次大运河沿线。

詹知夏不假思索地道："我只是觉得，我们的缘分都是被它串联起来的，所以想跟你再走一次。"

秦川闻言点了点头。

"另外，我也想听你亲口给我解释解释，你做的每一件事的含义。"

詹知夏说出这句话的时候，不知为何，秦川居然感受到了一股寒意，他立刻努力回想自己之前有没有在哪些地方留下什么不当的言论。

看着秦川惶恐地陷入沉思，詹知夏有点忍不住想笑，当即用双手搂住他的右臂，靠在他的肩膀上睡去。

感受到詹知夏平稳的呼吸，秦川幸福地笑了。他从小到大都很难在交通工具上睡着，而是喜欢观看窗外不断变换的风景，而詹知夏却可以在任何情况下睡着，特别是有他在身旁的时候。秦川很喜欢这一点，更欣慰的是三年过去了，这一点她并没有改变。

北京到聊城没有高铁，只有火车，耗时三个半小时左右。等两人抵达聊城的时候已经是晚上十点钟了，虽然睡了一路，但詹知夏依旧困得不行，下了车后睡眼蒙眬地跟在秦川的后面，坐上一辆提前约好的网约车前往酒店。

到酒店后，詹知夏反而不困了，于是洗漱完后便躺在床上跟秦川聊起天来。

“好了，既然已经到聊城了，现在咱们可以聊聊了。”詹知夏率先开口。

“聊吧。”听着詹知夏那近似审问的口吻，秦川仿佛已经认命，道。

“还要我问？”詹知夏瞥了秦川一眼。

“不需要吗？”秦川话音未落，便被詹知夏瞪了一眼，于是只能继续“招供”，“当时我来这里出差，评估景点开发的可能性，然后想到了我们之间的感情……再然后就即兴发挥了一下，没想到王琦真给力，竟然造出来了……”

“很有想法嘛，拿太阳当戒指？”詹知夏似笑非笑地道。

“那可不。”秦川笑道。

“那时间胶囊里，你放了什么？”詹知夏问道。

“我不是说了吗，你随时都可以拆开来看啊。”秦川注视着詹知夏的眼睛。

“我想让你拆开告诉我。”詹知夏对秦川道。

“我拒绝。”秦川不想妥协。

“是戒指吗？”詹知夏眯着眼睛问道。

“不知道。”秦川的心仿佛停跳了一拍，但面色依旧如常。

“现在不说不要紧，但以后若让我知道了真的是戒指，我就要好好问问你，为什么要把戒指埋掉，是埋葬爱情的意思吗，还是怎么着？”詹知夏盯着秦川的眼睛。

秦川被詹知夏紧盯着，心里非常委屈，当初说分手的明明是詹知夏，后来他好不容易在某一个时间段将她放下了，然后把戒指埋在了红枫林中，那可是两人分手期间的事，就算是真的，詹知夏也不能怪他吧？

秦川知道，如果他这么跟詹知夏说的话，她肯定会不开心，毕竟在某些时候女人可是不讲道理的。

不过，秦川倒也不怕露馅儿，因为他早就想好了解释。

埋掉戒指，可以说是埋葬爱情，也可以说是将惊喜埋在那里，等将来有一天两人在红枫山看日落时，拿出来求婚用的呀。

这种事，不是他解释成什么就是什么吗?

就在秦川思考的时候，詹知夏看了他好一会儿，才收回目光，道：“还有很多问题呢，你可要想好该怎么回答。”

此时的詹知夏，有点在耍脾气的意思，但秦川喜欢她这样，因为对他有脾气，意味着她在意他这三年来的所作所为，意味着她在乎他。

想到这里，秦川心中美滋滋的，同时又有些苦恼，之后的几站，他该怎么解释?

一觉睡醒后，已经是第二天早晨七点。大概八点的时候，昨天晚上收到秦川微信消息的王琦来了。

王琦一见到詹知夏，立刻低眉顺眼地叫了一句：“嫂子好。”

虽然不是第一次有人这么叫詹知夏，她却是第一次被喊得面红耳赤，因为时间不同，当年她读大学的时候被人叫“嫂子”，大家也只是叫叫而已，最后会不会真的成为“嫂子”，还说不好。

但现在情况不一样了，詹知夏已经二十五岁了，现在被人叫作“嫂子”，可能真的会成为“嫂子”，毕竟她现在是奔着结婚的目的在考虑和秦川复合的事。

听到王琦喊自己嫂子，詹知夏既没答应，也没忙着否定，而是假装没听见。

之后王琦便嘻嘻哈哈的不再提这件事，带着詹知夏和秦川两人一起下楼，这边的詹知夏羞得不行，另一边的秦川则笑得嘴都合不拢。

王琦是本地人，熟门熟路，开着车很快便到了红枫山，一路上王琦和秦川都在叙旧，说的无非是秦川重新追回詹知夏的事，与此同时，两人也没忘记给詹知夏当导游，告诉了她红枫山的建造理念和具体内涵等。

这也是詹知夏想走这一趟的目的，她就是想听秦川亲口讲述他为她做的这些事。

红枫山虽然很大，但都是一眼可以看尽的风景，因此两人没待多久便返回了聊城，在王琦的招待下吃了顿饭后，便起程前往下一站盱眙。

秦川本来想去台儿庄，但因为时间不够充裕，只能暂时放弃。

盱眙是詹知夏想去的地方，因为那是秦川替她去支教的地方，不过在此之前，盱眙只有他一个人的痕迹，现在她希望在那里留下属于他们两个人的痕迹。

秦川再次回到安富村的时候，没有惊动任何人。他跟詹知夏细致地说了一些他当初在这里支教的故事，带她去了某些地方。在秦川的讲解下，詹知夏像是跟他一起经历了那段时光一样。

詹知夏和秦川并没有在安富村过夜，待了几个小时后，便出发直接前往杭州，办正事要紧，后天两人都还要上班。

在去杭州的路上，詹知夏忽然跟秦川讲起“龙泉号”来。

之前詹知夏在镇江找到了“龙泉号”，将其修复后继续让它顺流而下，经过一段时间的漂流后，它又被不少关心此事的人发现，而后得到了帮助，却在临近杭州的嘉兴再次失去信号。

不过詹知夏和秦川都没有再去找寻“龙泉号”的想法，因为在两人看来，它已经完成了它最重要的使命。

只是……

詹知夏的内心深处其实对“龙泉号”内的那封信，还有被秦川埋葬在枫树下的时间胶囊都非常好奇。她猜测，无论是时间胶囊也好，那封信也罢，应该都是某个时间段的秦川在对过去告别，也正是因此，她才不敢去看。

十一点钟的时候，两人终于来到了杭州站。

这是秦川时隔多年再次来到杭州，上一次来还是四年多以前两人仍在恋爱时，现在……秦川转头看了一眼詹知夏，心想他们现在也应该算是在谈恋爱吧。

“你要跟我一起吗？”从火车站出来后，詹知夏再次邀请道。

“不用了。”秦川飞快摇着头。

“真的不？”詹知夏又问道。

“下次吧下次吧……这次风尘仆仆地来，什么都没带，而且，我还没跟你‘告白’呢。”秦川居然觉得有点不好意思。

“那好吧，是你说的哦，不是我不邀请你。”詹知夏笑了笑。

“嗯嗯嗯。”秦川忙点头。

他说完后没多久，詹知夏预约的网约车便到了，紧跟着她便独自乘车回家，秦川则将行李寄存在火车站后，一个人四处闲逛去了。

毫无疑问，刚才詹知夏的邀请是让秦川去她家见父母，但秦川知道，詹知夏只是在逗他，他若真答应了詹知夏也不会愿意的。其实秦川内心深处真的有点想去见她父母，跟她父母好好说一下关于杭州和北京距离的问题。

都已经21世纪了，距离真的不再是问题。

北京到杭州往返一次不到十个小时，一天可以往返两次，詹知夏的父母想见女儿了随时都可以去北京，即便他们真的不想把女儿远嫁，没关系，为了爱情，秦川觉得自己可以适应南方的潮湿天气。

不过秦川仔细想了想，觉得还不是时候。

因为詹知夏是一个非常注重仪式感的人，她之前说她想再体验一次被秦川追求的感觉，那么秦川就要认真做好这件事，完成愿望清单里的大部分内容，主要是那最重要的一个部分，即“告白”。

当然这次“告白”就不能只是简简单单的告白了，得是求婚。

以求婚的方式来结束两人三年来分手的状态，秦川觉得非常有意义，他必须要做好。

詹知夏去派出所补办了身份证，接着回家跟父母一起吃了顿饭又拿了点东西，便准备跟秦川一起回北京。

第 / 4 5 / 章

方 案 展

时间如流水，转眼已是年底。

十二月的北京，北风呼啸，刮在人脸上像刀割似的疼。人们呼吸时，只觉空气冷得像冰。

此时距离秦川与詹知夏两人上次回杭州已有几个月之久，在此期间，秦川在白浮泉继续进行着管理工作，同时利用自己在网上的影响力售卖周边产品，扩大白浮泉的知名度；詹知夏则加入了其他项目组，展现出超乎寻常的工作能力，渐渐在公司站稳了脚跟。

由于两人隔得比较远，詹知夏的工作也比较忙，因此两人见面的机会，自然也比詹知夏刚来到北京那段时间要少得多，几乎只有非工作日才能出去约会。

见面次数少，不代表两人的感情便会变淡，事实上，他们每天都会将很大一部分时间投入与对方的聊天当中，有两天甚至已经恢复到了大学热恋时期的状态，互相都不愿意挂断电话，还将手机放在枕头边睡觉。

总体来说，对于这样的进度，詹知夏和秦川都感到很满意。

一大早。

裹得像头熊似的詹知夏来到公司，而后飞快脱下厚重的羽绒服，只留一件淡蓝色的卫衣。即便如此，她也热出了汗，不得不卷起袖子。

不多时，众多同事也来到了公司，纷纷打起招呼聊起天来。

这几个月的时间里，公司的同事也都知道了詹知夏有一个自大学便开始谈的男朋友，因此在短暂的哀怨、叹息后，男同事们迅速调整了心态，将詹知夏当作一个普通同事来对待。

詹知夏也乐得如此。

十点整，正式的工作时间到来，大家也立刻投入工作当中，不再闲聊。直到十一点半的时候，设计总监徐小舒忽然满面笑意地走过来，拍了拍手掌，吸引了整个办公室员工的注意。

詹知夏也抬头向徐小舒望去，与此同时，徐小舒也转头望向了她，“啪啪啪”地鼓起掌来：“让我们以热烈的掌声恭喜知夏做出的‘白浮泉遗址公园规划设计方案’，经过兴昌公司和昌平区规划分局的资格预审和专家评审，成功入围终审。”

话音刚落，办公室立刻响起了激烈的掌声，其中以詹知夏的项目组成员最为激动。

大家都知道能入围终审的方案只有五份，这也就意味着，他们的方案有极大的可能性会拿下一等奖或者二等奖，他们怎能不心潮澎湃？

其他同事则惊叹于詹知夏的个人能力，要知道这次的方案征集，可是有二十多家国内外的设计院所和公司参与，想要进入终审，难度非常大。

掌声渐渐停息。徐小舒让众多员工继续工作，并叫詹知夏到她办公室去一趟，詹知夏自是依言而行。

詹知夏落座后，徐小舒便对她道：“过几天，区规划分局准备组织入围单位现场勘探，开启具体的方案设计工作，同时会在白浮泉遗址公园内展出入选的五份作品。规划设计方案布展工作完成后，区规划分局会组织相关乡镇、街道、各部委办局开展中期规划方案评审，对设计单位的阶段成果提出意见或建议，再之后，区政府相关领导也会陆续前往，参观指导，直至最后遴选出设计方案的一、二等奖。”

这是詹知夏第一次做政府项目，因此在徐小舒说完那番话后，她感觉有些头疼，徐小舒也看出了她的想法，于是笑了笑，道：“听起来似乎很麻烦，做起来却很简单。之后的一段时间，你就跟咱们公司的员工，一起先去白浮泉遗址公园布展，布展结束后在那里待一段时间，如果有领导去参观指导，你给他们讲解清楚就行。至于你其他项目组的工作，可以暂且先放放，实在有放不下的工作，就在那边完成。”

“好。”詹知夏一听到具体的工作内容，立刻点头答应。

“好，那你这两天回去收拾一下，准备准备，我会通知你具体的时间。”徐小舒道。

“好。”詹知夏表面上很平静，心里却非常高兴，她刚坐在自己的工位上，便给秦川发去消息。

“刚才总监跟我说，要我出差一个月。”

“啊？”秦川看到詹知夏发来的消息，顿感失落，“去哪儿？”

“白浮泉。”詹知夏回复道。

“哪里？！”秦川一时间没反应过来。

“说是要在白浮泉遗址公园给入围的五份作品布一个方案展，需要我去那边做解说。”

看到詹知夏的解释，秦川整个人激动得差点跳起来，他本来还觉得这几个月的时间里，两人见面的机会少了很多，没想到立马就有了天赐良机。

“给你安排住的地方了吗？什么时候来？”秦川激动了好一会儿，才想起来没有回复詹知夏的消息，忙问道。

“没安排呢，时间不知道，但应该就是这几天吧。”詹知夏回复道。

“时间的话……估计我会比你先知道。”秦川想了想，道，“如果要开作品展，肯定会联系我的，到时候可以一起布展。”一想到这里，秦川忍不住笑出声来，紧跟着继续道，“既然没有安排住处，就还住我这儿吧？吃的话也可以跟我一起，工作也可以一起，玩也可以一起，哈哈哈。”

詹知夏看到秦川发来的几条消息，几乎能够想象出他现在笑得合不拢嘴的画面，她忍不住也笑了起来，手指飞快地打字：“你看着安排。”

反正在听到徐小舒说出那番话时，詹知夏就已经将接下来一个月的时间当作是放假，或者说当作是一段可以和秦川好好相处的时间了。

下午六点。

下班后，詹知夏在项目组同事的极力邀请下，去到三里屯附近一家人气颇高的饭店聚餐，聚餐的主题自然是庆贺策划方案能够突围进入终审，而聚餐结束已经是晚上九点钟了。

回家后，詹知夏卸完妆便收拾起行李来。

第二天。

詹知夏从秦川那里得到消息，她将于后天前往白浮泉遗址公园进行布展。在知道确切的消息后，秦川便陷入了苦苦的等待，做正事的效率大大降低，做起追求她的准备工作的效率却是大大提升。

两天后。

詹知夏起床收拾好没有再去公司，而是拎起行李下楼，坐上提前订好的网约车前往白浮泉遗址公园。

由于是早高峰，因此詹知夏用了将近两个小时才到达目的地。来到白浮泉遗址公园正门的时候，詹知夏发现院内停了几辆货车，公园里的人也比之前来的时候多了不少，此时秦川正在正门口等詹知夏，看到她拎着行李走来，忙走上去接过，看着詹知夏那微微有些泛红的手掌，他心疼地握了上去，带着她快步走进他的房间。

秦川边走边对詹知夏道："展厅是临时搭建的，如果你的方案最终被采纳，那里会是一个博物馆。"

詹知夏闻言点了点头。

不一会儿，两人将行李放下，便一起前往展厅。

展厅约有一百五十平方米的样子，地上铺着一层厚厚的红毯，脚踩在上面，感觉颇为松软。入口处的左边墙壁上铺满了一张张设计图纸和具体的策划书，一共五份，中间用一面展览墙壁分隔开，詹知夏所做的策划书放在了第三块展区，在展区的尽头有一个临时搭建的演讲台，下面摆放了二十多张椅子。

此时，展厅内没开灯，只有些许阳光从窗户外射入，显得有些昏暗，詹知夏走到第一块展区的墙壁前，借着手机手电筒的光在那里看起其他公司的策划书来。

眼下方案都已经提交，自无抄袭之虞。

詹知夏看策划方案的时候，不时点头，心中对于该策划方案的设计师给予了充分的肯定，不愧是击败许多策划方案突出重围的作品。

之后她又看了其他三份作品，觉得这四份作品在某些地方有着异曲同工之妙。渐渐地，她也把握住了主办方的一些想法，假如她能够突围成功，方案最终被采纳，她修改起来也有了一些头绪。

看完其余四份作品之后，詹知夏便回到了秦川的房间，接下来的一个月时间她都会住在这里。

其实后来公司有给她安排房间，和公司派驻的其余员工一起住在龙山度假村，但是度假村的住宿环境自然不如秦川布置的家，因此接下来一段时间只能委屈秦川了。

在詹知夏之后，另外四名被其他公司派驻的设计师也一一抵达白浮泉遗址公园，这四人秦川都认识，因为他们之前也都来白浮泉考察过。秦川分别将他们安顿好后，就不再跟他们接触，也没有要将他们互相介绍认识的意思，毕竟他们都是工作上的竞争对手，即便接下来一个月不得已要同住白浮泉遗址公园，也用不着了解和认识。

因为不是第一天到白浮泉来住，詹知夏已经适应了这边的生活，晚上她跟秦川吃完饭后，一起在公园里遛遛，上山呼吸一下新鲜空气，看看日落，生活得倒是非常惬意。

第 / 46 / 章

一片星空

三天转瞬即逝。

在此期间，昌平区规划分局组织了一次相关负责人的参观，五家公司的设计师也得以第一次聚集在一起，直到此时，另外四家公司的四名设计师，才终于知道詹知夏也是公司派驻来的设计师，而不是白浮泉遗址公园的工作人员。

这四名设计师都是男性，看到詹知夏时便被惊艳到了。

当天中午，一名叫陈正的设计师在园区找到秦川，好奇地问他："你跟詹知夏很熟吗？"

"是啊，很熟。"此时秦川还不清楚陈正的想法，于是点了点头，想了想，又补充了一句，"她是我女朋友。"

听秦川说出"很熟"两个字的时候，陈正本来觉得有些麻烦，虽然秦川的工作不是特别好，长相、身材却比他这常年伏在办公桌上的设计师强太多，如果秦川真要追求詹知夏的话，可能会有些棘手。可秦川的后半句话，却让陈正放下心来，松了口气。

因为从各个方面来讲，他都觉得秦川是在吹牛。

原因很简单。大家都是初识，陈正不相信秦川可以这么快就追到詹知夏，但他们的关系的确又非常好，一起吃饭一起遛弯，如果陈正没记错，他们还牵过手。

他们真的是情侣?

有那么一瞬间，陈正真的觉得有可能，但他始终认为，詹知夏看上去可不像是一个很好追的女生。

那么只有一个解释——秦川是个……

想通之后，陈正望向秦川的眼神，当即变得有些深意，他旋即笑了笑：“小秦啊，你放心，现在这个时代大家的思想都很开放，你尽可大大方方展示自己的性取向，我们不会歧视你的。”

“你在说什么？”这都什么跟什么啊，秦川一时间有些无奈。

“不瞒你说，我看上詹知夏了，我想追她，你能帮我吗？”陈正忽然收敛笑意，一脸认真地道。

秦川被他突然的转变吓了一跳，旋即仔细地看了看他。

说实话，秦川是一个很爱吃醋的人，当初他和詹知夏在大学谈恋爱的时候，詹知夏和其他男同学有必要的合作，抑或是跟哪个男同学多聊了几句，他都会吃醋。当然了，他也不是要限制她的社交圈，只是口头上会抱怨一下，喜欢向她撒撒娇而已。

但是眼前的陈正……年纪估计才三十出头，但是发际线已经非常高，因为职业关系，常年熬夜的他皮肤也不大好，黑眼圈很重，长相虽说不是一言难尽，但也好不到哪里去。实在是没有任何威胁。

秦川甚至生不出一丝危机感和醋意。

他沉默几秒钟，想了想后，换了一副认真的表情，向陈正道：“我实话跟你说吧，詹知夏的确不是我女朋友，我正在追求她，不过我应该快成功了。”

“你认真的？”陈正的表情突然严肃起来，“你真的不是……”

“我认真的，我不是！”秦川当即反应过来，哭笑不得。

“好吧……既然如此，那咱们就是竞争对手了。”陈正盯着秦川仔细看了一会儿后，猛地转头，“告辞！”

望着陈正渐渐远去的身影，秦川不知该说些什么好，笑着摇了摇头后，他准备回去跟詹知夏八卦一下这件事。

没想到秦川才走出没几步，另一名设计师李响也跑来询问了秦川有关詹知夏的事，两人的对话跟秦川与陈正的对话几乎如出一辙，这不得不让秦川心中的警惕感猛增。

他倒不是警惕陈正和李响两人，而是警惕詹知夏在社会上可能会遇到的人，她毕竟在繁华的商业区工作，遇到优秀男性的概率实在是太高了，万一他们也动了跟李响、陈正一样的心思呢？

本来对于追求詹知夏还有些懒散的秦川，觉得自己是时候加快追求詹知夏的进度了，不能慢慢地将愿望清单中的内容一项项去完成了。站在原地想了想后，秦川回到自己在龙山度假村临时居住的房间，仔细思考了一下詹知夏待在白浮泉的这段时间他能帮得上忙的事情，紧跟着做起了筹备工作。

第二天中午秦川收了一个快递后，便在房间里面为气球充气。他花了一个小时，好不容易充好了一百个气球，之后他便攥紧气球的线，马不停蹄地向龙泉寺广场奔去。

虽然每一个气球都不大，但一百个气球看上去还是非常壮观的，而且气球的颜色鲜艳，非常引人注目。此时正是下午四点，陈正和李响两人都伏在窗户旁的桌前工作，看到那上百个气球，只是一眼，他们便被深深吸引住了。

来到龙泉寺广场后，秦川给詹知夏发了条微信消息："看窗外。"

此时此刻，正坐在书桌前的詹知夏听到微信提示声，看完消息后抬头一看，立刻愣住，只见五颜六色的气球从龙泉寺广场升起，浪漫极了。

詹知夏看了一会儿后，低下头给秦川发去消息："这气球什么材质？"

正在放气球的秦川看到信息，微微笑了笑，然后回道："你放心，环保橡胶，非常容易降解。"

言下之意，这些气球不会造成环境污染。

给詹知夏解释完后，秦川才道："好看吗？"

"好看。"詹知夏应道。

"那你说窗台上我送你的项链好看吗？"秦川又发来消息。

詹知夏看到消息，这才将注意力转向窗台，只见窗户外面的栏杆上挂了一条玫瑰金的项链。

她打开窗户将那条项链取了回来，低下头看着手机，好一会儿才给秦川发去消息，道："你什么时候学会逗女孩子开心了，袁风教的吧？"

"开玩笑，我需要他教？"秦川瞬间有种计谋被戳穿的感觉，忙道。

“是吗？不需要他教，那你跟谁学的？有练过手吗？”詹知夏故意刁难秦川。

秦川都快哭了，道：“你能不嘲笑我了吗？”

“可以，除非你回来帮我把项链戴上。”詹知夏回复道。

秦川看到这条消息后，立刻将所有的气球全部放飞，然后跑向詹知夏所在的屋子。

远远看到这一幕的陈正和李响都惊呆了，脑海之中只有一个念头——高手!

他们眼中的高手，显然不止放气球、送项链这两招而已。

在接下来的几天时间里，詹知夏体验到了许多她曾经幻想过，但从来没想过会实现的事，因为她只谈过一个男朋友，只想和他一个人谈恋爱，所以她一度觉得这些事绝不会发生在她身上，直到现在。

在放气球和送项链事件后的第三天晚上，詹知夏刚刚结束一天的工作，躺在床上准备玩一会儿手机就睡觉，她忽然接到秦川发来的微信消息：“床头柜第二个抽屉里有个遥控器。”

詹知夏看到消息后，赶紧从床头柜的抽屉里拿出一个遥控器来。

“你又要玩什么鬼把戏？”

文字消息看起来似乎有些发怒，但实际上詹知夏在笑。

“一共十个按键，你按按看。”秦川回复道。

詹知夏心中充满了好奇，刚想按动遥控器上的数字1，忽然看到秦川又发来了一条消息：“对了，你关灯了吧？”

“嗯。”詹知夏回复道。

“行，你按吧。”秦川说完后，詹知夏便按动了遥控器。

刹那间，一束光忽然从书架最上层射向天花板，紧接着一幅绝美的画面呈现在詹知夏的眼前。那是一片璀璨明亮的星空，无数颗钻石似的星星近在咫尺，似乎触手可及。

“这是大二那年的春天，咱们去云南玩的时候看到的那片星空。”秦川的消息随之而来。

詹知夏望着眼前的星空，久久无言。

看了一会儿后，她又按动了遥控器上的数字2，星空画面瞬息即变，虽然依旧是一片星空，星星的亮度和具体位置却有所改变。

“这是大一五一假期时，咱们去新疆那拉提草原看到的星空。”秦川的消息发得很准时。

数字3，数字4，数字5……

一片又一片星空在詹知夏的眼前转换。

“这是咱们大二冬天去内蒙古阿尔山看到的那片星空。”

“这是咱们大三上学期去韩国济州岛看到的星空。”

一共九片星空，全都是秦川和詹知夏一起去看过的。

“好美。”好一会儿，詹知夏才给秦川发去消息。

看到詹知夏的回复，秦川笑了，只要她觉得美，那他就觉得值。

“你是怎么还原这几片星空的？”隔了一会儿，詹知夏问道。

“我当时不是拍了很多照片吗？”秦川道，“根据照片还原的，没有照片的，根据我们去的地方所处的方位和季节，也可以大致还原出来，这还多亏了我一位朋友的帮忙。”

“你怎么一下子就变成‘别人家的男朋友’了？”詹知夏忍不住道。

“这还不是为了你嘛。”受到詹知夏的夸奖，秦川脸上浮现出笑容来。

“你现在就给我这么大的惊喜，要是接下来二十天你不给我其他惊喜，我可是会不高兴的。”詹知夏道。

“放心吧，还会有更多惊喜的。”秦川笑道。

“那我就等着了，早点休息。”詹知夏道。

“晚安。”

秦川给詹知夏发完这条消息后，也美滋滋地睡觉去了。

之后的几天时间，秦川变着法儿地给詹知夏制造惊喜，逗她开心。将这一切看在眼里的李响和陈正两人也终于心悦诚服，再也不谈追求詹知夏的事，转而每天都会跟秦川交流一下追求女孩子的心得。

殊不知秦川也是现学现卖，但两人就是不信，无奈之下，秦川也只得教了他们一些方法，但能否成功就全靠他们自己了。

第 / 47 / 章

初雪

十二月底，北京已是深冬，天气愈发寒冷。

这晚，秦川才结束工作不久，按往常习惯查看了近几天的天气，惊喜地发现明天居然有雪，他当即给詹知夏发去消息：“明天我带你去看雪。”

“明天有雪？”正准备睡觉的詹知夏，看到秦川的微信消息，下意识地回了一句，随后也去看了下天气预报，确认之后高兴得几乎要跳起来。

作为一个南方人，詹知夏在大学之前的十几年里看到大规模雪景的次数屈指可数，因此她对雪极其热爱。

给秦川留下深刻印象的是她大一第一次看到北京的初雪时的反应。

秦川记得那年雪来得很早，印象里应该是十二月的中上旬，冬天时人们都喜欢睡懒觉，秦川也不例外。他还记得那天六点半不到他就被詹知夏密集的微信消息“轰炸”给吵醒，他迷迷糊糊打开手机一看，足足有十几条微信语音，他一瞬间就被惊醒了，还以为是出了什么大事，结果听完詹知夏的语音消息才知道……

原来是下雪了。

秦川当时真的很想立刻给詹知夏一棒槌，冬天的清晨实在是太冷了，他实在是不愿意早起出门，可是架不住她兴奋不已的央求，最终还是一大早陪着她去看雪了。

詹知夏是看雪，而秦川则是看她。

看她裹得像一头熊，在厚厚的雪地里欢呼、跳跃，不时抛起一捧雪，让它飘飘扬扬地洒落在自己的头发上。随着雪越下越大，她还在雪地里打滚，搓起一个个雪球砸向他。

而他始终是一副高冷的表情："现在的你不像一个南方人，而像一条南方来的哈士奇！"

"雪，是雪呃！"詹知夏激动道，"你一点都不觉得开心吗？"

秦川简直不想向她解释自己是个北京人，从小到大看到的雪实在太多了，但不管秦川是什么态度，她依旧玩得很开心。

秦川犹记得，那天他陪她去上课，两人坐在靠窗的位置，她的心思全然不在课堂上，而是一直转头望向窗外大雪纷飞的景色，直到老师叫她起来回答问题时才慌了神，强装镇定地望向黑板思考着答案。

那老师也是有趣，见詹知夏答不上来后，于是便看向秦川，笑道："秦川你会不会啊？看把你们家知夏给急得。"

老师话音刚落，教室里顿时哄堂大笑，詹知夏羞得满脸通红地低下头，秦川则毫不避讳地一脸宠溺地笑着望向她。

那个笑容，詹知夏记了很久很久。

自那之后的几年时间，秦川每个冬天都有一个既定的观赏节目，那就是看詹知夏看雪。

詹知夏是真的很爱雪。

正是因此，两人才在某年的冬天去了内蒙古阿尔山，冬天是阿尔山国家森林公园的旅游淡季，不仅游客没几个，而且连镇上的人也全都撤到市里面过冬去了。

毫不夸张地说，那年冬天总面积达十万公顷的森林公园里面，只有他们两个游客。他们在冰封的天池中嬉笑打闹，深夜跑到林中拍摄璀璨的星空，开车压过下过雪的马路，留下第一条也是那段时间唯一的一条车辙，在白雪皑皑的森林里静静地等待，看到了许多的野生动物以及一些罕见的天象。

他们还专门去了吉林，凌晨四点多起床去雪地里雾凇下穿汉服拍照，在仿佛水墨画一般的雪乡并肩而行，在寒冬一起吃甜蜜蜜的冰棍。

他们看了许多的雪景，唯独忘却了距离他们最近的北京的雪景。

这次，秦川打算带詹知夏去看雪。

“关于初雪，你有两个选择，想去哪个？我知道，无论选择哪一个对你来说都是艰难的决定，所以你丢个硬币，正面去第一个，反面去第二个。”秦川给詹知夏发去消息。

隔了一会儿，詹知夏回道：“正面。”

“行，那咱们明天五点半要起床。”秦川道。

“好，那我现在就睡，晚安。”

“晚安。”

秦川发完这条消息就放下手机准备睡了，可是二十分钟后，詹知夏居然又给他发来一条消息：“有点期待，睡不着。”

秦川看到这条消息后笑了笑，却不再回复她，因为他一旦回复，两人肯定会闲聊起来，到时候更加睡不着。

第二天五点半，天依旧黑得深沉，詹知夏和秦川两人约在龙泉寺广场见面，此时广场上面积了一层厚厚的雪，秦川到的时候詹知夏已经在那里踩了一圈又一圈的足迹，玩得不亦乐乎，完全看不出来她有丝毫困意。

“走吧。”秦川打着哈欠走过去，顺手牵起詹知夏的手往停车场走去。

被秦川牵着的詹知夏低头看了一眼秦川的手，发现他没有戴手套，于是笑道：“还记不记得你以前跟我说过，冬天还牵手的情侣，不是真爱就是傻？”

“当然记得。”

这句话是秦川和詹知夏去哈尔滨，在中央大街吃冰棍的时候说的，当时秦川看到那些情侣光着手牵在一起的时候，真的很震惊，于是发出了这种感叹。要知道哈尔滨的温度比北京还要低十几二十摄氏度，不过在其他人看来，当时大口大口吃着冰棍的他们，也没正常到哪里去。

“那你说，你是真爱还是傻？”詹知夏一边笑着问，一边把自己和秦川的手都塞进他的口袋里。

“当然是真爱。”秦川毫不犹豫地道。

“哈哈。”詹知夏笑了笑。

秦川注意到，今天的詹知夏似乎格外开心，他的心情自然也跟着好起来了。

上车之后，秦川朝市区开去，因为实在是太早了，所以一路上都没什么车，于是他半个小时便开到了市区。

进入市区后，詹知夏实在是忍不住了，道：“你到底打算带我去哪里？”

“带你去看雪啊。”秦川应道。

“市区哪里有看雪的地方？”詹知夏想也没想便问了出来，紧跟着脑海中灵光一闪，转头问道，“你要带我去故宫？”

“对啊。”秦川点了点头。

“故宫开门没这么早吧？”詹知夏有些怀疑。

“八点半开门，但我们要去排队抢位置。”秦川道。

“排队？跟谁抢位置？”詹知夏不理解，除了她和秦川之外，还有谁会那么闲，大清早就跑去故宫呀。

“去了你就知道了。”秦川笑道。

怀着好奇，带着不解，詹知夏跟着秦川到了故宫的西门，即西华门。因为午门要八点钟才会开启，游客大都会从天安门方向向北走到午门的检票口，只有极少数人才会从东华门和西华门去午门。

詹知夏和秦川到达午门的时候，偌大的午门广场一个人都没有，只有黑暗笼罩着四面八方的一切。借着朦胧的月光，詹知夏将一整个大气磅礴的午门收入眼底，她还是第一次见到人这么少的故宫。

大学那四年，詹知夏几乎每年都会陪外地的朋友或者亲戚到故宫转一圈，但每一次都是人山人海，绝没有现在这样的场景。

更何况，此时此刻，大雪将午门的黄瓦全部覆盖，白雪镶在红墙之上，这一幅银装素裹的场景，让詹知夏感到无比震撼。

不过，秦川让她起这么早，仅仅是为了看一个空无一人的午门？詹知夏将心中的疑问问了出来，秦川却摇了摇头，道：“不可说，不可说。”

詹知夏气急，顺手捏了一团雪，狠狠地砸向秦川，秦川也不甘示弱地捏了一个雪球朝她砸去。

“好啊，你敢砸我？”被砸得满身雪的詹知夏兴奋不已，蹲下来搓了一个又一个的雪球砸向秦川，一时间，雪球在午门外飞舞起来，两人打打闹闹，好不开心！

突然，秦川停了下来，认真地看向詹知夏，道：“对了，你知道吗？我从小听过一个传言，说晚上的故宫会闹鬼，因为里面死了太多的宫女和太监，不少水井也淹死过人，还有那些困死在冷宫的妃子……”

话音未落，一个雪球不轻不重地砸在秦川的脸上。

“别说了！”

秦川只感觉脸上一片冰凉，雪被他脸颊的温度融化，顺流而下，滑到衣服里面，冻得他直打哆嗦，但他没生气，因为他知道詹知夏一直以来都很怕神鬼之类的，他这完全是自作自受。不过，令他万万没想到的是，就在他抖落身上雪水的时候，詹知夏忽然扑进了他的怀里，紧紧地抱着他。

“谁让你吓唬我，活该！”詹知夏嘴上虽然这么说，手上却抱得非常紧。

猛然间被詹知夏紧紧抱住的秦川，完全感觉不到一丝一毫的寒冷，整个人的身体从内到外全都是暖暖的。随后，他的双手也紧紧地环住了詹知夏，越来越紧。

熟悉的温度，熟悉的拥抱，让他突然有点想哭。

不多时，秦川看到不远处有一道人影走来，那人身上挂着巨大的相机，随着第三名游客的到来，渐渐地，一条长长的队伍排了起来。

工作人员也打着哈欠来到了检票处。

第 / 48 / 章

一 日 游

八点钟。

当游客们从天安门一路向北走到午门时，检票处早已排起了一条长龙，而为首的两人正是秦川与詹知夏。

此时天色已经大亮，温度也有所升高，微微暖意让两人感到有些困顿。

太阳渐渐从东边升起，万丈光芒照向故宫，落在被皑皑白雪覆盖的红墙黄瓦上，一派雄伟壮观的罕见景象，让前来参观的游客忍不住发出赞叹之声。

“开始检票。”

终于到了八点半，不多时，一名身穿制服的检票人员走过来冲詹知夏和秦川两人说了一句，秦川立刻示意詹知夏扫描身份证入内，而他紧随其后。

两人刚过检票口，秦川便抓住詹知夏的手，低头对着她说了一句：“跑！”

詹知夏闻言，还没有反应过来，便被秦川带着飞跑起来，而在他们之后，庞大的游客队伍一望无际。

“嘎吱、嘎吱……”

詹知夏和秦川飞快踩过羽绒般洁白柔软的雪地，发出令人感到舒适的声音。

正前方不远处是两扇巨大的红门，门顶挂着一面镶着金边的牌匾，其上篆刻着两个金字——午门。

此时朝阳初升，金色的暖阳照在红色的大门和蓝色的牌匾上，给人一种大气磅礴之感。

詹知夏和秦川两人跑进午门再跑出去的时候，眼前顿时豁然开朗，一整个巨大的广场全都被大雪覆盖着，一个脚印都没有，干净整洁得像是一张白纸。

但随着詹知夏和秦川两人的到来，白纸上被溅上点点墨迹。

跑出午门后，秦川并没有停下来，而是拉着詹知夏的手继续往前跑，跑过内金水桥，跑过太和门，来到更加宽阔的太和广场，视线尽头的那座雄伟壮丽的大殿，正是太和殿，也即金銮殿，是古代皇帝们上朝的地方。

此时此刻，平常人满为患的太和广场同样空无一人，仿佛只是詹知夏和秦川的二人世界。不过此时如果有人从上往下看，就可以看到在两人之后的午门处，正有无数游客蜂拥而入，场面嘈杂不堪，短短几分钟的时间里就将洁白的雪地摧毁殆尽。

这时，詹知夏突然明白了，秦川为什么要那么早带她来排队，又为什么要拉着她狂奔这么久。

完全是为了眼前这片美景呀，只属于他们两人的美景。

“现在……可以慢慢走了，他们过来应该还要一会儿。”秦川转过头看向詹知夏，不停地喘着粗气。

詹知夏也没好到哪里去，整张脸因为狂奔都红得不行了，也不知道是累的还是激动的。在听完秦川的话后，詹知夏立刻撒欢儿似的飞奔了出去，在太和广场上蹦来跳去，在洁白的雪地上留下一个又一个脚印，而秦川则一路跟着她，用手机记录她此时此刻的快乐。

两人一边玩一边往前走。

他们一会儿在雪地中滑出一条条长长的痕迹，一会儿又在被白雪覆盖的铜雕玉石上写下两人的名字。

在他们身后，游客似洪流般涌来。

每当有游客出现在两人的视野当中时，詹知夏就会拉着秦川走到没人的地方去，踩着厚厚的雪地，听它们发出“嘎吱、嘎吱”的声音。

两人穿过广场，穿过大殿，穿过甬道，来到植被丰富的御花园。

初到御花园，詹知夏便惊讶地发现，这里的雪不像广场上那么一尘不染，而是有着不少足迹，从形状上来看，应该是猫的脚印。

詹知夏脸上立刻浮现出惊喜的神色来，转头四顾，寻找着那群在网上颇有名气的“御猫”。

紫禁城内养猫，是一直以来的传统。

明清故宫一直都有饲养猫狗作为后宫嫔妃宠物的习惯，而且还有专门的档案记录每一只猫狗的名字，甚至从明朝开始，紫禁城内还专门设有“猫儿房”，用来登记和管理后宫所养的御猫们。

时至今日，故宫内的御猫已接近两百只，全部登记在册，由故宫的工作人员或网友们取了名字。

天气晴好时，故宫内到处都是御猫的身影，它们有的喜欢穿梭在游客之间，有的喜欢蹲在皇家御院的林间休憩，也有的喜欢趴在仙人走兽上晒太阳，还有的喜欢与熟悉的工作人员互相嬉闹。

冬天是御猫们讨厌的季节，所以詹知夏找了许久也没看见它们，不知道它们躲在哪里取暖。

当詹知夏拉着秦川的手在御花园内找猫的时候，游客们也都渐渐地来到了这里，两人耳边很快响起了此起彼伏的叫喊声，人们摩肩接踵，拥挤不堪，仿佛刚才的寂静和空旷都是虚幻。

体验过那种安静的两人世界后，詹知夏再也无法忍受这种吵闹的氛围，于是拉起秦川的手，从神武门走出去，来到了行人稀少的景山前街。詹知夏本想和秦川绕着护城河走走看看，没想到他却拉着她进了地下通道，边走边道：“你忘了？看故宫还有一个更好的地方。”

詹知夏顿时恍然，而后精神头更足。

两人所说的地方，自然是景山公园。

景山公园地处北京城的中轴线上，原为元、明、清三代的皇家御苑，景山公园内的万春亭更是二环内的制高点，在上面不仅可以将整个故宫收于眼底，碰到天气好的时候，更可俯瞰全城，为北京城内登高远眺，观览全城景致的最佳去处。

下雪之时，景山公园的景致更为独特。

詹知夏和秦川两人来到景山公园时，已经是九点多钟，太阳早已高高升起。公园内的广场上，随处可见裹得严严实实的老人在晨练，詹知夏拉住秦川的手，轻车熟路地登山而上。

景山很矮，只有不到五十米的高度，两人脚步飞快，一会儿便登上了万春亭。此时万春亭上已经有许多的游客，他们无不惊叹于此时此刻映入眼帘的壮观景象，不断拿起手机或相机拍摄美景。

万春亭上人虽多，却不妨碍观景。

詹知夏和秦川登上万春亭，找到一处视野开阔的地方，往正前方望去，一时间，足有七十二万平方米的紫禁城便被两人收于眼底，只见整座紫禁城的黄瓦顶全都被白雪所覆盖，金色的暖阳照射其上，熠熠生辉，红墙和白雪形成强烈的对比，令人惊叹不止。

此时雪依旧在下，天地间一片朦胧，正前方除了紫禁城之外，再也看不到其余现代的景观，让人觉得自己恍惚间回到了明清时期。

詹知夏被眼前的景象所震撼，久久无言。

秦川亦然，因为生性较为懒散，以前的他不愿意起太早，所以在北京生活了二十多年，他也是第一次见到这么震撼的景象。

两人好一会儿才回过神来。

对视一眼后，两人准备绕着万春亭转转，想看看能不能眺望到一些他们曾经去过的地方，只可惜视线实在是太差，他们最终也只能看到近处的北海公园和不远处的鼓楼。

在万春亭俯瞰完紫禁城雪景后，詹知夏感到心满意足，转头对秦川道：“今天起得这么早，值了！”

“值就好。”秦川傻呵呵地笑了笑。

“之后去哪儿？”詹知夏道。

“不知道啊……”秦川挠了挠头，道，“我只计划了来这里……”

“咱们去什刹海滑冰吗？”詹知夏提议道。

她刚才从万春亭往西北方向看，看到什刹海的冰面上正有不少游客在飞快地移动，大概猜到了那是在滑冰。

什刹海的冰场大都是在每年一月或天气更加寒冷时才会开放，但是天气较冷的年份到来时，十二月底也会开放。

秦川是北京人，小的时候娱乐项目不多，所以冬天都会来什刹海滑冰，他的技术绝对算得上是一流，上大学那几年，秦川也带詹知夏来过几次，但不知为何，她对于平衡的掌握总是不得要领，因此摔了好几次，有一次把尾椎骨摔得疼了整整一个月，自那以后她再也不敢滑冰，来什刹海顶多也就骑骑冰车。

从万春亭下去后，两人从景山西门出去，向北走了没多久便来到景山后街。接着，两人继续向北走出大概两百米，向西便是什刹海，此时什刹海冰场上已经人满为患，大多数是情侣。

詹知夏和秦川排队买完票后，便排队等着入场，因为冰场有人数限制，出来一个才能进去一个。

好在因为天气太冷，只是图个新鲜的游客们也都没玩多久便出来了，所以两人只等了约莫五分钟便入了场。

刚一入场，两人就骑着冰车玩起来，其间秦川也打趣让詹知夏再尝试尝试滑冰，但是詹知夏死活也不肯再滑冰，只得作罢。

两人在冰场玩了半个小时，又去鼓楼、南锣鼓巷转了转，吃了些小吃，下午又转场到学校和颐和园去看雪景，倒是一点都不嫌远也不嫌累，直到晚上五点多才出发回白浮泉。

等回到白浮泉时，两人都已经累得不行了。

第 / 49 / 章

升 温

夕阳西下，暗淡的暮光洒落，雪依旧在下。

詹知夏和秦川头顶着雪，沐浴着光，手牵着手从停车场走向白浮泉遗址公园内。

秦川的神色略有些紧张，不时转头望向一旁的詹知夏，似乎想要做点什么，连手心都出汗了。

詹知夏始终注视着前方，却能清晰地感觉到秦川的紧张，因为她对他因心理活动而产生的身体活动非常了解，再加上今天早些时候，他也露出过一些痕迹，所以她大概猜得到他是因为什么而焦虑。

片刻后，两人停在龙泉寺广场，在即将分离前转身对视着，秦川双手握住詹知夏的手，微微低头看着她的眼睛，而她则稍稍抬起头来，也朝他望去，不主动也不回避。

秦川被她那明亮的眼睛注视得有些发慌，恍然间，就好像回到了当初他刚追她的时候。他在意她的任何想法或念头，又不敢太过畏缩，怕被她认为是怯懦，也不敢太过急切，怕被她认为是轻浮。

正当秦川犹豫不决之时，詹知夏忽然踮起脚尖，将她那闪烁着诱人色泽的嘴唇，印在了秦川那略显苍白的嘴唇上。

那一瞬间，如同触电一般。一切都像是静止了。

事实上，也的确是这样。

詹知夏吻住秦川，没有第一时间退开，而秦川陷入惊喜当中，也忘记了回应，只有风依旧在吹，雪依旧在下。

两秒钟后，当秦川终于回过神来，准备抱住詹知夏深吻的时候，詹知夏忽然迅速偏头，闪身离开了秦川，朝自己房间的方向走去，只留下他一个人站在风雪中，狂喜又凌乱。

等秦川回到家的时候，詹知夏发来一条消息："今天很开心，然后……我亲你的时候，你睁着眼睛干吗？手抖什么？"

秦川看到微信，忍不住捂脸，好一会儿才回道："我也不知道……"

又隔了一会儿，秦川忽然道："我记得我第一次吻你的时候，你不也是睁着眼睛的？"

"你还有脸说！"詹知夏道，"那才是咱们的第几次见面？我本来以为你只是要亲我的额头……谁知道你胆子那么大竟敢亲我的嘴，你也不怕我反手给你一巴掌！"

"我知道你不会的。"秦川笑道。

"呵……"

以吻为话题，秦川和詹知夏又回忆了许多从前的事，感情可以说是突飞猛进，急速升温，按照目前的进度，两人复合想必也用不了太久。

也许，跨年夜会是一个契机？秦川陷入了思考当中。

只是，到时候求复合，能成功吗？能成功的话，是不是该考虑一下见双方父母的事情了？毕竟两个人年龄都不小了。等见完父母就可以考虑求婚的事了，求完婚先不着急要孩子，一定要先和她踏遍七大洲四大洋，其间可以在不同的国家拍些婚纱照。当然，婚礼还得慎重，得更注重仪式感。

等等，我是不是想太多了？……他强行止住了自己的胡思乱想，毕竟他跟詹知夏的事，八字才画了一撇，所以还得先确定复合的事再说其他。

因为故宫看雪以及接吻的事，詹知夏和秦川两人表现得越来越像一对情侣。事实上，在外人看来两人已经是情侣，只是詹知夏依旧抻着秦川，想体验更多更浪漫的事而已，但有一个事实她很清楚，现在秦川只要认真地跟她说这件事，她一定会选择跟他复合。不过他还没说，她也就不主动。

之后的两天时间，又来了几批参观者，即将月末，方案展也接近尾声了，另外四名设计师相继离去。

在离去之前，陈正和李响两人再一次向秦川表达了自己的钦佩之情，直到此时，他们依旧不相信秦川早已和詹知夏熟识，只认为他是凭借自己的各种手段折服了詹知夏。而受到他短期“调教”的两人也信心倍增，对自己未来的感情生活充满了向往，秦川看出了他们内心的万丈豪情，便也不去戳破。

四名设计师走了，詹知夏却没走，因为接下来的三天是元旦假期，由于时间较短，她也不准备回杭州跟父母过了，当然主要还是因为她父母也自有安排以及她自身也期待着秦川的计划。

按照他近一个月来的行为习惯可以推断，跨年那天他肯定会做些什么。

而事实也是如此。

在送走其他几名设计师后，秦川便去了詹知夏的房间，看向坐在椅子上的她，道：“跨年夜我有三个计划，你选一个吧。”

说话的时候，秦川伸出摊开的右手，上面有三张纸条。

原本正在工作的詹知夏闻言抬头，盯住秦川的右手，道：“要是能都去就最好了。”

“那明年后年去另外两个地方。”秦川道。

詹知夏听出秦川语气中的笃定口吻，也没说什么，伸出手去随便拿起一张纸条，拿到眼前一看，发现上面写的是“杭州国际烟花大会”。

“不是已经停了吗？”詹知夏看完纸条后，有些惊喜，又有些疑惑。

杭州国际烟花大会是由政府举办的大型烟花燃放活动，规模浩大，但只历经短短五年时间，便因为一起烟花燃烧的意外事故被叫停，不过据詹知夏所知，环保问题也是烟花大会被叫停的原因之一。

“今年又开始了，说是提高了安全性和防范措施，另外燃放的烟花也是环保烟花。”秦川道。

听完秦川的解释，詹知夏心中高兴到了极点，早在上大学期间，他们就想去看烟花大会，但总是找不到机会和时间，能在杭州观看也是一件极好的事。

只是回杭州的话，到时候要回家吗？回家的话，要不要带上他？詹知夏转头瞥了秦川一眼，心中在犹豫。

詹知夏在心中思索的时候，秦川已经通过手机买好了北京到杭州的往返车票，去程时间是明天早晨八点钟，也就是2018年的倒数第二天。

方案展结束后，展厅尚未被撤除，因为接下来便是相关单位组织人员以及专家们进行又一次的评审，谁能获得最终的一、二等奖，下一次会通知。

第二天早晨。

两人早起吃完早餐后，便出发前往高铁站，乘坐高铁南下杭州。

秦川坐在靠过道的位置上，低头津津有味地读着《文物里的古代中国》，詹知夏则时而敲打电脑键盘，时而玩玩手机，时而看看窗外，时而看看身边的秦川，也时而看看过道另一侧不时打量他们的其他旅客。

列车飞快行驶，时间缓缓流逝。正当秦川沉浸在书中世界的时候，一旁的詹知夏忽然转过头来望向秦川："萦月说等我们到了杭州她想请你吃饭。"

此时她右手上的手机屏幕正亮着，依稀看得清是微信聊天框。

"啊？"秦川似乎没听清，抬起头望向詹知夏。

"她说要谢谢你上次救了她。"詹知夏道。

"那都是小事。"秦川笑了笑，刚想拒绝，转念一想后，问道，"你觉得我该去吗？"

"去吧，她想见你很久了。"詹知夏笑道。

"呵呵……"秦川干笑两声，不作回答。

他跟范萦月没见过，甚至不算严格意义上的认识，只是在和詹知夏谈恋爱的四年里，经常从詹知夏的手机视频上看到她，偶尔也会插话说上几句。

詹知夏跟他吵架了，有什么事儿了，第一时间也总是找范萦月，所以他一直将范萦月当作一个突破口。不过为了避嫌，他没加过范萦月的微信，只是有她的微博，偶尔跟詹知夏闹矛盾了会找范萦月支着儿。一来二去，勉强算得上是网友，另外范萦月对于能追到詹知夏且跟她相恋四年的男人也颇为好奇。

后来他跟詹知夏分手后，范萦月还多次找过他，想帮着两人和好，但最终也没有成功。

四个半小时后，詹知夏和秦川两人抵达杭州，而后乘上网约车前往位于西湖不远处的酒店入住，这次回来，詹知夏没打算告诉父母，只是准备和秦川看看烟花大会就回北京，因为她父母也会有自己的跨年夜活动安排，这次就不便打扰了。

入住酒店休息了半个小时后，两人准备先出去吃个饭，然后逛逛，晚饭才是和范萦月一起吃。

杭州可玩的地方很多，但两人时间不多，所以决定去一些以前去过的地方，重温一下当初的恋爱时光。

杭州的冬天很冷，而且不同于北方的干冷，是沁入骨髓的湿冷，因此两人都裹得严严实实的。

两人绕着西湖走了很久，去了河坊街，去了杭州动物园，去了太子湾公园，一直到晚上八点多钟，才打车去到位于虎跑的一家私房菜馆，两人到店的时候，范萦月已经和她老公在门口等着了。

范萦月看见两人下车，立刻走过去挽住詹知夏的手臂，同时看向秦川笑道："咱们总算见面了。"

"不容易。"秦川道。

的确不容易，如果不是因为詹知夏突发奇想辞职出去旅行，他们可能一辈子都不会见面。

"你好，宋奇。"这时，范萦月的老公也走了过来，朝秦川伸出手，"上次的事谢谢你了。"

"举手之劳。"秦川只是笑笑。

"走吧，到里面坐下，边吃边聊。"范萦月说完后，便挽住詹知夏先走了进去，秦川和宋奇两人走在后面。

第 / 5 0 / 章

兔 子 灯

这家私房菜馆位于西子湖畔半山腰，环境十分清幽，内部装修简约素雅，在杭州颇有名气，需要提前预约才能排得上号，每逢节假日更是一号难求。

此时菜馆内少有的几间包房早已坐满，四人在服务员的带领下坐在大厅一处靠窗的位置，只是因为已经入夜，倒是看不到什么好风景，只余一片漆黑。

四人先后落座。

秦川刚一坐下，坐在他斜对面的范萦月便看向他道：“真佩服你。”

“佩服什么？”秦川有些疑惑。

“当然是佩服你追回知夏的方法，简直可以说是前无古人，后无来者，写成小说我相信绝对会风靡全国。”范萦月赞道。

“我倒真有这打算，”秦川闻言先是笑了笑，而后认真道，话说半句，他又转头望向詹知夏，道，“不过我现在可还没真的追到她呢，所以到时候再说吧。”

“那到时候记得给我看初稿。”范萦月道。

“一定。”秦川点头道。

“不仅小说要看，知夏去旅游那段时间具体发生了什么，其实我也想知道，好奇得不行，怎么会有那么多的巧合？有多少是你预谋的，又有多少是真正的巧合？”范萦月心中的八卦之火正熊熊燃烧。

“让知夏跟你讲吧。”秦川转头看了一眼詹知夏，因为他不知道哪些该说，哪些不该说，毕竟这是两人的隐私。

詹知夏闻言，便接过话茬儿给范萦月详细讲起了这段时间以来所发生的事，另一边秦川也跟宋奇闲聊了一些有的没的，饭桌上的气氛始终非常融洽。

饭吃到差不多的时候，宋奇问了句秦川抽不抽烟，秦川说不抽烟但想去上个厕所，便跟他一起起身走出去，不一会儿等他从厕所出来时，发现宋奇刚刚结完账正要出去抽烟，回到座位时，又看到詹知夏正站在餐桌旁的过道中，一脸笑意地跟一男一女说着话。

不过极为了解詹知夏的秦川，却可以从詹知夏那满脸笑意中看出一抹无奈。

秦川犹豫了一下后还是走了过去，来到詹知夏的身旁后，看向那两人，主动发问道：“这两位是？”

“这是我表姐，这是我表姐夫。”詹知夏听到秦川的问话后，立刻便伸出手做了介绍，而当那一男一女望向他，想让詹知夏介绍时，詹知夏没怎么犹豫，便道，“这是我男朋友，秦川。”

在听到詹知夏介绍的那一刹那，秦川只觉得脑海中似平地起惊雷，整个人瞬间充满了能量，脸上止不住地洋溢起笑容来，颇为激动地朝那一男一女伸出手：“表姐好，表姐夫好。”

他喊人之熟练，像是练习了千百遍一般，让詹知夏差点想捂脸，而座位上的范萦月则偷笑起来，同时朝秦川做了个加油打气的动作。

“你就是秦川啊……”

詹知夏的表姐叫周鱼，只比詹知夏大四岁，大学以前的假期詹知夏几乎天天都和她混在一起，小的时候两人也经常睡一张床，关系如同亲姐妹一样，大学以后，两人的联系依旧非常频繁，周鱼对于秦川自然是了如指掌。

秦川听到周鱼那略显揶揄的语气，觉得有些不对劲，这表姐对他似乎有些不满。

可是自己从没见过她，也从没跟她说过话，她为什么会对自己不满？秦川有些搞不懂。

要说是因为他跟詹知夏分手，也不应该吧？毕竟最后可是詹知夏先提出的分手，受伤的可是他。

他又仔细想了许久，忽然想起来……如果真要说他有什么事得罪了周鱼，那肯定是因为两人恋爱两周年那天，恰好是周鱼和她老公季俊的婚礼，而詹知夏为了和秦川过两周年纪念日，推掉了周鱼让她当伴娘的请求，不过理由自然不能说是为了和男朋友过两周年纪念日，只说是学校有事一时间走不开。

但关键在于后来詹知夏发朋友圈秀恩爱的时候，忘记屏蔽周鱼，因此被她看到了，两人之间为此闹了几天的小矛盾。后来矛盾自然是解决了，那是她们之间解决了，秦川和她之间却没有。

她不会这么小气吧？秦川想到这里时，心里还有些拿不准，不过周鱼现在显然也没有为难秦川的意思，毕竟是第一次见面，而且又是有外人在的场合。

周鱼和她老公季俊也是来约会吃饭的，因此也没有跟秦川、詹知夏两人说太久，便到另一处餐桌坐下了。

秦川和詹知夏这才又入座。

刚坐下，秦川就忍不住问詹知夏："我刚才看咱表姐好像对我有些不满意，我左思右想，只有一个原因……是不是因为结婚那事儿？"

"嗯……"詹知夏点了点头，道，"不过倒也不是表姐小气，只是她总觉得缺了我她的婚礼不完整，再加上后来咱们又分手了，所以她心里面一直有根刺……"

"总有种不祥的预感。"

周鱼和她老公走后，宋奇抽完烟回来，四人又坐了一会儿，便相继离去。

回到酒店后，秦川琢磨着詹知夏刚才已经在自家表姐、表姐夫面前称呼自己为男朋友了，那自己是不是该行使一下男朋友的权利呢？可是詹知夏完全没有表现出一丝两人可以同床睡的迹象来，从到酒店休息、洗完澡再到上床，秦川一直在想着该怎么打破僵局，可直到深夜昏昏沉沉睡去，两人依旧是分床睡。

第二天早晨秦川被詹知夏叫醒的时候，整个人都迷迷糊糊的，困得不行，詹知夏看他这样，索性自己出门去买了早餐回来才又叫他起来。

虽然是一年当中的最后一天，可真要计较起来，它和往常的每一天并没有太大的区别，无非是人们心中都会有一种仪式感，想要将这天变得与众不同。

秦川也明白，詹知夏也想将他和她的复合变得与众不同一些，她一直以来都是个很注重仪式感的人。

吃完早餐后，两人便又出门闲逛。

杭州很大，又是著名的旅游城市，可去的地方太多了，虽然前些年因为詹知夏，秦川也来过杭州几次，但都没怎么细玩，这次詹知夏主要带秦川去了一些这三年多以来她经常会去吃饭的地方，玩的地方，工作的地方，思考的地方，与朋友聚餐的地方，就像两人在北京时一样，詹知夏将自己在杭州度过的三年时光一点点呈现在秦川的面前。

到了傍晚，两人回到西湖边的时候，街上、路边已被从全国各地赶来的人围堵得水泄不通，车辆难以行驶，一个个裹着厚重羽绒服的游客，全都被杭州国际烟花大会吸引而来，哈着冷气搓着手，等待着零点这一重要时刻的到来。

在人山人海之中，詹知夏与秦川的距离也越来越近，直至牵着手，搂着腰，贴着身。

詹知夏比秦川略矮一点，被他搂在怀里时，他要稍微倾斜一点角度才能看到她的脸，而从她的位置，正好可以看到秦川那长长的睫毛、认真的眼神，他此时正皱着眉头，似乎担心有人会无意中撞到她。那种缺失已久的安全感，正慢慢地回到詹知夏的感官当中，与此同时她的身体也不由自主地靠向秦川。

此时距离零点尚有三个小时，西湖边灯火如昼、游人如织，一些往常便红火至极的网红奶茶店、咖啡厅、蛋糕房，此时更是排起了条条长龙。

街道旁的房檐上，几乎每家每户都挂了花灯，不少商户也都挂了花灯售卖，而它的主要顾客是小朋友和情侣。

秦川不喜欢这些东西，但他观察到詹知夏似乎对花灯很感兴趣，这也不奇怪，她似乎对类似的东西都蛮感兴趣的，比如河灯。

之前为了满足詹知夏的愿望，两人还特地去了泰国过水灯节。

发现詹知夏对花灯感兴趣但又有些犹豫后，秦川便抓住她的手走进一家店铺，在她欣喜目光的注视下买了一盏兔子灯。兔子灯的骨架是用竹条手工编制而成，表面则是彩纸，点燃后火焰摇曳，非常美。

给詹知夏买完兔子灯再度回到人群后，秦川忽然想起一件事，自己不抽烟没有火，怎么才能点燃兔子灯呢？路上行人拥挤不堪，借火也不方便，四周也找不到卖打火机的便利店。不得已之下，两人从西湖边走到附近的广场上，找到一个环卫工人借了打火机，在一旁开始试着点燃兔子灯里的蜡烛。

可蜡烛很小，又放在兔子灯的最深处，想用打火机点燃，势必要开最大火，那样容易烧到手，因此两人尝试了许久都没能点燃，其间还将一根竹条给烧断了。不过值得庆幸的是，在秦川的努力下，最终兔子灯内的蜡烛还是被点燃了，而后詹知夏接过兔子灯，捏着悬吊的细竹条，脸上是止也止不住的笑容。

见她拎着兔子灯笑，秦川也不闲着，拿起手机边倒退边给她拍起了照片。

四周过往的行人都忍不住望向两人，不少人脸上都透露着艳羡的神色。

郎才女貌，感情又好，即便在大庭广众之下，也可以毫无顾忌地秀恩爱，真是甜得让人嫉妒。

第 / 51 / 章

烟花大会

冬夜，繁星点点、气温冰寒，杭州西子湖畔却是一派人山人海、热火朝天的景象。

秦川在陪詹知夏玩了兔子灯后，又去吃了些小吃，在咖啡厅坐下打了两盘游戏，差不多十一点出头的时候才动身前往西子湖畔，这时的西子湖畔已是万头攒动、水泄不通了，秦川只得将贵重物品放到詹知夏的包里，又将包背在身前，一手牵着詹知夏一手摁着包往西湖边挤。

此刻的秦川已经有些后悔来西湖跨年，因为人实在是太多了，他明明有更好的选择，不过现在后悔也晚了，毕竟事已至此，只能享受当下。

从临湖的东坡路到西子湖畔，平时只需要几分钟便能走完的一段路程，现在秦川和詹知夏却足足用了半个小时才挤到湖边，而且几乎没有站立之处。此外，一番拥挤过后，身处冬天的两人竟是汗流浃背。

低头看了看手表，距离零点只有二十来分钟了，于是秦川不再挣扎，跟詹知夏站在一处人稍微少一点的地方，四周人潮汹涌，两人牵着手，身体紧靠着，偶尔低头说说话，也不看手机，只是静静地等待着。

时间一分一秒地流逝，四周的气氛愈发热烈起来。

与此同时，秦川的心也紧张起来，事实上，自从傍晚来临，他的心就一直处于焦虑的状态，以至于精神都有些恍恍惚惚，尽管他知道今晚的结局必然是美好的，可是依旧忍不住紧张。

这种感觉让他想起了第一次跳伞，之前自己一直想去跳伞，想了很久很久，而等到终于有一天他到了跳伞基地，戴上伞包时，却忽然间有种惶恐的感觉，明明是期待了许久的事，可还是忍不住会有些恐惧。

除了那次跳伞，除了当初追求詹知夏，秦川已经很久没有这种感觉了，这种感觉既让他紧张，又让他激动。

就在秦川胡思乱想的同时，时间也终于来到了二十三点五十九分，2018年只剩下最后的一分钟时间。

这一年的上半年，秦川过得很平淡，下半年却像是坐过山车一样，而眼下终于到了结束这一切，开启新生活的时候了，他低头看着身侧的詹知夏。

注意到秦川的动作与目光的詹知夏，也抬头朝他看去，并轻柔地笑了笑。

“10！”

忽然，一道道声音响起，刹那间汇聚成震耳欲聋的声浪，向四面八方扩散而去。

这是人们在做新年倒数。

“9！”

詹知夏和秦川没有跟着喊，他们只是彼此对视着，秦川的眼神热切而直接，像火焰一样要把詹知夏烧透，詹知夏大概知道他想做什么，因此心中既有些紧张，又有些期待，还有些害羞，脸上不知是因为冻的还是热的，竟有些泛红。

“8！”

“你一直盯着我看干吗？”詹知夏有些受不住秦川的眼神，环住他手臂的手忍不住紧了紧，娇嗔道。

“7！”

“你笑得这么可爱，很招人喜欢的。”秦川却答非所问。

“6！”

詹知夏闻言愣了愣。

“5！”

只是短暂的一恍神，詹知夏便回过神来，忍不住笑了起来：“噢！我故意的，想招你喜欢。”

“4！”

听到詹知夏的回答，秦川也笑了，笑得无比开心。

这两句话很平常，并不出彩，只是当初秦川跟詹知夏聊天时，跟她说了一句颇有撩拨意味的话，而她的回答也坚定了秦川的信心，于是第二天两人便心照不宣地开始了正式交往。

此时此刻秦川跟詹知夏说这句话，是什么意思两人心里都有数，而詹知夏的回答，也让他紧张不已的心平静了下来。

“3！”

“我已经彻底想好了，你如果不愿意留下来，那我跟你走。”秦川望着詹知夏的眼睛道。

“2！”

“你要‘嫁’到杭州来吗？”詹知夏笑了笑，微微抬头，道，“三年过去了，我也想通了，这些都不是问题。”

“1！”

“那我们……”秦川刚张嘴，话还没说完，远处突然响起一阵阵震耳欲聋的爆炸声，紧跟着五颜六色的烟花“咻”的一声冲上高空，而后在夜空中骤然爆炸，瞬间绽放出璀璨的花火。烟花不停地升起，不停地爆炸，将整片天空和下方的西湖彻底照亮。

烟花绽放的光照在詹知夏的脸上，此时的她正目不转睛地望着秦川，十分认真地听他说话，可什么都听不到，耳边只有震耳欲聋的烟花燃放声和人们嘈杂的呼喊声。

秦川似乎也意识到即使自己的声音再大，詹知夏也听不见，于是把心一横，猛地捧起詹知夏的双颊，将自己的嘴印在了她的唇上。

轰隆隆！

拔地而起的烟花像是一股股喷泉，冲上天空又爆炸成流星，飞快坠落。

漫天璀璨的烟花之下，秦川和詹知夏吻了许久许久，才终于分开。

分开后的两人静静注视了彼此一会儿，眼中尽是浓烈炙热的爱意。

烟花依旧在西湖上空绽放，秦川忽然从兜里掏出一个东西来，递给詹知夏。

詹知夏摊开手接过后，眼睛望向那东西，又猛地抬起头看向秦川，而后凑到他的耳边，喊道：“你不会是现在要跟我求婚吧？”

她掌心的东西，赫然是一枚玫瑰金的镶钻戒指。

“不是。”秦川一听，也忙凑到詹知夏耳边，喊道，“你别误会，这只是我们的复合礼物，虽然……它之前的确是我买的求婚戒指来着。”

“什么意思？”詹知夏有些不明白。

“这枚戒指，是我从聊城红枫下埋的时间胶囊里取出来的，我本来以为再也用不上了，所以就给埋了，其实我原本没想说实话，但仔细想了想，觉得对你说谎的行为更加恶劣，所以我实话实说了。”秦川道，“我最开始还想拿它当求婚戒指的，但后来一想，觉得不太吉利，毕竟被埋过。”

说完后，秦川抬起头来，看了一眼詹知夏阴晴不明的脸，有些紧张地问了句：“你不会生气了吧？”

“有点儿，但今天是一年之始，又是我们俩的大日子，所以我就不跟你计较了。”詹知夏哼了一声道，“幸好你没选择现在跟我求婚，不然我肯定拒绝你，哪有这么容易的事？刚刚重新追回我，就想让我答应你的求婚。”

“你放心，我的求婚肯定很浪漫，保证让你铭记一生。”秦川止不住地笑。

“哼，谁说要答应你的求婚了？”詹知夏的嘴角微微上扬。

“来，我给你戴上，断了其他男人的念想。”秦川轻轻抬起詹知夏的右手，把戒指戴在了她的右手中指上，意味着她已经名花有主。

“等等，你怎么会知道我手指的尺寸？”看着右手手指上尺寸正好的戒指，詹知夏忽然道。

“这是秘密。”秦川笑了笑。

“你肯定‘蓄谋已久’了吧？”詹知夏仔细回忆了一下，怎么也想不到大学时期什么时候将手指尺寸透露给了秦川，但一想到那时的他就想得如此长远，又如此有心，她心里就美滋滋的。

“从看到你的第一眼开始。”秦川闻言后，立刻道。

“油嘴滑舌。”詹知夏轻轻拍了拍秦川的右手手背。

“我认真的！”秦川趁机握住詹知夏的手。

“哼。”詹知夏心情大好，不想跟秦川争吵，她静下心来，抓住他的手，望向天空中那场盛大的烟花秀。

一个小时后，天空中的烟火终于渐渐减少，秦川怕一会儿烟花大会结束散场时人太多比较危险，于是便和詹知夏一起往外挤，心中忍不住幻想一会儿回到酒店后的场景，时隔三年多，终于可以不用再一个人睡了，终于可以抱着她睡了，想着想着，秦川又转过头去看着詹知夏笑。

詹知夏仿佛知道他在想什么一样，脸颊微微泛红。

烟花大会依旧在继续，离开的人毕竟只是少数，因此两人又费了老大劲，才终于走到另外一条人稍微少一点的街，但路上的车多得已经堵死了，不过两人入住的酒店本来就在西湖边，倒也不需要打车，走路就能回去。

两人边走边说话。

“我原本真的是打算拿求婚来复合的，但我实在是忍不住了。”秦川道。

按照两人之前的约定，秦川需要完成愿望清单里一项极为重要的愿望，詹知夏才会答应跟他复合，那就是一场让她感到惊喜的求婚，只不过后来两人的关系修复得实在太快，因此无论是秦川还是詹知夏都等不到那一步了。

当然詹知夏是不会告诉秦川自己内心深处的想法的，毕竟是女生，会害羞。

她只是紧了紧秦川的手掌，给予了他反馈。

十几分钟后，两人便走回了酒店，此时远方西湖上空的烟火终于散去，那围观的汹涌人群立刻向着四周散去，吵吵闹闹一阵后，复归平静。

第 / 52 / 章

我冷

酒店，客房。

哗啦啦……詹知夏正在浴室洗澡，秦川则半躺在床上，心不在焉地摆弄着手机，此时此刻，他心中所想全是晚上要怎么才能跟詹知夏睡在一张床上。

要怎么做才会显得不那么突兀呢?

不过，现在自己都是她男朋友了，突兀一点又怎么了？秦川强行给自己打气，可当他听到浴室内水声渐小时，勇气又飞快消散。当詹知夏裹着浴巾走出来时，他之前的想法更是消失得无影无踪。

慢慢来吧……秦川只能在心中这样安慰自己。

“你不去洗一下吗？”秦川正胡思乱想着，詹知夏用毛巾擦拭着头发，眼见他有些出神，于是轻声提醒道。

“哦，要的。”

今天两人在外面挤了一天，不知汗湿了几次衣服，难受得不行，当然要洗一下。

秦川的动作很快，十分钟便从浴室里走了出来，这时詹知夏已经擦完身体和头发躺在了床上，秦川见了，略作犹豫，还是躺回了自己的床上。

“关灯吗？”

“关吧。”

“啪！”随着一声轻响，客房内彻底安静下来了，只听得到两个人的呼吸声。

秦川躺在床上，没有丝毫睡意，睁着眼睛望向天花板，脑海里正有两个小人儿在争吵。

第一个小人儿说："她都是你女朋友了，而且你们曾经还同居过几年，怕什么？！"

第二个小人儿说："可是我们分开过三年，万一她现在不适应怎么办？"

第一个小人儿说："你没注意之前有好几次都是她在主动吗？你是不是傻？"

第二个小人儿说："可是……"

第一个小人儿说："哪有那么多可是，你想抱着她睡已经多久了，再不赶紧行动，你就又浪费了人生中的一天。"

第二个小人儿说："可是人生那么长，我跟她的事，又不一定要今天晚上全做完。"

第一个小人儿说："真是蠢到爆炸！"

正当第二个小人儿要继续回复的时候，空寂漆黑的客房里，忽然响起了一个声音："秦川，我冷。"

几乎是在听见那个声音的一瞬间，秦川脑海里的两个小人儿同时消失，他猛地掀开被子，以迅雷不及掩耳之势钻进一旁詹知夏的被窝里，一手搁在她的脖子下面，一手环住她的腰，将她给紧紧地抱住。

詹知夏也不知是被秦川忽然间的动作吓到了，又或者是太久没被男生搂抱，所以下意识地缩了一下，身体略有些僵硬，但紧跟着闻到秦川身上那熟悉的气味，身体便渐渐放松下来，右手也伸了出去，抱住秦川的背，原本只是轻轻地搭在上面，但越抱越紧，越抱越紧。

两人都穿了睡衣，但即便隔着衣物，也依旧可以感受到对方身体的温度，两人只是静静地抱着，也不说话。

约莫两分钟后，秦川忽然感觉怀中的詹知夏在微微颤抖，原来她竟在轻轻啜泣，他一下子急了，忙问道："你怎么了？怎么哭了？哭什么呀？"

秦川一边问一边用手给她擦起眼泪来。

“我就是觉得，很对不起你……你以前不是这样的。”詹知夏带着哭腔道。

“不是哪样的？”秦川略有不解。

“这么小心翼翼，这么没有安全感。”詹知夏从秦川怀中抽身，反身从床头柜上拿了一张纸巾擦眼泪，边擦边带着浓重的鼻音道，“以前的你很自信，但现在做什么之前，好像都想得很多……”

秦川闻言，没有立刻安慰詹知夏，而是陷入了沉默。

詹知夏所说的，是他自己都没察觉到的，可仔细想想，似乎的确是这样，在面对詹知夏的时候，他变得胆小了许多，不再像当初跟她谈恋爱时那么自信，那么敢想敢做。

当然了，当初向她搭讪以及初次牵手、初次拥抱、初吻、初夜这些第一次不算，毕竟是人生的第一次，哪有不胆小不紧张的，詹知夏所说的是生活里其他的一些小事。

秦川之所以这样，当然是因为詹知夏，当初是他追的她，却是她提的分手。两人分开这些年，秦川依旧非常爱詹知夏，现在虽然追回来了，心里却依旧很害怕有朝一日会因为自己的某些言行失去她，所以做事、说话才会有诸多顾虑，也正是因此，许多时候都是詹知夏较为主动，因为她在帮他恢复自信，再度给予他安全感。

比如之前詹知夏主动亲他，现在又明示他需要他的拥抱。

短短一两分钟时间，秦川想了许多，詹知夏的眼泪也渐渐止住，她微微抬头望向他，而秦川则是低下头看着她，笑容温暖，一如往昔。

“慢慢都会好的，另外，以后这些事，让我主动就好了。”

“嗯……”詹知夏轻轻点头，靠在秦川的怀中。

夜已经很深了，两人相拥在一起后，也没再继续折腾，很快便都沉沉睡去。因为睡得晚，而且在外面挤了一天也很累，所以两人第二天上午十点多才起床。

詹知夏醒得比秦川略早，感受到自己脖子下的手臂，看到身旁仍在酣睡的人儿，詹知夏幸福地笑了笑，转身伸出手从床头柜上拿起手机，发现有几条未读消息，发消息的人备注是“母上大人”。

“带小秦回来坐坐？

“昨晚我和你爸去西湖看烟花，无意间看到你和小秦在一起，不得不说，你不愧是我的亲生女儿，看人的眼光和我有得一拼，我本来不想帮你们带外孙的，但现在嘛，我要慎重考虑考虑了，啧，到时候我把外孙带出去，身边不知道要围过来多少小女孩儿。

“对了，小秦是北京人吧？爱吃些什么？烤鸭？涮羊肉？你觉得我做菜的口味他会喜欢吗？不喜欢的话那咱们出去吃。

“另外，小秦现在没女朋友吧？你可千万要确定了，你可不能当……

“都快十一点了还没回我消息？现在做午饭都来不及了，那你们下午再来吧，唉，年轻人啊！”

看完“母上大人”发来的文字消息，詹知夏一时间不知道该说些什么好，坐在那里静静地不说话，直到秦川也从睡梦中醒来。秦川醒来后第一件事是伸手去抱詹知夏，迷迷糊糊地看到她半坐在床上，一脸沉思的样子。

“老婆，怎么了？”秦川下意识地问道。

詹知夏也不说话，把手机递给了秦川，秦川看到詹知夏妈妈发来的消息后，瞬间就清醒了过来，觉得有些不可思议：“哪有这么巧合的事？”

“大概是我表姐告诉他们的吧。”詹知夏扶着额头，无奈道。

“我就觉得肯定要出事。”秦川也坐了起来，心中略感焦虑，但想了一会儿后，又觉得这似乎并不是什么坏事，因为现在他已经不是大学生了，且又到了适婚年龄，对于将来结婚后的定居点也有了明确的答案，并没有什么好害怕的，不就是见父母吗？

心思理清了，秦川的心情也变得大好，于是转头看向詹知夏，道：“你怎么看？”

“你现在心里怕是美得不行吧？”詹知夏似乎看穿了秦川的想法，忍不住回了他一句。

秦川得意地笑了笑，也不讲话。

“既然你们都想见，那就见吧。”詹知夏想了一会儿，忽然松了口气道。

听到詹知夏答应了，秦川先是一喜，而后开始认真思考起来，第一次上门见女朋友的父母，需要做些什么准备。虽说从这文字消息传达的态度来看，她妈妈应该不会为难他，可她爸爸却没有表态，也不知道她爸爸会怎么想。

秦川心里略有点忐忑。

“你在想什么呢？”詹知夏见秦川有些出神，问道。

“我在想，到时候该怎么面对你的父母，该说些什么，还有，带点什么礼物去……”秦川思索着，“你爸爸是老师，我送他一支钢笔吧？你妈妈的话……项链、手镯？”

“其实不用那么麻烦，第一次去随便买点水果就行。”詹知夏闻言忙道。

秦川这样一副慎重的姿态，不知道的还以为他是去提亲呢。

秦川却摇了摇头，道：“要麻烦，要麻烦。”

说罢他也不理会詹知夏的劝阻，飞快起床洗漱，然后拉着她出去吃饭、逛街、买礼物，他买的钢笔和手镯不贵，但多少是份心意，另外水果、饮料、保健品也买了许多。从商场出去的时候，他恨不得在肩膀上都挂满礼物，詹知夏有些哭笑不得，心里却美滋滋的，毕竟秦川这重视的态度，也代表了对她的重视。

她怎能不高兴？

晚上六点多的时候，在詹知夏的带领下，秦川时隔五年，终于又一次来到她家楼下。

第 / 53 / 章

娶你过门

秦川站在詹知夏家的单元楼前，双手拎着大袋大袋的礼品，心跳飞快，整个人呈现出一种极度紧张的状态。此时此刻的秦川，可以说是心乱如麻。

五年前的暑假，他曾专程从北京来杭州找詹知夏，住在离她家不远的酒店，以慰相思之苦，三年前两人分手，秦川本以为自己再也不会来到这里，可现在，他却即将以未来女婿的身份登门拜访。

不得不说，世事无常。

“吱！”电磁锁开启的声音响起，防盗门应声而开，秦川深吸了一口气，以赴死的勇气跟着詹知夏走进楼道，登上电梯。

詹知夏家在三十六层，从一层上去得有一会儿时间，秦川站在詹知夏旁边，不停地深呼吸，脑海中预演着一会儿跟詹知夏父母见面后的场景，嘴唇微微翕动，似乎在低声说着什么。

詹知夏感受到秦川此刻的心情，微微一笑后，伸手挽住了他的胳膊，道：“别紧张。”

秦川低头看了她一眼，道：“我就是有点担心你的父母会不喜欢我。”

秦川跟詹知夏谈过四年恋爱，其间发生了不少事，詹知夏的父母多多少少都知道一些，比如两人在寒暑假异地期间的争吵，比如吃长效避孕药的事，诸如此类会给他们带去负面影响的事，都一一在秦川脑海中不停地回放，让他忍不住感到焦虑。

“不会的。”詹知夏摇了摇头，道，“他们知道你对我有多好。”

“嗯嗯嗯……”秦川依旧心神不宁。

詹知夏本想继续说点什么，但电梯已经停在了三十六层，而后缓缓开启，詹知夏挽着秦川走出电梯，往右一拐便站在了她家门口，她最后再转头看了秦川一眼，发现他已经平静下来了，于是伸出手去按响了门铃。

门铃按响后两秒钟，门内便响起了一个女声：“来了。”

随后等了四五秒钟的样子，一个身穿浅红色家居服的中年女人来开了门。

詹知夏看到她后，立刻乖巧地叫了声：“妈。”

秦川紧跟其后，笑着喊道：“阿姨好。”

“好，好，快进来吧。”詹知夏的妈妈侧过身，招呼两人进门，当她看到秦川双手都拎着许多袋子的时候，脸上露出笑容，道，“来就来吧，怎么还拿这么多东西，很重吧，快放下休息一下。”

“只是些水果和保健品。”秦川边解释边进门，作为一个成年人，他当然知道詹知夏的妈妈说的都是客套话，要是他真的空手上门，那才是真正的不妥。

詹知夏和秦川两人进门后，在门口玄关地垫处换了鞋，这才走进客厅里面。此时客厅沙发上坐了一个中年男人，正端着水杯喝茶，举手投足间有种不怒自威的气质，很显然他就是詹知夏的父亲。他叫詹鸿飞，是一位英语老师，做过教导主任，也做过校长，因此自有一种威慑力，对学生如此，对未来女婿更是如此。

“小秦来了啊。”詹父看到秦川后，轻轻放下水杯，抬起头望向他。

秦川忙走过去，道：“叔叔好。”

“坐。”詹父道。

秦川闻言后，先是看了詹知夏一眼，然后才跟她一起坐下。

“我记得小秦你跟我女儿是校友吧？”詹父看似随意地道。

“对，我跟知夏大一就认识了。”秦川道。

“什么专业？”詹父问。

“中文。”秦川道。

“中文？清华？”詹父有些惊讶，看向秦川的眼神变得有些不解和古怪，“为什么？”

因为全中国人民都知道，北大的中文系是排第一位的，而清华则是以工科见长。

“因为喜欢吧。”秦川道，“我父母也是清华毕业的，他们在那里相识相恋，所以……”说这话的时候，秦川转头看了一眼詹知夏，眼里有着爱意和笑意。

“哦。”詹父点了点头，“那你现在在北京工作？”

“对，在文物所。”秦川道。

“公务员啊。”詹父继续轻轻颔首。

没等詹父继续发问，一旁的詹知夏忽然撒娇道：“爸，秦川刚来，你就不能让他先喝口热水再问？不过你这个问法很奇怪，查户口哇？”

“没有的事，呵呵。”詹父朝自己女儿笑了笑，旋即做出要给秦川倒茶的动作。

秦川忙将他拦下来，道：“叔叔您别客气，我来我来。”

说完后，秦川先给詹知夏倒了杯茶，再给自己倒了杯茶，然后颇为拘谨地喝起来。

喝茶的时候，詹父继续询问秦川，秦川自也一一诚实作答。

詹父问的那些事，其实跟全世界所有父亲问的差不多，而究其原因，都是因为他们爱自己的女儿，担心女儿嫁过去会受苦。秦川喜欢女孩，也希望将来能生一个女儿，他能理解作为父亲的担忧。

在詹知夏、詹父、秦川三人聊天的时候，詹母则做好晚饭并端到了饭桌上，饭菜香味飘荡在整个客厅。

“吃饭了。”詹母一边喊一边解下围裙。

“来了。”詹知夏立刻站起来，拉着秦川便往饭桌边走，她是一分一秒都不想让秦川和詹父两人独处，因为詹父太会问东问西了，她害怕秦川觉得不自在。

上了饭桌后，詹母热情地招呼秦川吃菜。詹父则给自己倒了一小杯白酒，拿起酒瓶，看着秦川问道："小秦喝酒吗？"

"我不喝，酒精过敏。"秦川道。

"好，不喝酒好。"詹父收回酒瓶，笑了笑，一旁的詹母也在笑，她刚才虽然在厨房做饭，但客厅里聊天的动静她也听到了不少，对秦川的情况基本了解，心中也颇为满意。

他的工作虽然差了点，但一家三口都是清华大学毕业，算是知识分子家庭，本身在北京也有房有车，将来詹知夏嫁过去不说能享受荣华富贵，至少不会受苦，而且对下一代的教育也不用太过担心。唯一的缺点是詹知夏得嫁去北京。

现在京杭高铁虽然方便，但毕竟相隔千里，再想见面多有不便，未来二三十年的时间，也不知道能再见几次。

詹父詹母虽然对这方面仍心怀芥蒂，但三年来知夏的生活和情感状态，早已经让他们接受了秦川。为人父母者，最见不得的就是孩子受苦，之前三年知夏的心里非常苦，他们是知道的，所以他们决定放手了。

既然心中有了决定，詹父詹母对视一眼后，便准备跟秦川和知夏两人聊些更深的话题。比如……结婚。

"你们对自己的未来有什么打算吗？"詹母问道。

"啊？您的意思是？"秦川有些不明白。

"什么时候结婚？"詹父倒是一点儿都不委婉。

秦川闻言后愣了一下，旋即转头望向詹知夏，只见她面露不悦，道："爸、妈，你们这是有多嫌弃自己的闺女啊，想早点把我嫁出去？"

"是啊，想早点把你嫁出去，好抱外孙。"詹母笑道。

秦川一时间不知道该说些什么，詹知夏也有些无语。

"结婚的事，看知夏怎么想吧，我倒是都可以。"过了一会儿后，秦川转头看着詹知夏，笑道。

"谁说要嫁给你了，想得美。"因为秦川是在詹父詹母面前说起结婚的事，詹知夏有些害羞，脸色绯红。

詹父詹母见秦川和知夏的状态，也知道在他们的感情中，知夏还是占有主导地位的，而且他们隐约记得，当初也是自家闺女跟人家提的分手，这秦川除了老家离得有点远之外，其他真没得挑剔。

詹父詹母对秦川没了意见，相处起来自然也非常和谐。

吃完饭后，秦川提议说由他来洗碗，詹母却不让他进厨房，后来他被詹父叫去陪下棋了。两人下棋的时候，詹父跟秦川说了许多知夏小时候的糗事，也对他语重心长地说了一些嘱托的话，言辞之间更有威胁之意，将来知夏嫁给他之后假如过得不幸福，他若对她不好，詹父可不会轻易放过他。

秦川当然是连连保证，绝对不会让知夏受委屈。

两人下完棋，知夏和詹母那边也洗完了碗，秦川忽然想进知夏的闺房去看看，知夏自然没有拒绝。

知夏的房间干净整洁，巨大的书架上摆放着密密麻麻的书，除此之外，再也没有什么彰显自己特色的地方。而与他有关的东西，她基本上都寄到北京去了，秦川倒是没在她的房间中找到什么有趣的东西。

看完知夏的闺房后，秦川便准备回酒店了，而知夏则打算在家跟父母住一晚，明天两人再一起回北京，对此秦川当然没有也不敢有异议。

离开的时候，詹知夏送秦川下楼，站在电梯里的时候，秦川整个人都跟打了鸡血似的兴奋，最后忍不住将她搂入怀中，怎么推都推不开。

“真的是太高兴了！”秦川抱着詹知夏，在她耳边说道。

“高兴什么？”詹知夏明知故问。

“当然是你父母都喜欢我，打算把你嫁给我！”秦川激动得手舞足蹈，“你等着吧！再过段时间，我一定要给你一个毕生难忘的求婚，好娶你过门！

“娶你过门！”秦川大声喊着，从单元楼走了出去，詹知夏站在那里，面带笑意，直到秦川消失在自己的视野当中，这才转头乘电梯回家。

第 / 54 / 章

同居

秦川回到酒店，洗漱完后躺在床上，翻来覆去怎么也睡不着觉，止不住地傻笑，只觉得世界如此美好。

这次来杭州，借着烟花大会的契机，不但让詹知夏和他成功复合，更是喜上加喜，还登门拜见了她的父母，而且从他们表现出的态度来看，他们非常认可两人的感情。

如此一来，求婚的事必须尽快提上日程了，秦川迫切地想。

他越想越兴奋，始终都睡不着觉，索性拿出手机在网上查询起与求婚相关的信息来，一直到凌晨三点多才困倦地睡去。

第二天早晨，秦川是被詹知夏叫醒的，他睁开眼睛的时候，最先看到的是她修长的腿，紧跟着视线上移，才看到她正低头注视着自己，且面色不善："昨天几点睡的？"

"三点多……"秦川往詹知夏的身边挪了挪。

"三点多？！"詹知夏瞪了秦川一眼，"怎么这么晚才睡？"

"想你，想得睡不着。"秦川伸出手抱住詹知夏的腰，笑嘻嘻地道。

"就知道说这些，嬉皮笑脸，还不快起来，吃个午饭去火车站了。"

詹知夏抓住秦川的手，想把他给拽起来，可没想到秦川突然使劲，一下子将她拉到了床上："你先陪我躺会儿。"

"真拿你没办法，等等，你先让我脱个衣服。"詹知夏无奈地叹了口气。

她才从家里过来，身上穿着羽绒服。

“好。”秦川闻言立刻松手，看着她脱完衣服后，立刻八爪鱼似的将她给缠抱住，紧得几乎让她不能呼吸，但她什么也没说，任由秦川抱着，过了好一会儿秦川才松手，侧躺在她身边傻笑。

詹知夏不知道他到底在傻笑什么，但大概猜得出来，所以没说什么，只是盯着他看。

两人对视了足有两三分钟，秦川才收起笑容，忽然认真道：“我是真的真的真的好喜欢你，你可不许再离开我了。”

“不会了，你放心吧。”詹知夏说完后，主动抱住秦川。

之后两人又在床上腻歪了半个小时，这才起床洗漱、吃饭，然后出发前往火车站，乘高铁返回北京。

在返程途中，秦川一直在思考一件事，那就是两人和好后的居住地问题，因为工作地的关系，两人住得比较远，来往很不方便，遇上堵车的情况就更耗时了。可秦川一时间又想不到什么太好的法子，于是决定先分开住，周末的时候再住一起，不过平时如果两人都很想念对方的话，那秦川也可以去詹知夏家里。

然而当秦川跟詹知夏说起这件事的时候，她却是哼了一声：“你自己想得倒是美，谁说要跟你同居了？”

秦川听她说话的口吻，知道她只是习惯性地反驳他，一如多年以前。

四个半小时后，两人抵达北京南站，从地下停车场取了车后，秦川便载着詹知夏一起回白浮泉，詹知夏看行车方向判断出秦川不是送她回家，忍不住道：“先去你家，会不会有点不太方便？”

“还好，我今晚准备收拾东西住你家。”秦川道。

“收拾东西，收拾什么东西？”詹知夏差点想翻白眼。

“以后周末住你家，当然要拿点东西过去。”秦川理所当然地道。

“……你真的是，执行力很强呢……”詹知夏一时间不知道该说些什么，但她其实也挺想跟秦川住在一起，只是嘴硬罢了。

一个多小时后，秦川回到白浮泉，飞快地收拾起行李来，半个小时后几乎将家里大半的东西全都打包好，一一放入后备厢当中。詹知夏看到秦川收拾东西的架势，忍不住扶额，他哪里是打算只周末住在她家，简直是想彻底搬去她家住。

不过父母都见了，可能再过不久，秦川就要成为她的丈夫了，她自然不会阻止他。

收拾完行李，秦川开车带詹知夏回到她家，将行李搬进客厅后，便自顾自地将自己的东西规整地摆放起来，衣服放在詹知夏卧室衣柜的右侧，鞋子放在鞋柜最下面两格，两人大学时期拍摄的照片钉在软木板上再挂在墙上，部分直接贴在衣柜或冰箱上，牙刷、毛巾、洗澡巾一应俱全。

詹知夏坐在客厅看着秦川一点儿都不把自己当外人地忙活，看着原本还略有些空旷的家渐渐地充满了生活的气息，心情忽然大好。

而詹知夏心情好的直接体现就是她用手机叫了外卖，半个小时后，送餐员送来一堆蔬菜和肉食，詹知夏收货后，拎起那些食材便走进厨房做起饭来。

等詹知夏做完饭再出来的时候，整个家几乎焕然一新，沙发前的茶几下铺着海蓝色的地毯，茶几上倒扣的是他们大学同居时就用着的水杯，还有两人的情侣碗筷，他全都留着而且带了过来。

詹知夏一边扫视着家里的变化，一边将菜端上桌，这时秦川正在拖地，两人虽然才离开了几天时间，地上已积了一层灰。

“吃饭了，晚点再收拾吧。”詹知夏坐在餐桌前，朝客厅里的秦川喊道。

“好，还有一点儿就收拾完了。”秦川道。

话音落下后，他又忙活了一会儿，这才坐在饭桌前，也不先吃饭，而是拿起筷子指了指阳台，道：“我在那儿挂了几件我的衣服，你别取下来，平时工作日我不在的时候，还是得小心。”

“知道。”詹知夏心里暖暖的。

两人吃完饭，各自收拾了一下，秦川终于心满意足地倒在柔软的大床上，一旁站着的詹知夏低头看着他，笑道：“你以前可没这么勤劳的。”

“人都是会变的嘛。”秦川笑笑。

“我先去洗澡，你歇会儿。”詹知夏道。

“好。”秦川本来想说收拾打扫也累了，跟詹知夏一起去洗澡行不行，但转念又一想，两人的发展已经很快了，毕竟分开了那么多年，还是不要一蹴而就的好，反正两人也不着急。

在詹知夏去洗澡的时候，秦川拍了几张家里的照片，用自己的私人号发了一条朋友圈，配了几个文字：“换新家了。”

秦川刚发布朋友圈，下面便出现了几条评论。

“我仿佛闻到了女人的味道！”

“和好了？”

“让我看看嫂子长什么样？”

“你小子总算是开窍了……”

看到这些评论，秦川一阵神清气爽，时隔多年，总算又可以秀恩爱了，而且从今往后，秀恩爱将会成为他的日常。

发完朋友圈后，秦川忽然想起一件事，他终于可以开启多年前关闭的朋友圈了。一思及此，他当即去将那些朋友圈全部开启，而此时如果有人再去看秦川的朋友圈，便能看到三年以前秦川的朋友圈里，每一条都是跟詹知夏相关的内容，两人的日常合照，两人的旅游照片，纪念日照片，等等。

整整四年上百条朋友圈，无一例外全都和詹知夏有关。

在开启的同时，秦川也在看那些朋友圈，重温他们大学四年的经历。等詹知夏回来的时候，她看到秦川一个人坐在那里看着手机傻笑。

“你又在傻笑什么？”詹知夏问道。

“你自己看吧，我先去洗澡了。”秦川把手机丢给詹知夏后，便进了浴室，等秦川再出来的时候，他看到詹知夏的眼睛红红的，很明显是刚刚哭过。

“你都没删。”詹知夏抬头望向秦川。

“我答应过你不删的。”秦川道。

“唉……”詹知夏闻言后，非但没有露出喜色，反而轻轻地叹了口气。

倒不是因为秦川而叹气，而是因为当初自己的幼稚行为，如果那时不是自己硬要提分手的话，根本不会有两人后来三年的煎熬，现在想想真是后悔，她自己倒也罢了，可秦川是她最爱的人，她却让他那么痛苦。

何其不该!

秦川有些疑惑："你叹什么气？"

"没什么。"詹知夏摇了摇头，站了起来，道，"我给你吹头发吧。"

"嗯。"秦川惊喜无比地走过去，坐在詹知夏面前，享受着她的伺候。

当天晚上，两人依旧没做什么，只是相拥而眠。第二天秦川照常去上班，晚上回到詹知夏家，他嘴上虽然说只有周末去她家，可真实的情况却是，他根本控制不了自己的行为，第二天他从家里面带去了更多东西，几乎完全将詹知夏家当作他们两人的家了。

他一同带去的还有猫粮、猫砂、猫罐头、猫背包等一系列养猫必备之物，几乎时时刻刻都在提醒着詹知夏，那就是他们该养猫了。詹知夏本身也想养猫，看到秦川拿来那么多猫咪用品，于是决定等周末就去选猫。

随着两人的同居生活开始，秦川的朋友圈里也渐渐多了许多跟詹知夏有关的东西。到这时，几乎所有人都知道秦川谈恋爱了，熟悉他的老同学、老朋友则知道他追回了自己的前女友，而当他们前来询问秦川究竟是怎么办到的时候，秦川自然是兴致勃勃地跟他们说了事情的起因、经过。

那就是因为大运河。

第 / 55 / 章

音乐节

之后的一段时间，秦川、知夏两人照常工作、恋爱，看似平淡的相处，却蕴藏着令人艳羡的激情。

人人都觉得，旧情复燃的两人，已经离走入婚姻不远了，而事实也正是如此。

自元旦见了詹知夏的父母后，秦川一直都在筹划着求婚事宜，但至今都没有想到究竟该怎么给她一个难忘的惊喜，亲朋好友们其实也给出了很多不错的点子，但都被秦川给否决了，因为他觉得惊喜力度不够大。

究竟该怎么办？

秦川日日夜夜都在思考，几乎要愁白了头，甚至连秦川的父母都在帮他出主意。

秦川发朋友圈没有屏蔽家人的习惯，因此二老早早便知道了秦川已跟詹知夏复合的消息，不过他们两人倒是蛮沉得住气，没有让秦川带詹知夏回家见他们。可当他们听说秦川要求婚的时候，仍旧忍不住感到惊喜，几乎每天都要在微信上询问秦川的想法和进度，让秦川有点心烦。

秦川想了许久，终于想到了一个可行的方案，在心中反复思忖、考量后，秦川暂且将计划定了下来。

与此同时，有关白浮泉规划设计方案的参观活动基本上已经结束，秦川得到消息，最近区里正在准备开会讨论，要选出一、二等奖的获奖者。对此秦川颇为关注。毕竟这是关系到詹知夏入职北京新公司后的第一个项目，而且是跟白浮泉有关的合作项目。

时间在一天天流逝。

秦川的求婚计划渐渐有了谱儿，整天都在联系人，沟通环节。在策划的时候，秦川只要一想到这件事，便忍不住既激动但又有点胆怯。

他也不知道自己的胆怯从何而来，虽然他内心深处觉得，詹知夏肯定会答应他的求婚。

三天后，秦川得到消息，区里面对最终的五份方案似乎产生了意见分歧，迟迟不能定夺，这让秦川略微有些忐忑，可他也没有什么办法，他虽然是白浮泉的管理者，但对于策划方案可是一丁点儿的话语权都没有。

在静待区里消息的时候，秦川终于开始进行求婚计划。

第一件事，自然是买求婚戒指。

这不难。他平时在白浮泉工作，闲得无聊的时候喜欢“刷”微博，经常看到一些吸引他的戒指款式，因此他没怎么犹豫，便选定了一款，然后开车到商场里面去预订。

订完戒指后，秦川又在网上买了票，联系了自己的一位朋友，事情进行得有条不紊。

等一切准备就绪时，秦川挑了个晚饭时间点，对詹知夏道：“我订了周六芒果音乐节的票。”

“啊？”正低头吃饭的詹知夏闻言后，怔了怔，“怎么突然想到要去音乐节？”

“有你喜欢的歌手啊。”秦川笑了笑。

“谁啊？”詹知夏问。

“余云渐。”秦川道。

“哟。”詹知夏听了后，忍不住仔细看了秦川一眼，“我大学时喜欢他，你不是不乐意吗，还老吃醋，现在怎么了，突然开窍了？”

“呵呵……”秦川扯了扯嘴角，“余云渐又不是张学友、刘德华那种我们肯定碰不到的人，他年纪跟我们相近，也在北京上大学，你要是真喜欢他，真想认识他，肯定有机会能坐在一起吃饭，那我能不吃醋吗？想想心里面都不是滋味儿。”

“小气鬼。”詹知夏笑骂了一句，“那你现在怎么就觉得没事了？”

“因为……”秦川欲言又止，不知道该怎么跟詹知夏说，因为这涉及余云渐的隐私。

当年秦川跟詹知夏分手后，苦心经营微博，成了一个小有名气的网络红人，然后也会参加一些线下活动，所以偶然间结识了余云渐。因为詹知夏的关系，秦川当然不会喜欢余云渐，他却主动来接触秦川，让秦川感到有些莫名其妙，后来从他的言辞当中，也可以确定他不是“白浮君”的粉丝。

那就很可疑了。

在秦川细致入微的观察和颇有心机的询问之下，终于得知原来余云渐对女孩子没什么兴趣。自此，秦川当然不会将他当成威胁了，两人后来还成了朋友。

当然，仅限于普通朋友，秦川可是一个钢铁直男。

秦川半天也没说出个所以然来，詹知夏也没追问，只是道：“我工作之后已经没那么喜欢他了，总觉得他的歌词怪怪的，不过票都买了就去吧，就当圆大学时的一个梦。”

秦川听了后，颇为失望：“啊……”

他本来是想着，等周末两人去音乐节的时候，让余云渐在台上帮他为她唱首歌，再邀他上台亲自为她唱首歌，然后在万众瞩目之下向她求婚。可现在她一句“我已经没那么喜欢他了”，直接将他的整个计划给打乱了，他顿觉气馁。

但秦川转念又一想，詹知夏嘴上说着没那么喜欢余云渐了，可到了现场亲眼看到余云渐，身处音乐节火热的气氛中时，万一又有了大学时的感觉呢?

也说不定。

想通之后，秦川决定计划照旧，到时候是否求婚视情况而定。

不过心中产生了犹豫的念头后，秦川就忍不住思索起其他的求婚方案来，于是又是一个晚上翻来覆去睡不着。

第二天开车到白浮泉上班的时候，秦川发现停车场内停了不少车，从车牌号来看，应该都是区里的领导。想必又是来参观方案展的人。

秦川停好车，跑进白浮泉后，恰巧看到白浮泉的另一位管理者董路正带着几个人在参观。这次参观很突然，领导们来得早，而且没通知秦川，应该是临时起意，于是秦川也没打扰他们，只是跟董路挥手致意，然后便跟在他们身后，以防他们有什么需求好立刻招待。

那为首的领导似乎认识秦川，看到他时朝他笑了笑，秦川不认识这领导，只得站出来喊了声："领导好。"

"好。"那领导模样的男人道，"听说微博上的'白浮君'是你？我女儿也关注了你的微博，平时你回答的那些问题，让她获益不小，后来我也稍微关注了一下，发现你在做白浮泉的周边产品？"

"谢谢领导关注。"秦川道，"对，已经做了有段时间了。"

领导道："看样子你在网络营销方面很有一手，我想问问你，那些方案你也看过了，你觉得哪个最好？"

"都挺好的。"詹知夏虽然是秦川的女朋友，但秦川还是选择了实话实说。

"所以我们都很发愁啊。"领导道。

"其实一直以来我都有一个想法。"秦川观察了这个领导一会儿，觉得他年纪轻轻，而且思想颇为开放，也许会喜欢自己的提议。

"你说来听听。"领导好奇道。

"白浮泉改建后是要面向公众的，所以公众的喜好最为重要，我们不如发起一个网络票选活动，让网友们来决定最后的胜出方案，这样的话，既能选出最合适的方案，又可以提前进行一波网络营销，扩大白浮泉的知名度和影响力，对未来白浮泉的整个规划都大有裨益。"秦川道。

"听起来很不错。"领导闻言后眼前一亮，点了点头，道，"不过这事儿还得再讨论讨论。"

一个多小时后，秦川和董路两人送走了各位领导，站在门口聊起天来。

董路是秦川在文物所的同事，又同为白浮泉的管理者，关系算得上不错，自然很关心秦川的感情问题，但他才刚提及，秦川便忍不住叹气，只要一想起音乐节的求婚计划，他就会变得敏感而忐忑，且心乱如麻。

董路见他的状态似乎不太好，也就没怎么细聊，两人很快便回去工作了。

当天下午。

秦川收到一个令他感到惊讶的消息，他早晨才提及的网络票选方案，居然已经被区里拍板给定下来了，而且竟然指明让他来主导这件事，这不得不让他开始猜测今天来的那位领导的身份。不过秦川偏安一隅，不喜欢钩心斗角，对领导实在了解不多，猜不到领导的身份就索性不猜了，而是静下心来认真准备网络票选的事。

这件事虽然交给了他做，但区里也派了人来监督，毕竟兹事体大，万一他真的作弊造假想帮谁，被发现了后果不堪设想。

之后的几天时间，秦川一直在策划网络票选方案的事，另一方面，在整个北方都颇具影响力的芒果音乐节，也终于在北京东北郊区开幕。

当天下午，詹知夏和秦川两人都处理完手头的工作后，便开车前往音乐节的举办地。离举办地还有十公里的时候，车辆多了起来，等两人到达目的地时，整个场地当中已经黑压压地站满了人，人们围聚在一个又一个的舞台前。

詹知夏很喜欢音乐，但去过的大多是演唱会，音乐节倒是第一次来，感受着现场热火朝天的气氛，她原本平静的情绪也被调动起来了。

一旁的秦川看到她脸上灿烂的笑容，心情也是大好。

第 / 56 / 章

使命

芒果音乐节的举办地里人潮汹涌，喧嚣之声不绝于耳，各大舞台之上，已经有一些乐队和音乐人在那里试音。

秦川牵住詹知夏的手，却被她拉着到处走。

她正循着自己喜欢的音乐而去。

秦川跟在她的身后，左手插在兜里面，不断转动戒指盒，心中紧张到了极点。

“你怎么了？”感觉到身后的秦川兴致不高，詹知夏转头看了看他，见他正神思恍惚，也不知道在想些什么，忍不住出声问道。

“没，没什么。”秦川被詹知夏问了一句，立刻清醒过来，忙道，“走吧，去看看有没有其他你想听的歌手和乐队。”

“嗯……”詹知夏深深地看了秦川一眼，拉着他继续转了起来。他紧跟在她身边，将大部分注意力专注于她身上的同时，也思考起自己待会儿的具体行动方案来。

就在两人闲逛的时候，秦川在人群中看到了不少熟人，他们一个个都对着他挤眉弄眼彰显存在感，同时也给他加油打气。

这些人有的是秦川的好朋友，有的是他的老同学，也有不少是詹知夏和秦川共同的朋友，都被秦川叫来了，等到求婚结束后，这些人都会出来恭喜、祝福他们。

大学时，秦川不止一次幻想过将来求婚时的画面，因此也询问过詹知夏是喜欢在私密的环境中被求婚，还是喜欢在大庭广众、万众瞩目之下被求婚，詹知夏的回答是后者。

实际上，詹知夏不是一个喜欢热闹的人，但在求婚这件事上，在被秦川喜欢这件事上，她希望越多人知道越好。

两人在场地里转悠了半天，听了不少乐队和歌手的演奏，而当时间来到八点整的时候，詹知夏便被秦川拉到主会场一号舞台边，八点十分的时候余云渐会在这里表演。

作为芒果音乐节第一天最大牌的歌手，余云渐吸引了全场绝大多数的观众，整个舞台前几乎没有可以落脚的地方，不过秦川却不担心，因为反正求婚的地方不是在下面，而是在舞台上。

一想到自己要登上舞台，要唱歌，要求婚，秦川便忍不住地紧张，虽然现在是冬天的晚上，天气寒冷，他却一直在流汗。

这可不是秦川大学时候在舞台上念首诗、做个报告那么简单，而是关乎他下半辈子的幸福，他怎么也控制不了自己的紧张情绪。

“呼……”秦川大口大口地呼气。

这时，身边忽然传来阵阵尖叫声，排山倒海般往舞台上拍打而去，秦川抬起头来，发现是余云渐及其乐队队员的登台引发了轰动。

秦川转头看了一眼詹知夏，发现她正聚精会神地望向舞台，丝毫没有意识到今天将会是她人生中最难忘的时刻之一。

秦川的亲朋好友们已经悄悄从四面八方围聚过来了，只等秦川求婚成功他们便会出现，给詹知夏带去惊喜和祝福。

一首歌、两首歌、三首歌……

眼看离求婚的时间点越来越近，秦川的手心里已经满是汗水，心跳“怦怦怦”地不断加速。一旁的詹知夏感觉到秦川手心里的汗水，忍不住转过头来关切地问道：“怎么了？你没事吧？是不是生病了，要不然咱们先回去吧，晚上实在是太冷了。”

“不是，就是开心而已。”秦川闻言忙道，“当年你一直想听他的演唱会，现在终于帮你实现了，高兴。”

这似乎并不会导致手心满是汗吧？詹知夏觉得有些莫名其妙，但又不知道到底是怎么回事。

第四首歌……按照计划，余云渐在演唱第五首歌之前，会向全场观众说明，这首歌是他为朋友所唱，唱完后再请秦川上台。他倒也不怕秦川上台后会怯场，或是会被大家嘘下去，因为秦川在大学时是一个乐队的主唱，唱功不俗，即便没有专业水准，也足以让观众们觉得眼前一亮。

离求婚时间越来越近，秦川也越来越紧张，心中甚至打起了退堂鼓，因为他总是忍不住在想，詹知夏没那么喜欢余云渐了，那这次求婚仪式会不会显得不那么完美？

不过秦川也清楚，他之所以会这么想，害怕也是原因之一。

加油……加油。秦川闭上眼睛，不断给自己打气，而正当第四首歌即将结束时，耳边忽然传来了一阵阵惊呼声。不同于之前的欢呼，这次的声音里似乎带着惊喜和意外，秦川睁开眼睛后，极度愕然地发现，距离他们站立的位置不远的地方，正有一个身穿西装的男子单膝跪地，在他面前，一个跟他年纪相差不多的女孩子，正一脸惊喜地捂住嘴。

“不会这么巧吧？”在看到两人的那一瞬间，秦川的脸色和心情极为复杂。

他决定在音乐节上求婚的时候，已想过许多可能会发生的意外，但万万没想到的是，居然有人会跟他想的一样，也在这个时候求婚，虽然求婚的方式略有差别，可终归是求婚。

在看到那两人的第一时间，秦川内心便决定，这次音乐节的求婚计划取消。

当舞台下面发生骚乱的时候，台上的余云渐也看到了，他第一时间朝秦川望去，见秦川正朝他挥手示意，立刻明白秦川是想中止这次计划。如果他是秦川的话，他也会中止的……既然不需要帮着秦川求婚，那么余云渐便继续自己原来的计划。

另一边，秦川既失望又有些庆幸。

失望的是他没有在音乐节向詹知夏求婚，庆幸的也是他没有在音乐节向詹知夏求婚，他必须再想一个更好的计划才行。

就在秦川脑子里进行头脑风暴的同时，詹知夏则是一脸惊喜地望向那对求婚的情侣，眼见男生单膝跪地，女生激动地伸出手让男生戴上戒指，她忍不住转头看了一眼秦川，发现此时的他竟然又在出神，心里不免有些生气，今天一整天他似乎都心不在焉的，也不知道在想些什么。

詹知夏大概猜得出来秦川现在是因什么事在烦恼，想着回去的时候仔细地询问一下，再好好地开导他一番。

在秦川挥手示意余云渐计划中止的同时，四面八方围拢来的那些亲朋好友也都知道这次求婚吹了，他们不免有些失望，但紧跟着又都兴奋地在音乐节的场地里玩起来。

詹知夏和秦川两人听完余云渐的歌后，也在场地里转了转，大概十点钟的时候才回家。

回家途中，詹知夏转头看向秦川，认真道："你今天很不对劲，能不能告诉我怎么了？"

她的神情相当严肃。

"我很想告诉你，但是……我不能。"秦川为难道，眼看詹知夏的神色愈发不善，忙补充道，"我过段时间会告诉你的，你放心，肯定告诉你，事实上，我还巴不得告诉你呢。"

秦川的态度，让詹知夏有点犯迷糊，她估摸着应该不是什么坏事，暂时便也不再去想。

两人回到家后，詹知夏先去洗漱，秦川则躺在床上思考起下一次的求婚计划来，思考的同时也在回复朋友们的询问和安慰。

二十分钟后，秦川又完善了一个求婚计划，心头忽然激动起来，第一次筹备求婚计划的激情再一次回到了他的身上，他却有种想给自己一巴掌的冲动。

怎么总是这样，喜欢计划、喜欢做大纲，可真的要去做的时候却各种推脱、懒散和紧张。

原本该是詹知夏和秦川人生中最为难忘的一天，可它就这样平淡无奇地过去了。

第二天两人照常去上班，中午的时候，秦川接到所里领导的电话，京杭大运河淮安段即将举办一次书画义卖扶贫济困活动，号召大运河沿线的诸多城市积极参与，组织书画名家前往，为游客们进行现场创作，然后拍卖，所得款项将会全部用于资助山区的贫困儿童。

秦川不是画家，不过所里还是想让他去，一是因为他曾经去过淮安市，对当地有所了解；二是因为他身上现在肩负着白浮泉规划设计方案的网络票选之责。

由于秦川的阐述到位和他本身的名气很大，因此在区领导的眼中，这已经不是一个简单的网络投票事件，而是扩大白浮泉知名度和影响力的机会，所以他们想让秦川去活动现场看看，看能不能找到一个合适的契机做一下适当的宣传。

除此之外，负责宣传的工作人员，觉得“龙泉号”的事也大有可为。

目前“龙泉号”已失联于大运河嘉兴段，距离杭州可说是只有一步之遥，原本詹知夏和秦川两人都觉得它使命已尽，没有再寻找的必要，但现在看来，它确实有着更加重大的使命。

为此所里给秦川放了个假，让他尽量找到“龙泉号”，修复它并让它得以继续顺流而下抵达杭州，这样的话，网络票选事件的关注度定然会极高。

第 / 5 7 / 章

画

当天晚上，秦川回到家后，就跟詹知夏讲了书画义卖的事。詹知夏听完表示很感兴趣，而且活动恰巧是周末，可以跟他一起去。

秦川对此自然是求之不得，他刚与詹知夏和好，两人正处于甜蜜期，一天都不舍得分离。

幸福的时光总是过得很快，一转眼就到了周五的下午，秦川先开车去詹知夏的公司接了她，然后两人再去北京站，和此次收到任务的书画名家、政府相关工作人员会合。

同行人员一共十三人，加上詹知夏十四人，大部分人都不相识，因此见面后，书画家跟书画家站在一起，政府工作人员则和政府工作人员站在一起，各自闲聊起来。

这几名政府工作人员基本上都是处理白浮泉、大运河相关事务的人，因此和秦川算得上是同事。他们看到秦川带着詹知夏走过来的时候，脸上都浮现出一抹被惊艳到的神色，紧跟着就打趣起秦川来。

"秦川，我跟你讲，要不是我认识你，我真的会以为你们是娱乐圈的哪对情侣呢，啧啧，真的是郎才女貌啊。"

"嫂子好！"

"如果我知道小秦谈恋爱后是这种状态，我就不催他找女朋友了，现在出个差还带着爱人，唉……"

听着秦川同事们的谈笑，詹知夏有些脸红，道："大家好。"

“好，弟妹好！”

“行了，差不多就行了。”秦川见这群家伙还想要说点什么，赶忙护着詹知夏，道，“已经在排队了，走吧。”

众人见秦川一副护着詹知夏的样子，除了笑还是笑，笑容中有着欣慰。

排队、候车、上车，不多时，众人便都坐在火车上了，从北京到淮阴没有直达的高铁或火车，只能坐火车先去淮安，再转大巴去淮阴。

詹知夏的票是秦川单独替她买的，专门买在他的座位旁边，因此两人的位子都是卧铺下铺，而且他们和那些同事不在一个车厢。这样一来，秦川的同事们也能消停点，不会一路上都拿两人当话题。

从北京到淮安需要九个多小时，在此期间，秦川和詹知夏两人一开始在闲聊和玩手机游戏，然后一觉睡到天亮，两人一点都不觉得行程无聊。

而等他们到达淮安的时候，秦川的那些同事要么萎靡不堪，要么精神百倍，前者自然是因为坐了太久的火车，后者则是觉得到达淮安了，可以歇歇了。不过，他们并没能如愿得到休整。

从淮安到淮阴的大巴坐起来也并不舒服，等众人到达酒店的时候，已经是吃午饭的点了，众人匆匆吃完午饭后便都回房休息了。

众人休息完，就到下午两三点了，淮阴当地的工作人员安排他们去了书画义卖活动的现场。

活动现场在大运河畔，此时虽然是冬天，这里却是一派热火朝天的景象，远远看去，跟北京春节地坛庙会的热闹程度差不多。

走过去，可以看到许多书画家正坐在河边，支着画板给路人画画。游客们这里看看、那里瞧瞧，在画得好的地方就多逗留一会儿，在画得不好的地方则少逗留一会儿。

这就激发了书画家们心中的傲气，他们纷纷拿出自己最高的水平来给游客们画画。

与秦川等人同行的书画家们赶到活动现场后，很快就进入了工作状态，秦川的同事们则从旁辅助。

秦川来这里的目的不在于看画，于是他和詹知夏一起闲逛，看能不能找到什么话题点。不过可惜的是，两人在活动现场逛了两个小时，基本没找到什么话题点，倒是看到了不少知名画家。

詹知夏虽然不是专业画家，但也学过多年绘画，她对画画有着极大的兴趣，所以她一直拉着秦川到处走、到处看。后来两人都累了，这才回到与他们同来的画家们的活动地。

秦川见同事们有些忙，跟詹知夏说了声后便去帮忙了。詹知夏觉得有些无聊，看着四面八方到处都有人在画画，自己也有些手痒，忍不住找同行的一位画家借了纸、笔和画板，也在那里画了起来。

不过，她并不是给游客画画，而是画起了秦川和她自己来。

詹知夏从小学画，一度还画过四格漫画，曾在微博上小有名气，只不过她跟秦川分手参加工作后，就渐渐不再更新漫画了。

她以前专门为秦川和她自己设计过卡通形象，现在她所画的内容，正是以卡通漫画的形式，展现两人前段时间因为大运河再度相遇的故事。

她画得很粗糙，但情节进行得很快，完全是为了满足自己的喜好，但她身边还是聚拢了一些游客。

游客们最开始聚集在詹知夏身边，其实是觉得她长得好看，都想让她给他们画张画。不过他们来了才发现，原来她是在画漫画，他们只看了几眼就入迷了。

詹知夏一开始并没发现自己身边聚拢了许多人，等她发现时已经晚了，她只能硬着头皮继续往下画。

不远处的秦川也发现了这边的异常情况，挤过人群后，他看到詹知夏竟然在画他们两人的故事，忍不住笑了。他想了想后，便也站在一旁观看。

刚开始的时候，詹知夏还有些放不开，但是画着画着，她便不再顾虑周围的人，而是专心致志地沉浸在自己的世界里。

有一位游客提出能不能看看詹知夏画完的稿子，她同意了，于是，她的画稿便开始在游客中传阅起来。

秦川也仔细看了詹知夏画的画，心中愈发觉得开心。

围观的人更多了，秦川怕有人靠得太近打扰到詹知夏，又担心因过度拥挤而发生踩踏事件，因此他挤到她身边，帮她解决一些“麻烦”，比如有些靠得太近的游客。

“这位美女，你这画里画的故事是你编的，还是真的啊？”人群中忽然有人发问。

詹知夏闻言后抬起头，朝声音传来的方向笑了笑，道：“是真的，是我和我男朋友的故事。”

“我的天啊！世界上真的有这么巧的事？”

“简直幸福！要是我和我前男友能再相遇就好了，唉……”

“欸，你身边那个就是你男朋友吗？他看上去跟画上的男生很像呢。”很快就有人发现了秦川。

詹知夏听到游客们的问话，看了看秦川，也没犹豫，点了点头，道：“对，是他。”

人群中因此引发了一阵骚动，大家都在讨论着画中的剧情与两人的缘分。

詹知夏继续埋首画画，围观的游客便开始向秦川发问，问起他再度遇到詹知夏，追回她的具体经历和感受。

秦川一直都对这件事感到很自豪，所以也没有隐瞒，说书似的跟游客们讲起这件事来。

而在他讲故事的时候，有一些年轻人觉得好奇，问道：“你说你是微博上一个比较知名的博主，能不能告诉我们你的微博名字啊？回头我也去关注一下。”

“对啊，可以说吗？”

秦川听了，稍微犹豫了一下，道：“白浮君。”

秦川话音刚落，游客们立刻上微博搜索“白浮君”，但已有路人直接惊叫出声了，而且是女声：“你就是‘白浮君’呀！我是你的粉丝啊！我关注你两年多了。哇，没想到你这么帅！唉……要是你单身就好了。呃，等等，我这么说，这位小姐姐不会打我吧？”

听到这句话，詹知夏抬起头，看了说话的女生一眼，又转头看了看秦川，眼中“杀机”强烈。

秦川被詹知夏看了一眼，只觉遍体生寒，几乎不敢回答这个问题，只能微笑。

不只是那个女生，另外也还有一些年轻人知道“白浮君”，毕竟“白浮君”在年轻人中的名气不小。

过了一会儿，另外那些在微博上搜到“白浮君”的游客，也都对秦川产生了一丝好感，毕竟他是一个名气大、粉丝多、学识渊博的科普博主，而且还长得这么帅。

秦川的身份曝光后，现场的气氛愈发热烈起来，一直到太阳落下，夜幕降临，詹知夏没办法再继续画画的时候，游客们才渐渐散去。

在游客们散去之前，还有不少人询问詹知夏和秦川两人明天还会不会来这里，他们得到的答案当然是肯定的。

看着游客们散去，画了半天画的詹知夏这才松了一口气，开始整理起她今天的画作来。

一旁的秦川边帮忙整理边道：“到时候你可以拿这些画去投稿，我估计会有很多年轻人感兴趣，把它作为一个副业也不错。”

“再说吧。”詹知夏知道秦川的想法，他恨不得全天下所有人都知道他们两人的故事才好。

在大家收拾完东西回酒店的路上，同行的画家和工作人员都对今天发生的事感到激动和好奇，纷纷询问秦川和詹知夏两人各种问题，毕竟两人再度相遇、相爱的经历堪称传奇。

秦川和詹知夏好不容易将他们打发走了，终于可以回酒店休息了。

秦川在休息的时候登录微博，发现自己的微博“炸”了，因为有无数人在微博中提到他，无数人评论了他的微博。

对此，秦川感到有些疑惑，他今天明明没有发科普微博，怎么会有这么多人来找他？点开那些提到他的消息，仔细看了下，他才恍然大悟，原来是因为今天的事。

第 / 58 / 章

抵达

作为一个网络红人，秦川却从未在网络上露过脸，始终是以渊博的学识来吸引粉丝。

他的粉丝偶尔会在微博底下评论和猜测“白浮君”在现实生活当中究竟是一个怎样的人，是高是帅是富，又或者是矮是穷是丑。

三年来，他的粉丝从未找到半点蛛丝马迹，而在今天，“悬案”终于告破。

“白浮君”居然是一个足以进演艺圈当艺人的帅哥！

从义卖活动现场流出来的图片来看，“白浮君”的五官非常端正，无论是从哪个角度拍摄，都没有明显的缺点，非常上镜。这一发现让他的女粉丝们疯狂了，不断在秦川的微博底下发表评论。

才短短半个小时，这件事便登上了热搜榜，引发了不小的关注。

除此之外，他与詹知夏之间的故事，也成为网友们热议的话题，充满巧合与缘分的故事，加上栩栩如生的四格漫画以及曾经引起轰动的“龙泉号”事件，这些都让这件事的热度在一路攀升。

“真羡慕‘白浮君’，我难以想象他知道‘饭色水母’真实身份的时候，是什么样的心情。如果是我的话，哪怕在路上看到一个跟他长得很像的人，心里都会激动好久。”

“我也羡慕啊，我到现在还经常做梦梦到他。”

“我只要一闲下来，满脑子都是他。如果老天能再让我跟他相遇，就算让我拿中了五百万的彩票去换，我都一定会换。”

这件事还引发了许多网友对他们的前女友或前男友的回忆，同样也登上了热搜榜。这是秦川万万没想到的，对此他内心颇为激动。因为这样一来，不仅他和詹知夏的感情可以得到更多人的祝福，他的任务也得以圆满完成。以他目前的热度来看，一旦白浮泉的规划设计投票活动开始发布，一定会得到广大网友的大力支持。

不过秦川觉得热度还稍稍有点不够，如果能找到“龙泉号”就好了。在他和詹知夏重逢再相爱的感情故事中，“龙泉号”起了非常大的作用。如果现在“龙泉号”被找到了，绝对可以再上热搜榜。

这念头一起，便难以熄灭。

秦川当即决定，明天再跟詹知夏去一次义卖活动现场，然后南下嘉兴去找“龙泉号”。

以网友们对于秦川的热情来看，明天的义卖活动现场，肯定会更加热闹。

第二天，詹知夏和秦川与同行的书画家、工作人员一起前往义卖活动现场。

众人才来到活动现场，秦川和詹知夏便被众多年轻人给围住了，有的是秦川的粉丝，有的则单纯是因为网络热度想来凑个热闹，但这都没关系，秦川乐得如此。

詹知夏不受围观群众的影响，照常坐在那里画画，秦川则跟自己的粉丝们详细地讲起了自己与詹知夏的感情以及他们因为大运河重逢的故事。

“龙泉号”、苏州的小时光、盱眙的支教学校、台儿庄的邹见清老爷子、点翠技艺传承者的故事、红枫山的故事等，听得粉丝们如痴如醉，不少粉丝甚至建议詹知夏和秦川将两人的故事拍成电视剧算了。

秦川当时就笑了，觉得电视剧都不敢这么拍，哪里有这么巧合的事。

詹知夏在一旁看着秦川一本正经地讲故事，忍不住想笑。她暗想：秦川都多大的人了，还像个小孩子一样爱炫耀。不过他炫耀的是他们的感情，她内心深处其实也是欢喜的。

中午两人坐在一起吃盒饭，詹知夏玩着手机，忽然抬起头看向秦川。

“怎么了？”秦川感觉詹知夏有话要说。

“你敢信吗？有漫画网站找我签约。”詹知夏道。

“我一点都不觉得奇怪。”秦川道。

资本追逐热点、追逐流量，他和詹知夏的故事受到网友的热捧，有漫画网站找她合作是可以预见的事。

“那你觉得……”詹知夏有些犹豫。

“不用问我，你想上传到网上就上传，想留着我们自己看就自己看，我都行。”秦川笑眯眯地道。

“虽然你嘴上这么说，但我感觉你其实想让我上传到网上，对不对？”詹知夏看着秦川道。

“那是肯定啊。”秦川倒是一点都不避讳。

“那好吧……”詹知夏听完秦川的话，便低头回复消息了。

下午，两人继续待在活动现场。在詹知夏画画的同时，组织此次活动的部门也开始拍卖起这两天的书画来。令人惊讶的是，有关部门希望詹知夏的画作也能作为拍卖品。詹知夏没有拒绝，毕竟这画作最后的收益是用来做公益的。

她提供了画作，就没再参与拍卖的事了，因为有其他任务在身。两人趁天还没黑，就收拾行李返回淮安，然后乘车南下去往嘉兴市。

这一天的时间，秦川的微博依旧热度不减，因为昨天的热点，今天还有许多人在议论两人的感情、秦川的长相和詹知夏的画，除此之外，“龙泉号”也是大家的关注点之一。

秦川的粉丝们都希望能够看到“龙泉号”最终抵达杭州。为此，已经有江浙沪的粉丝前往嘉兴大运河段寻找“龙泉号”，也有许多网友在网络上发起活动，相约在京杭大运河的杭州源头拱宸桥等待“龙泉号”。

詹知夏和秦川两人抵达嘉兴的时候，已经是晚上了，不便出去寻找“龙泉号”，只能等第二天再去。

当天晚上，在睡觉之前，秦川在微博上告知他的众多粉丝，他将会亲自去寻找“龙泉号”，让它顺流而下前往杭州拱宸桥，完成它的使命。

这一公告立刻得到了许多粉丝的响应，他们表示自己第二天也会去。

秦川知道自己有好几百万粉丝，但因为粉丝们是在网上，所以感受并不直观。直到第二天，他和詹知夏一起打车前往嘉兴大运河河边的时候，才发现他的粉丝原来那么多，几乎每走几步就能碰到一个粉丝上来跟他打招呼，但这些粉丝只说了几句话就走了，因为他们的目的是寻找“龙泉号”。

他的粉丝们，有的在岸边找，有的在水上找，有的在市里面找，有的在郊区找。

大家齐心协力，渐渐发现了“龙泉号”不少的蛛丝马迹，比如它的船帆碎片。

秦川在得知有人找到船帆碎片的时候，以为“龙泉号”已经沉了或者被风浪拍碎了，但值得庆幸的是，并没有其他参与者找到“龙泉号”的船体碎片。

秦川和詹知夏在内心祈祷着，希望“龙泉号”还在，两人也抓紧时间寻找起来。

在寻找“龙泉号”期间，詹知夏忽然问了秦川一件事，那就是“龙泉号”里面那封信，究竟写的是什么。秦川当然不会直接告诉她，只是让她自己去看。

詹知夏也明确表示，如果不是秦川亲口念给她听，她自己是绝不会去看的。两人便这样僵持着，谁也不让步。

转眼间，三天过去了。

秦川及其粉丝们几乎对整个嘉兴段大运河展开了地毯式的搜索，可依旧没能找到“龙泉号”。不少人已经放弃了，但还有许多人在坚持寻找。

秦川每天都在微博上做直播，吸引了许多人的关注，热点事件已经形成，只要找到“龙泉号”，就绝对会产生一个爆点。

秦川不愿意放弃，他的粉丝们也不愿意放弃。

于是，又过去两天了，当越来越多人因为学业、工作退出搜寻时，皇天不负有心人，一位粉丝在嘉兴市郊外湖边的池塘里找到了“龙泉号”。

原来“龙泉号”早就被几个调皮的孩子捞了起来，他们不知道这是一艘承载着使命的船，因此将它拿回自己家的池塘里去玩了，还拆卸了不少零件。

得到消息后，秦川立刻找到那几个孩子的家长，一番交涉过后，他终于将“龙泉号”要了回来。

秦川将找到“龙泉号”的消息发布在微博上，立刻引起了轰动，无数人都表示愿意在拱宸桥等待“龙泉号”抵达。

秦川和詹知夏两人也是精神振奋，在收回“龙泉号”后，两人便回到酒店里修复起“龙泉号”来。

在两人的齐心协力之下，只用了一天的时间，便将“龙泉号”修复好了。接着，两人前往当初“龙泉号”被捞起来的地方，在众多粉丝的注目下，再度放船。

眼看着“龙泉号”远去，秦川和詹知夏打车回到嘉兴市，然后坐高铁前往杭州，他们想和众多粉丝一起在拱宸桥等待“龙泉号”的到达。

嘉兴距杭州非常近，路程不到一百公里，按照“龙泉号”顺流而下的速度，它当天便能抵达拱宸桥。

当詹知夏和秦川来到拱宸桥的时候，拱宸桥上已经站满了人，全都是看了秦川的微博而来的。

附近的居民看到这里聚集了如此多的人，都以为有什么重大的活动，也站在附近看热闹，但始终都没有看到任何动静。

他们不知道，桥上站着的那些网民，其实都不是在白等。

因为嘉兴距杭州很近，有网友自发跟着“龙泉号”一起坐船南下，一直在网上直播，所以大家都知道“龙泉号”大概什么时候会抵达拱宸桥。按照“龙泉号”目前的速度来看，它应当会在下午五点多抵达拱宸桥。

那时候正好是太阳落山，夕阳西下。

詹知夏和秦川两人坐在拱宸桥下河边的一排座椅上，手牵着手，静静地看着河的北边。

天色渐渐暗了下来。淡黄色的光芒从西边投射而下，照在波光粼粼的水面上，拱宸桥上的众多网民忽然发出了惊呼声。

詹知夏和秦川两人听到声音后，立刻站了起来，也走向桥边，只见波光粼粼的河面上，一艘小船向着拱宸桥缓缓驶来。

远远地看到那艘船后，詹知夏和秦川对视一眼，都笑了。

第 / 59 / 章

求婚

历经大半年的时间，肩负着重要使命的“龙泉号”终于完成了它的史诗级航程，抵达了拱宸桥。

这件事立刻在微博上引起轰动，甚至有不少重要媒体转载，一度登上热搜榜。而借着这段时间积累起来的热度，秦川终于发布了大运河源头白浮泉遗址公园规划设计方案征集的网络票选活动。

在他的微博发布网络票选活动后的第一时间，诸多粉丝和网友纷纷参与投票，其中许多都是被秦川和詹知夏两人的爱情故事吸引而来的，另外还有许多北京人，尤其是昌平当地人，都非常支持这件事。

只过了一个晚上，参与投票的网友就多达七万。这些网友虽然可能看不懂规划设计方案里一些较为高深的内容，但仅从文字描述及概念图纸，也能够明确自己会喜欢哪一份方案。

如果有实实在在的票选数据在那里，领导们做决定自然会容易许多。

网络投票的时间是四十八小时，所以现在还不能确定最后胜出的方案是哪一份。不过仅从目前来看，詹知夏项目组的方案有了不小的优势，领先第二名约两千票。

秦川看到这情况后自然是喜不自胜，毕竟那是詹知夏的设计方案。不过他也清楚，随着这件事的影响力越来越大，参与的人数越来越多，投票结果很可能会发生变化。

在秦川的内心深处，他始终觉得詹知夏的方案胜出的概率较大，因为她的方案有他的帮助，而且两人的年纪较轻，比较懂年轻人的想法，在设计上也颇具创意，更能得到年轻人的支持和喜爱。

从杭州回到北京后，秦川和詹知夏又开始了正常的工作。

晚上下班后，秦川再次没忍住，开车去了詹知夏的家。

詹知夏看到他来时，也没觉得惊讶，因为从大学开始，秦川就很黏她，当然她也很黏秦川。

两人都问过对方会不会烦这么黏人的另一半，得到的回答自然是不会。詹知夏看秦川这么爱她，开心还来不及呢。

詹知夏原本打算晚上随便吃点，但既然秦川来了，晚餐自然不能将就，于是她亲自下厨去做。

秦川站在厨房里，背靠着墙，看着系着围裙的詹知夏在那里忙碌。

随着饭菜香味的出现，秦川甚至产生了当场下跪求婚的念头，但最后他还是将这个念头给拼命压制住了，因为如果他真的这么做的话，他怕詹知夏会拒绝。即便她接受了，事后也会想要打死他，因为这太没有仪式感了，不符合她的预期。

但秦川其实觉得在厨房求婚还挺浪漫的，当然他也只敢自己想想。

两人吃完饭，便坐在沙发上看电视，其间，两人都不停地拿出手机关注网络票选的事，眼见詹知夏的方案始终排在首位，两人都忍不住露出喜色来。

秦川还提议开瓶红酒庆祝一下。詹知夏闻言有些惊讶，她知道秦川其实会喝酒，并不是之前去她家时跟詹父说的那样酒精过敏，他只是不喜欢喝而已，所以对外人都说自己酒精过敏。詹知夏却很喜欢喝酒，尤其是洋酒，因此对于秦川的提议，她自然不会拒绝。

两人坐在客厅浅斟低酌了一个多小时，都有些困了，于是便上床睡觉。第二天早晨，两人起床后的第一件事，都是拿起手机看票数，发现詹知夏的方案已经超出第二名七千多票。

按照目前的总票数和增长速度来看，几乎可以确定，詹知夏的方案能够成功突围。

这一天，两人的心情都十分好。

当天下午，秦川将自己的第二次求婚计划准备妥当后，便给詹知夏发去微信消息，邀请她同去看一部名为《为了你》的电影的首映，届时电影的主创们都会到场。

詹知夏看到秦川发来的微信消息，颇为惊喜，因为《为了你》的男主演是她比较喜欢的男演员之一，不同于大学时期对余云渐那种肤浅的喜欢，对这名男演员，詹知夏是从小到大都很喜欢。

看到詹知夏回复的消息，秦川又激动起来，这是他的第二次机会，他千万不能再出错。

电影首映的时间正巧是在第二天晚上，秦川算了算，等电影首映结束的时候，刚好也是白浮泉规划设计方案投票的结束时间，到时候“双喜临门”，想必詹知夏一定会高兴到疯。

秦川只是想想都觉得激动。

时间一分一秒地流逝，詹知夏的方案得票数不断增加，渐渐地已经到了第二名难以望其项背的程度，因此詹知夏工作的部门决定今晚去聚餐，所以秦川也就没再去她家。

第二天，秦川在工作时，脑子里一直想象着晚上跟詹知夏求婚的场景，所以无论做什么都心不在焉的，工作效率极低。随着电影首映时间的临近，他愈发紧张了，甚至比上次在音乐节时更加紧张。

他有些担心，自己到时候不会说不出话来吧？会哭吗？他深感忧虑。

下午五点多的时候，秦川开车前往詹知夏的公司去接她下班，然后再去位于朝阳区的国贸万达广场参加电影首映礼。

詹知夏和秦川抵达的时候，距离电影首映尚有四十来分钟，詹知夏本来提议说去周围逛一逛，但秦川实在没有心情去闲逛，整个人都处于高度紧张的状态，坐在那里止不住地抖腿，还一次又一次地跑厕所。

秦川原本没有在意过的时间，在此刻却展现出了它的存在感，秦川似乎能感受到每一秒钟的流逝。

入场时间到了，来参加首映礼的观众们，全都激动万分地走过去排队，詹知夏也站起来想走过去排队，却被秦川拉住了："着什么急，让他们先排队吧。"

詹知夏觉得秦川的状态好像有些奇怪，但具体哪里奇怪又说不上来。

不一会儿，大部分观众都已经入场，秦川这才和詹知夏一起入场。

两人落座之后，没等多久，便看到电影的主创们一一登台讲话，谈起创作历程和对角色的理解。之后，这些主创也相继落座，跟观众们一起看起电影来。

影厅里渐渐暗了下来，震耳欲聋的音效声响起，人们很快就沉浸在电影的世界里了。

不得不说，这部名为《为了你》的电影堪称近年来极优秀的都市电影之一，但秦川怎么也看不进去，因为再过一会儿，等电影结束，将会由他的一位演员朋友介绍他出场，然后幕布上会播放他剪辑的视频。

视频内容自然是他和詹知夏的故事。

等视频播放完后，他便会上台，拿起话筒邀请詹知夏上台，然后跪地求婚。

计划总是美好的，可变化也来得迅雷不及掩耳。

在电影播放到一半的时候，秦川忽觉腹部一阵绞痛，让他忍不住冷汗涔涔。

看电影时，詹知夏始终都握着秦川的手，因此她很快便感觉到了他的异样。她转头看向他时，发现他额头上满是冷汗，忍不住担心道："你怎么了？哪里不舒服？"

"肚子突然有点不舒服。"秦川咬着牙道。

"想上厕所？"詹知夏问道。

"不是。"秦川摇了摇头。

"那是什么？"詹知夏有些着急，"很痛吗？要不咱们现在去医院看看？"

"不去，我还有事。"秦川道。

"不行，有什么事比你的身体更重要？"詹知夏皱着眉头，强行拽起秦川，“走！”

秦川肚子痛得浑身没力气，被詹知夏使劲抓住，他怕自己坐着不动会弄疼她，于是站起身来跟在她身后走出了放映厅。他边走边回头，眼里满是不甘。

“为什么意外总是这么多？”秦川简直想哭。

从放映厅出去后，秦川被詹知夏带着去了医院，检查后发现是急性肠胃炎。

听完医生的诊断后，詹知夏不禁有些生气：“我不在的时候，你都吃了些什么啊？”

“也没吃什么啊……”秦川自然不好跟她说，其实最近因为老想着求婚的事，睡不好也吃不好，今天中午也是吃的外卖，大概是吃坏了肚子。

两人在医院拿了药后，便开车回家。

在回家的途中，秦川发消息跟自己的演员朋友说了取消求婚计划的事后，心中无比懊恼。

到家后，秦川在詹知夏的照顾下躺在床上，闭上眼睛一个字都不想说。

“真是个废物！”秦川骂自己。

此时此刻的他，想起了当初在图书馆的自己，足足一个月都没敢去跟詹知夏搭讪要微信号，跟现在不敢求婚，或者求婚总是遇到意料之外的状况何其相似。

“唉……”秦川叹了口气。

他在床上躺了半天，詹知夏也没过来，他索性拿起手机想“刷”一下微博，而他才拿起手机，便想起一件很重要的事，那就是白浮泉规划设计方案的票数已经确定。

想到这里后，秦川立刻进入投票界面，看到詹知夏项目组的方案以领先第二名九千多票的成绩，成功夺魁。

秦川忍不住狂喜。

虽然之前已经猜到詹知夏项目组的方案肯定会赢，但毕竟还没有盖棺定论，现在不一样了，詹知夏项目组的方案获胜已经是板上钉钉的事，他怎能不高兴？

他忍不住喊道：“知夏，快进来！”

“怎么了？”詹知夏正在厨房烧水，给秦川准备药，听到秦川的喊声赶忙走进房间。

“你的方案被选中了！”秦川拿起手机递给她。

詹知夏接过后看了一眼，脸上也浮现出喜色，但转念又看向秦川，语气不善地道：“生病了还玩手机？先别玩了！等病好了再说。”

“哦……”秦川自知理亏，于是乖乖地放下手机，心中开始考虑第三次求婚计划。

只是，我真的需要计划吗？

秦川忍不住想，每次计划似乎都会碰到意外，不如直接找个好时机求婚算了。

不过这念头很快便被压制下去了，因为一个词语始终在他脑海中回荡——仪式感，仪式感……

不一会儿，詹知夏端着热水、拿着药走进房间，看着秦川吃完，她才出去做晚饭。

秦川肚子痛得不行，也不能出去帮忙，只能在房间里听着詹知夏炒菜的声音。他心中逐渐充满了温暖的感觉，之前的三年，他几乎一直都是独处，生病了也没人照顾，他现在忽然被人照顾着，便忍不住有些感动。

一个小时后，秦川拖着病体去吃饭，然后在詹知夏的照顾下洗漱完，又躺回床上。

没多久，詹知夏也来到床上，躺在秦川的身边，抱着他，帮他揉肚子。

感受到詹知夏柔软又温暖的手掌，这一瞬间，秦川真想立刻拿出求婚戒指，但他还是忍住了，毕竟床上这种地方，似乎不太适合求婚。

两人在床上抱着躺了会儿后，见时间还早，便拿出手机看起之前秦川发布的微博下面的评论来。

评论大多是祝福两人的，也有觉得两人之间的缘分妙不可言的。毕竟时隔三年，两人在没有任何联系的情况下，竟然能因为大运河再度相见，实在是天赐的缘分。

然后两人看到的是关于白浮泉改建方案的评论。

詹知夏的方案更偏向年轻人的喜好，因此许多年轻人都留言说等到改建完成的时候会去白浮泉参观。

看着看着，秦川有些困了，便躺在詹知夏的怀中睡着了。

第二天，秦川醒来后，发现自己的眼睛非常酸涩，喉咙里似乎有痰，呼吸也有些不顺畅，甚至还有些发烧，很显然是感冒了。詹知夏自然也发现了秦川的身体状况不太好，所以没有去上班，而是留在家里照顾他。

“先吃早餐，然后吃药。”詹知夏坐在床头，低头看着秦川。

“嗯……”秦川低声应了句，然后强撑着身体起床去洗漱。在洗漱的时候，秦川看着镜中的自己，心情非常复杂。

“真的还要等吗？现在不就是最好的机会吗？”秦川心想。

“只是，她不会拒绝吗？这样的求婚，哪有仪式感？”秦川又在担心詹知夏会不会答应他。

秦川洗漱完，回到房间躺下休息。

秦川犹豫不决，好几次詹知夏进屋的时候，他都欲言又止。

到晚上了，詹知夏一整天都在尽心尽力地照顾秦川，这让他愈发抑制不住内心的冲动。

“下次她进来，我一定求婚，但这样她会杀了我吧？”

“嘎吱”一声，门开了，詹知夏端着一杯水走了进来。

秦川半躺在床上看着她，咬了咬牙：不管了！

“老婆。”秦川喊道。

“啊？”詹知夏闻言转过头去看他。

“我想跟你说件事。”秦川说话的声音都有点发颤。

“什么事？”詹知夏还没有预感到即将发生什么事。

“我……”秦川盯着詹知夏，忽然深呼吸起来，过了一会儿，他忽然大声道，“你嫁给我吧！”

“嗯？啊？”突如其来的求婚显然让詹知夏有些发蒙，她没有意识到发生了什么。与此同时，秦川将一直藏在枕头下面的戒指盒拿了出来，轻轻打开，露出其中的戒指。

“我知道有点仓促，但其实不是这样的。”趁着詹知夏还没反应过来，秦川忙解释道，“其实那天我在音乐节的时候就想跟你求婚，只不过后来发生了意外……然后昨天参加电影首映礼的时候……我准备好了视频，准备好了花束，准备好了一切，可是……”

“唉……”虽然是在求婚，但秦川还是忍不住叹了口气。

紧接着，他抬起头来，望着詹知夏，道：“看着你从昨晚忙到现在一直在照顾我，我真的忍不住了，我等不了了，我现在就想跟你求婚，我想立刻就娶你……你会答应的吧……”

秦川的声音有些低，显得底气不足。

詹知夏沉默不语。

秦川的心渐渐沉向谷底。

忽然间，詹知夏的声音在他耳边响起：“你把中午那杯不愿意喝的苦药喝了，我就答应你。”

这声音不亚于天籁，秦川飞快点头，赶忙道：“我喝！我喝！多少杯我都愿意喝！”

看到秦川急切的样子，詹知夏忍不住笑了，一边笑一边伸出了自己的手。秦川立刻将戒指戴在她的手指上，在戴戒指的时候，他看见她的手在微微颤抖。

“虽然我现在答应你了，但你得给我补一次求婚。大学时候你说过的，要带我去全世界最美的地方，拍婚纱照、求婚、结婚……”詹知夏看着秦川的眼睛道。

“我答应你。”秦川认真地点头，而后脸上又浮现出笑容，是那种止也止不住的傻笑。他的心里一直在重复着一句话：成功了，成功了。

此时此刻，秦川心中无比感谢大运河，感谢白浮泉，感谢一切让他们重逢、复合的事和人。他想着，将来一定要将他和詹知夏的故事写成小说，让所有人都知道，他们是多么有缘分，又是多么幸福。

三年后。

北京市昌平区，在已经完成规划改建的白浮泉遗址公园中，人流如织，全都是来自全国各地的游客，包括昌平本地来公园散步、锻炼的人。

在游客中，有一对夫妻模样的年轻人回头率极高，他们两人正是詹知夏和秦川。

早在两年多以前，秦川便被调回文物所工作，而詹知夏则在公司参与其他项目，白浮泉当时也处在施工改建过程中，因此他们很少有机会再来白浮泉。

现在是白浮泉改建完成后对公众正式开放的第一个星期，因为三年前白浮泉在网络上长达一周的高曝光率，使得许多网友都对白浮泉的兴趣相当高，不惜从外地赶来一睹其风采。

本地人就更不消说了，几乎天天都会来公园里转一转。

詹知夏和秦川两人则是改建完成后第一次回到白浮泉，两人手牵着手，走在似曾相识却又已经焕然一新的白浮泉遗址公园内，这里逛逛，那里瞅瞅，最后登上龙山。站在观鸟台上望向远方一望无际的湿地，鼻中呼吸着令人神清气爽的新鲜空气，耳畔响起清脆悦耳的鸟鸣，让两人颇有种穿越了时空的错觉。

两人当初正是在这里重逢的，因为大运河，因为白浮泉，当然，也是因为他们的爱。

“老婆。”秦川忽然转头看向詹知夏。

“啊？”詹知夏抬起头。

“你不是一直想听我给你念‘龙泉号’里的那封信吗？”秦川道，“我觉得现在是时候念给你听了。”

“我早就不好奇，不想听了。”詹知夏笑道，“还是等咱们都老了，老得走不动路的时候，你再念给我听吧。”

（全书完）